異邦人いりびと——

異鄉人

原田マハ

原田舞葉

劉子倩 譯

目次

變遷 7
青葉初萌 25
火熱的夜 41
山鳩之壁 55
葵祭之後 71
摧花之雨 85
無言的二人 101
漣漪 115
秘密 129
睡蓮 143
屏風祭 155
宵山 169

巡行 183
川床 197
送火 211
螢火蟲 223
殘暑 235
火焰 249
妖魔 265
落淚 281
夕闇 295
紅葉飄零 309
冰雨 325

京人，甚風雅，兼且時尚。

《源氏物語》〈宿木〉

變遷

這是第一次在夜晚抵達京都。有種春宵氣息。類似潮濕的花香，隱約帶點青澀。就是那樣的氣息。

穿過剪票口，來到冷冷清清徒顯寬闊的車站圓環，明明是早已走慣的京都街頭，篁一輝卻在一瞬間，陷入來到異國他鄉的錯覺。

雖說已走慣，其實也只是來觀賞熟識的京都畫家個展，或是來拜訪京都的收藏家。換言之，只是因工作關係蜻蜓點水地造訪。最多住上一晚，通常是當日返回東京。不過二個月就會來一次，所以他自覺很熟悉京都。

他對夜晚的京都並不陌生。也曾去祇園和上七軒那些花街柳巷的茶屋冶遊。帶著外國客人，欣賞舞妓在眼前嬌嬌怯怯地跳舞時，他認爲自己已是道地的京都通。

在東京，同樣也會一擲千金地冶遊。在銀座的高級酒廊招待企業家，也曾應收藏家的要求，在白金的葡萄酒吧豪邁地開了頂級年分的勃根地葡萄酒。然而，在京都招待外國富豪觀賞年輕的舞妓跳舞，和東京的冶遊有點不同。彷彿是在那些外來者面前，炫耀某種決定性的東西，有種不可思議的優越感。迄今，一輝已在這個城市多次體驗過這種得意。

他在東京車站發車的末班新幹線「希望號」上呼呼大睡。最近天天夜不成眠。大概是不知不覺中累積了疲勞。

不只是他。只要是在東日本生活的人，無論是誰，這幾星期，想必皆感精疲力盡。

計畫性停電，全東京的省電措施，電視和網路都充斥匪夷所思的影像。車站張貼的海報上

「加油吧」的大字躍入眼簾。對於被迫看見太多悲慘場面的眼睛而言，那行躍動的文字，反而刺痛雙眼。

時值四月上旬，再過不久就是凌晨了。走出車站的一輝，猛然打個激靈，豎起風衣的領子。夜晚的空氣帶有冷澈骨髓的冬季餘韻。伴隨濕潤的花香，有種彷彿要狠狠甩人耳光的夜氣。候客的計程車長龍，沉澱在夜的底層。一輝鑽進其中一輛，告訴司機：「去凱悅麗晶飯店。」這個季節，若是白天肯定有賞花的觀光客大排長龍，要搭計程車都得費一番工夫。一輝覺得這樣在深夜抵達也不壞。彷彿在異鄉迷失方向，內心萌生微微的興奮與緊張。

他想起幾年前，去巴黎出差時。那次，同樣是在四月初。

之所以記得季節，是因爲必須在關東地區櫻花盛開的時節前往法國出差，令他很不甘心。某位與父親交情頗深的日本畫大師，據說以鎌倉自宅的櫻花爲主題繪製畫稿，邀他前往一覽。坦白說，比起去法國，他對後者更感興趣。畢竟，能夠親眼目睹畫靈降臨至以畫櫻成名的大師身上那一瞬間，想必是千載難逢的機會。然而情況不容他選擇。在父親的嚴命下，一輝只能啓程赴法。他要代替父親，陪伴某企業家夫人出國旅遊。

抵達巴黎時，才剛入夜。

在昏暗的戴高樂國際機場——歐洲無論是機場或車站都沒有日本那麼耀眼的照明——搭乘飯店派來的黑色賓士轎車，前往巴黎市中心。

車內，瀰漫皮革座椅的氣味，以及香草似的甜膩空氣清香劑。或者，也許是坐在身旁的熟女氣息。

一輝早已察覺她對自己抱有特殊好感。父親想必也有所察覺。正因如此，才會派兒子出馬吧。東拉西扯地聊著在巴黎將要出席的展覽會派對，一輝醒悟，夫人的關心焦點在別處。二人的身體雖然毫無接觸，卻可感到夫人肌膚的濕氣。

結果，一輝與夫人之間甚麼事也沒發生。

雖然醞釀出好像會一觸即發的氛圍，卻始終沒發生。他早就懂得該如此拿捏分寸。一流的畫商，不可隨便與得意主顧的妻子發生關係。雖然渾身散發「哪天變成那樣也無妨」的氛圍，卻始終沒有逾越界線。這就是訣竅。自己究竟是何時學會箇中奧妙的？

不管怎樣——一輝嘆息。多虧那次巴黎出差沒有與夫人發生任何事，夫人的長女才會成爲一輝的人。嫁與一輝爲妻。

那個妻子，現在，正等著丈夫的抵達。

計程車抵達淡淡發光盒子似的飯店門口。把行李交給門僮，正準備走向櫃檯時，背後傳來雀躍的聲音：「一輝！」

妻子菜穗，就坐在大廳的沙發上。一看到丈夫，菜穗起身小跑步過來。

「妳怎麼在這裡？不是傳簡訊叫妳在房間等我嗎？」

一輝說，菜穗露出困窘的笑容。

「太無聊了……而且我餓了。欸，要不要吃點東西？這裡的酒吧，相當不錯喔。不過我只是瞄了一眼還沒進去過。」

「怎麼，妳還沒吃飯？」

「我沒胃口。最近一直這樣。自從來到這邊後。」

菜穗挽著一輝的手，做出撒嬌的小兒女姿態。

二人走向酒吧，但正好碰上酒吧打烊。「已經這麼晚了？」菜穗很驚訝。中午過後才起床，整天在房間無所事事，所以好像完全失去了時間感。

「基本上，哪有人這麼晚才抵達，一輝，你很沒常識耶。」

走進電梯後，許是酒吧打烊令菜穗深感不滿，她嗔怪道。聲調帶有怒氣。「對不起。」一輝老實道歉。

「工作實在來不及做完……可是，想到妳在等我，所以我還是努力告一段落，急忙跳上最後一班新幹線。」

哼——菜穗不是滋味地嗤之以鼻。

「反正八成又是被媽咪抓著不放吧？」

菜穗的母親有吉克子，每次都以來銀座逛街順道探訪爲由，前往一輝擔任經理的「篁畫廊」。以前是以一名顧客的身分，現在則是有探視女婿這個冠冕堂皇的理由。克子去銀座的頻率，在一輝與菜穗婚後更顯頻繁。

菜穗並非懷疑母親與丈夫的關係，只是不免向一輝發發牢騷，抱怨二人感情太好，叫一輝別太理會母親。

一輝處於微妙的地位。有吉夫人是父親經營的篁畫廊的大主顧。無論如何都必須拉攏她讓她向著自己這方。這點，即便如今成了她的女婿，仍是一輝肩負的重要使命。但二人的關係也不能讓妻子起疑心。

在危險邊緣保持平衡，今後，想必到死，都必須將這點貫徹到底。

電梯抵達五樓的期間，想到今後的人生被這對母女支配的辛苦，霎時之間，一輝幾乎失神。

「叫客房服務送餐吧。我在新幹線上也是一路睡過來的，肚子空空如也。」

走進房間，他強打起精神如此提議。

菜穗縱身倒在床上，毫不客氣說：「不要。」一輝默默解下領帶。然後，覆在妻子的身上，試圖親吻妻子的唇。

「不要。」菜穗扭身躲開。感覺像是出於本能的反應。

丟下妻子，一輝去浴室。室內有外資飯店罕見的檜木浴缸。在淺色的狹小室內，看起來格外突兀。他在浴缸放滿熱水。

放熱水之際，他從迷你酒吧取出罐裝啤酒打開。菜穗一直面向窗口躺在床上文風不動。不知是在生氣還是在哭。說不定是在笑。

他將身體沉入看起來就很制式化的方形木製浴缸。熱水滲透四肢。微微有股檜木的清香。

穿著浴袍回到房間，菜穗依然保持和剛才一樣的姿勢。他繞到靠窗那一側低頭湊近看。妻子彷彿昏迷般睡著了。

一輝用妻子的睡顏下酒，倒了一杯威士忌兌冰水喝。

比起整天四處奔忙，跳上最後一般新幹線趕來的自己，鎮日無所事事的妻子似乎反倒更疲倦，實在很奇妙。

菜穗並非令人驚豔的美女，卻擁有高傲千金大小姐的那種長相。挑起的眉毛，看似意志堅強的嘴唇，在在強化了那種氣質。不過，或許是因爲一輝了解菜穗的成長過程，也知道她擁有何種感性，所以才會如此感覺。

本來打算開電視，想想又作罷。反正也不會有甚麼好新聞，況且看到終於重新恢復播出的綜藝節目，只會更噁心。最痛苦的，是看到廣告。他難以忍受親眼目睹那不斷流過的空虛廣告。

感到輕微的醉意，一輝在菜穗的身旁坐下。妻子穿著衣服就睡著令他耿耿於懷，但事事隨心所欲正是妻子的作風。

一輝輕輕搖晃菜穗的身子，想讓她躺進被子裡。現在不能讓妻子感冒。七個月後，她就要當媽媽了。

菜穗在半睡半醒的狀態下，不耐煩地脫下毛衣與裙子甩開，身上只剩一件襯衫後，自動鑽進被窩。她把身體輕輕貼到一輝的胸前。一輝親吻妻子的額頭，摟住溫暖的身子後，墜入夢鄉。

菜穗一個人先來到京都，已有十天。期間，京都市中心的櫻花迎來了盛開時節。

菜穗說，想看平安神宮的垂枝櫻。

「以前，我在小說還是哪裡看過。據說京都沒有任何地方的櫻花足以與那個匹敵……」

「是《細雪》吧。」

一輝立刻說。

「是嗎？」

菜穗一臉難以釋懷。她用叉子尖端戳沙拉，卻始終沒放進嘴裡。她說沒甚麼胃口，似乎是眞的。二人此刻正在飯店的餐廳吃早餐。

谷崎潤一郎，是父親深愛的作家。學生時代，一輝也從父親的書架揀出幾本看過。《細雪》描寫的是昭和初期大阪沒落商家四姊妹的故事。彷彿遙遠往昔的異國童話，反而感到別有趣味。書中描寫每年春天姊妹們闔家去平安神宮看櫻花的場景，好似象徵關西地區的春日絢爛，在心底留下鮮明的印象。

「平安神宮的櫻花，好像還沒到盛開的時候。」

一輝翻開《京都新聞》的早報說。這個季節，報紙每天早上都會刊出京都賞花景點的開花資訊。告訴他這個消息的，是位於御池的某料理店老闆娘。

「因爲垂枝櫻開得比染井吉野櫻晚。可能還要再等一星期吧。」

「一星期？那我還要在這裡待上一星期？」

菜穗忽然激動地說。一輝從報紙抬起視線，望著菜穗。喀啷一聲，菜穗把叉子扔到盤子上。

「我才不要。這種地方，我不想繼續待下去了。」

茱穗語帶不悅，把臉往旁一撇。一輝合起報紙說：

「不是妳自己說的嗎？妳說京都很好，還說想來京都待一陣子。」

「可是，我沒想到必須在京都待這麼久。」

茱穗越發不高興了。其實一輝自己，本來也沒想到要讓妻子在關西逗留這麼久。

然而，狀況始終沒改變。核災事故不僅沒有解決，反而隨著時間過去越發暴露事態的嚴重性。政府反覆強調，目前對健康無害。但是反過來說，豈不是表示就算目前無害，就長遠看來還是有害健康嗎？

無論如何，還是讓茱穗去西邊比較好——率先提議的是茱穗的母親克子。她說萬一核污染影響到胎兒就糟了。

起初茱穗很不情願。況且她還有工作。茱穗在她祖父設立的個人美術館擔任副館長。美術館的收藏品，是祖父與父母，還有茱穗自己長年收集而來的近、現代日本畫與西畫。在祖孫三代的收藏過程中助上一臂之力的，是一輝的父親，以及一輝。

不過，茱穗其實並沒有十萬火急的工作要做。接待父母帶來的政界與財界大老，以及來自海外的企業家與家人這種特殊來賓，就是身爲副館長的茱穗主要業務。然而那場大地震後，已經完全沒有客人還會悠哉地來鑑賞藝術了。

「總之妳就去玩幾天。只要當成稍微長一點的優雅旅行，一定可以好好放鬆心情喔。茱穗的母親，用這番說詞安撫女兒。

菜穗還是不願意，但一輝也勸她只要住在飯店享用美食，心情想必也會平靜下來，總之還是這麼做比較好。最後菜穗終於同意出發。

一星期，頂多十天之內一定會去接妳——在丈夫這句話的推動下，她拖著一個行李箱，搭上了新幹線。

商務車廂難得這樣爆滿。菜穗啓程的那天，傳簡訊如此告訴一輝。不是穿著高級西裝的企業主管，全是帶著小孩的媽媽。簡直像移動幼稚園吵死人了。這條簡訊的內容，令一輝苦笑。自己就是孕婦，卻絲毫沒有母性的光輝。不，或者該說，這是一如既往，嚴以律人的菜穗標準作風？

「欸。到底要到甚麼時候才會結束？我是說核災。也該適可而止了吧。」

菜穗用強烈的語氣說。好像出事的原因在一輝身上似的。

「妳跟我抱怨有甚麼用……」

一輝苦笑。

「妳沒看電視？每天不是都會公布核災的最新狀況嗎？」

「沒看。看了只會心情更壞。」

這點想必人人都一樣。政府始終沒有公布逐步解決核災的方向圖。日本全國都籠罩在懷疑的迷霧中。自己這些人，現在究竟該怎麼辦？今後，又該何去何從？如墜五里霧中這句說法，似乎正是爲這樣的狀況而產生。只不過，蔓延的是「肉眼看不見的迷霧」。

「我們焦急也沒用……妳現在甚麼都不用擔心，只要開開心心就好。接下來京都的櫻花季要到了，會很美喔。甚至足以令人忘記一切煩惱。」

茱穗把死氣沉沉的眼眸轉向一輝。

「你倒是挺樂觀。就像關西人。」

「甚麼叫做『就像關西人』？」

「因爲這裡的人，好像都覺得核災事不關己……」

一輝還沒去街上，所以甚麼都無法置喙，但至少，希望京都的春天是繁華的。這是一輝的眞心話。

東京瀰漫的閉塞感，有種以前沒經驗過的異樣。沒想到這個國家的首都，這個應有盡有、亞洲首屈一指的富饒都市，居然會籠罩在那樣的閉塞感中。

之前從未意識到東京的電力是靠東北地區生產的人，想必不只自己一個。對於這點應該沒必要產生罪惡感吧。

然而，即便在這種「非常時刻」，還是得靠販賣美術品維生的自身處境，令他隱約感到疏離。

「沒辦法。日本全國如果都陷入低潮，經濟會立刻支撐不住。至少活力充沛的關西必須守住。我們的生意也是，如果社會整體不健全，根本做不下去。畫商這種行業，堪稱廢物。」

他故意講這種自虐的話。茱穗望著盤中沒吃完的煎蛋捲，對丈夫說的話毫無反應。

初次同遊京都時，菜穗很興奮。還說她已來過京都很多次，自告奮勇當導遊。一輝原本也同樣想帶路導覽，但那時爲了尊重已訂婚的菜穗，於是如她所願，任她隨心所欲地領著逛大街。

正逢觀賞楓紅的季節，開車去很耗時，所以他們一路轉乘地下鐵與電車，前往青蓮院門跡及嵐山。人潮擁擠，喧嚷混亂，但對當時的一輝而言，紅葉無關緊要，唯有與菜穗同遊京都的事實令人喜悅。

午餐是在「廣川」吃鰻魚，晚上住在吉田山莊的偏屋。據說昔日曾是伏見皇室別邸的旅館偏屋，是室內設計充滿沉穩意趣的好房間。

飽啖美食後，在特別準備的房間，將有吉家的獨生女擁入懷中。她不久將成爲自己的妻子。一輝爲之陶然。

後來，並沒有過多少年。

然而，坐在外資飯店空蕩蕩的餐廳，眼前的妻子，臉色疲憊得判若兩人。

岡崎公園周邊的櫻花，已進入花期。

一輝與菜穗搭乘的計程車，在國立近代美術館前停車。坐計程車時，司機一直在發牢騷。

「今年可慘了。雖然已到櫻花季，可是觀光客都不來。聽說，東京今年爲了震災自發取消娛樂，都不賞花了是吧？我們這邊，也受到池魚之殃。」

美術館南邊是疏水道。沿著水邊有櫻花如雲群集，隨風搖曳。

「哇，好壯觀。櫻花那麼多。」

菜穗沒進美術館，反而朝疏水道上架設的小橋走近。一輝也尾隨在後。

盛開的櫻花，彷彿要以指尖觸水，朝水面伸出枝椏。枝頭散落的片片花瓣，在水面形成一彎白色衣帶。如白絹鋪陳，緩緩變遷流離，花瓣衣帶漂向一輝二人的腳下。

來這裡之前，因爲就在飯店附近，所以也去了智積院。智積院庭院的梅花與杜鵑花其實比櫻花更有名，因此本來就不是去賞櫻。是菜穗聲稱想看長谷川等伯一族繪製的櫻花。

一輝迄今也看過好幾次智積院的「櫻圖」。國寶級的障壁畫「櫻圖」，與「楓圖」是一對。此畫代表桃山時代，乃絢爛豪華的大作。

沒想到菜穗那天一看到「櫻圖」，劈頭就不屑地說：「無聊。」

是展覽的陳列方式無聊嗎？一輝四下打量作品。

「是解說太囉嗦，很掃興。我們走吧。」

展覽室內，自動播放著錄音解說。女性的高亢嗓音聽來的確有點刺耳。菜穗出了展覽室後，

「可惜了那麼美的櫻花。那種解說簡直像賞櫻時大唱卡拉ＯＫ。」

她更加不高興了。

菜穗畢業自東京都內的名門女子大學，師事日本美術史的知名教授，擁有專攻美術史的學歷。雖未走上研究學者之路，但一輝知道，她鑑賞美術品的眼光相當厲害。

她挑選美術品時，不會聽任何人的意見，全憑自己的感性。她總是聲稱「彷彿受到召喚」斷

然買下那件作品。

茱穗的父母在收藏美術品上也投注了不少費用，但事實上，不見得是真的清楚價值才買下。往往都是聽憑一輝父親和一輝的意見決定購買。他們是很好控制的上等顧客。

至於茱穗，毋寧，或許比較像她的祖父。

茱穗的祖父有吉喜三郎，是大阪某和服布料批發店的三男。為了就讀東京大學經濟學系負笈東京，畢業後也未曾返鄉，靠著轉賣股票與不動產發財。有吉不動產，日後，成長為國內數一數二的不動產企業。

到了茱穗的父親喜一這一代，開始擴大生意規模經營商業設施及飯店。泡沫經濟崩盤後，有段時期公司的經營岌岌可危，但總算是撐住了。結算商業設施與飯店等虧損的子公司，縮小公司規模，感覺上好不容易才走到今天這一步。是茱穗的哥哥，有吉不動產的副總經理由喜果斷決定裁員。他擁有比父親更出色的經營天分，對美術品絲毫不感興趣。可以說多虧有他在，有吉不動產才能克服難關。

茱穗的父母在公司瀕臨經營危機時當然不敢再買美術品，但茱穗私下對於喜三郎的遺言「即便裁減社員也要繼續買優秀的美術品」頗有同感。或也因此，碰上日本畫大師的掛軸作品出現時，她會聲稱：「只要裁掉爸爸公司一個職員就行了。爺爺是這麼說的嘛。」

反正她無論如何都要買畫。

一輝婚後逐漸明白，有吉家最貪心的就是這個女兒。

自己的妻子眼光好，與其說可以信賴，毋寧更讓他有種莫名的恐懼。

菜穗想必很快會把祖父的遺產揮霍殆盡。屆時，只能靠自己的薪水養活妻子。父親的畫廊，和之前相比，也已每下愈況。一輝從父親公司領到的薪水，面對菜穗的貪心猶如風中殘燭。更何況今後，還有孩子誕生。如果沒有有吉家的金援，遲早，自己這個小家庭會撐不下去吧。

菜穗對著彷彿要覆蓋疏水道的燦爛櫻花似乎恍惚失神。她不言不語，只是默默凝望。

一輝還在猶豫，該在甚麼時機說出自己要搭乘今天最後一班新幹線回去。

看看手錶，一輝對菜穗的側臉發話。

「再不進去就來不及了。已經四點二十分了。」

美術館五點閉館，必須在三十分鐘之前入館。菜穗依舊沉默，走向美術館的入口。

館內正在舉辦保羅．克利的展覽。克利是菜穗喜愛的畫家。一輝決定，等她看了克利的畫心情好轉時，再告訴她自己今天必須回東京吧。

即將閉館的館內悄然無聲。人影寥落，能夠從容欣賞畫作的氛圍格外宜人。

展覽室內，豎立許多臨時陳設的展覽板，克利的小幅作品按照主題分門別類展出。一輝看著手裡的解說確認，這次展覽的主題就是要詳細介紹克利的創作過程。

克利的小幅作品中有許多傑作。那些作品蜿蜒掛滿牆面。在牆壁周邊來來回回之際，一輝不知不覺與菜穗走散了。

看看手錶，再過十五分鐘就要五點了。前方還有展覽會場。看來連一半都沒看完。如果不快點會來不及在閉館前看完。

望著一連串的素描與彩繪，一輝驀然萌生軟綿綿的睡意。

他的壞毛病，就是在看展覽時，經常會有睡魔來襲。不知是因爲太過專注，抑或是因爲太舒適才產生睡意。總之經常睏得要命，眼前的作品都變得模糊。身爲畫商，這本是不應該有的行爲……。

驀然間，面對數公尺外的牆壁佇立的女性背影映入眼簾。一輝在不經意間，已不再盯著克利的作品，而是專注凝望那個背影。

長髮綁起，從白襯衫領口倏然伸出脖頸。天花板的聚光燈正好照在那上面。後頸的碎髮，纏繞在纖細的脖子上。

修長挺直的背部穿著筆挺的白襯衫，下面是緊身牛仔褲。纖細的雙腿，毫無贅肉。光腳踩著低跟米色包鞋。腳脖子纖細，露出姣好的腳踝形狀。

一輝感到她的背影如同一幅畫。由於背影太美，甚至期盼她不要轉過身。

女子一直面向展覽牆，橫向往旁移動。一輝的視線，也跟著移動。他已經全然忘記克利的畫。

鐘聲響起，開始播放館內廣播。——再過不久，本館即將閉館。請各位來賓離去時不要忘記您隨身攜帶的物品——。

彷彿被那廣播誘引，她朝這邊轉身。來不及移開目光，一輝與她的視線對個正著。

「……一輝。」

背後傳來呼喚，他赫然回神。

轉頭一看，菜穗就站在身旁。冰冷的雙眼，凝視一輝。看到她的目光，一輝的背上猛然冒冷汗。

不知何故。然而，彷彿被妻子逮到致命的場面，令一輝大爲驚慌。

「咦……妳已經全部看完了？我連一半都還沒看完……這個展覽，會到東京巡迴展出吧。到時候，還得再看一次……」

自己說的話，聽來像是辯解。菜穗彷彿要看穿丈夫的內心，默默凝視一輝。

叩叩走向出口的鞋跟聲響起。一輝不禁朝鞋聲的方向望去。

背影逐漸遠去。果然是如畫般的背影。

那個背影再也沒回頭，就此消失在出口。

青葉初萌

自己的體內，好像有甚麼咕嚕一動，令棻穗驚醒。

霎時，她想是胎兒在踢她的肚子。非常體感地，分明有甚麼在動。然而，在棻穗體內逐漸成長的胎兒，才剛進入第十一週。要成長到會踢媽媽肚子，還要好幾個月。肯定只是心理作用。

她朝枕畔伸手，抓住智慧型手機。手機發出刺眼的白光，螢幕出現盛開的櫻花。時間是早上六點半。

她緩緩坐起上半身，看著正前方。已經很久沒打開的電視，把漆黑扁平的臉孔對著她。朝陽自覆蓋窗戶的白色百葉窗縫隙間細碎灑落。她鑽出被窩，走近窗邊，撩起百葉窗。

窗外樹木的新生綠葉茂密得幾乎滿溢。她瞇起眼，對著朝陽在嫩葉上的反光望了一會。

剛才，的確有甚麼在動。到底是甚麼呢？棻穗無意識地把手心貼在肚子上，但她隨即將那隻手改放到窗邊。把摸肚子這種孕婦標準的行爲做得這麼自然，似乎有點可恥。

十一週的胎兒，身體大小約爲五公分左右，體重約二十公克。她用手機搜尋「胎兒的成長」查閱資料。望著在網路上找到的超音波影像，想到自己體內有著這樣的生物，頓時萌生不可思議之感。

她無法產生喜悅或愛憐之類的心情。她開始擔心自己是否缺乏母性。

離開與丈夫篁一輝居住的東京公寓，獨自在京都的飯店暫住已將近一個月了。

丈夫明明保證過每個週末都會來看她。可是，這四週以來，他一次也沒來過。一輝的辯解是，三月那場大地震嚴重影響了工作。

她只能相信丈夫的說詞，但她有時不免會想，下次見面該怎麼修理他。

一輝很懦弱。他想必不是不在意懷孕的妻子，但他總是以工作優先。一輝擔任經理的畫廊，社長是他的父親。他八成是顧忌社長，同時，也顧忌各方顧客，所以才會搞得自己進退不得。

每天晚上九點左右，他一定會打電話來，但每次都在辯解。

無法去看妳很抱歉，地震的影響令業績欲振乏力，我必須格外努力跑業務——他會這麼說。然後，還有千篇一律的問候。身體怎麼樣？害喜的症狀好了？去醫院了？有胃口嗎？睡得好嗎？

每次，菜穗只是嗯嗯啊啊不高興地敷衍。起初，她當然是滿口抱怨好無聊、好想回家，但是現在連抱怨都嫌麻煩了。

她早已過了感覺寂寞的階段。有種難以言喻的惆悵。也有點像憎恨，那種情緒令菜穗靜靜激昂。

「早安。今天天氣眞好。」

早上八點，一如往常來到餐廳，已經熟識的女服務生，送來牛奶與柳橙汁，向她打招呼。菜穗露出一抹禮貌的淺笑，「是啊，天氣眞好……」她用毫無抑揚頓挫的聲調回答。

「這是出門的好天氣。篁太太要去哪裡走走嗎？」

對方不愧是高級外資飯店的員工，被教育得非常好，說話態度很客氣。每天早上菜穗現身餐廳時，她總是第一時間發現，送來牛奶與柳橙汁。菜穗喜歡的吐司烘烤程度、水煮蛋的軟硬、送上咖啡的時機，她都完全掌握得恰到好處。然而關於菜穗爲何獨自在飯店滯留這麼久，她從來沒有問過。

「出門的好天氣啊。」菜穗還是用平板的聲調重複她的說法。然後，漫不經心地問道：

「這是個滿樹新綠很美的季節……如果要安靜觀賞綠葉，妳知道甚麼好地方嗎？」

「安靜觀賞綠葉……」

女服務生覆誦菜穗的話後，不知如何回答。如果是問上哪兒賞櫻花或紅葉，想必答得上來。但是，或許從來沒有人問過她，哪裡才是漫然眺望綠葉的最佳場所。

「新綠……這個嘛，新綠……綠葉美麗的地方……」

她用雙手把托盤按在制服裙的大腿上，一邊動腦筋思考。無論任何事都努力達成客人要求的這種態度，令菜穗頗有好感。

在飯店生活將近一個月後，不得不感到閉塞感。也嘗到孤獨滋味。她頻頻在想，爲何自己在京都沒有朋友呢？

起初，當然也有父親的友人或丈夫的某某顧客來飯店，帶著獨自從東京突然跑來展開飯店生活的菜穗去用餐，但畢竟不可能天天陪她一起出門。更何況與年長的男性及對方的妻子吃京都料理，也不可能放鬆心情。菜穗深深感到，要是有同年代的友人就好了。

「我去問一下服務台吧。」

大概是想不出適當的場所，女服務生最後說。菜穗本來正在想，不管去哪都行，總之今天就去女服務生說的地方走走，結果這下子好像撲了空。

「算了。我自己去問。」

菜穗說著，視線垂落在鋪了白色桌巾的餐桌上。

「對不起。因爲我不是本地人。」

也沒人問，女服務生就主動表明自己來自鄉下。她說當初是憧憬京都才來的。

「是嗎？」菜穗以冰冷的語氣回應。

「結果，妳發現京都是個如妳所想像的城市？」

女服務生苦笑。然後說：「好像不管待多久都很難被接納。我也不曉得爲什麼……」

彷彿自己成了異鄉人——女服務生半開玩笑地這麼表示後，行以一禮，離開餐桌。

回到飯店的房間，縱身往床上一躺，菜穗凝視天花板的某一點。

早餐後，本想順路去服務台，查詢一下觀賞新綠的知名景點，但她並不是非要看綠葉不可，她覺得問這個問題本身似乎就毫無意義，於是作罷。明明是清爽的好季節，心情卻一逕低落。

一躺下，今天清早在自己體內蠢動的感覺，頓時又鮮明重現。甚至好像聽到咕咚一聲。與其說是孩子在踢她，更像是小石子滾動。

「想到自己體內有另一個人，怎麼感覺怪詭異的。」

她打電話給母親，如此說道。能夠這樣吐露眞心話的對象，只有母親。

「在我的體內，有另一個人的眼睛，腦子，心臟。也就是說，我現在，有兩個腦子，兩個心臟對吧。眼睛有四個……」

電話彼端，母親忍不住笑出來。

「妳在說甚麼傻話啊。甚麼四個眼睛。那種事我從來沒想過。」

「耳朵也是四個喔。嘴巴有兩個。鼻子也是……」

菜穗繼續說道。她陷入一種自虐的情緒。

「我覺得自己好像變成另一種生物。」

「妳別胡說八道了。」

母親終於開口制止菜穗這樣逼自己。

「妳這種現象，好像叫做產婦憂鬱症。懷孕之後，賀爾蒙失去平衡，情緒會變得很不穩定。這沒甚麼好稀奇的，所以妳不用看得太嚴重。」

被母親這麼輕鬆帶過，菜穗的心情總算有點放鬆。

「媽咪，妳能不能來這邊陪我一陣子？這樣一直待在飯店關禁閉，我已經受不了了。」

「妳也太挑剔了。能夠優雅地待在名勝景點多不勝數的京都，居然說是關禁閉……。在京都，有許多美術館和畫廊，還有古董店，應該有很多可以學習之處吧。妳在那邊吸收到的，將來必須全部回饋到我們的美術館喔。不要整天待在飯店房間無所事事，妳要多出去走走。」

本來想撒嬌，反而被訓了一頓。菜穗又不高興了。

「可是，老是我一個人耶。一輝都不來看我，說話對象也只有飯店的員工。如果處在這種狀態，妳肯定三天就膩了。」

若是熱愛社交的母親，想必一個人連三天都待不住。母親身邊永遠有父親和哥哥嫂嫂、幼小的孫兒以及諸多好友圍繞。在她的人生中，想必從未體會過何謂孤獨。

「要不妳和爸爸的朋友梶山先生聯絡一下？或是嵐山的西條先生？」

母親舉出一些定居京都的熟人名字。那些人，在這一個月當中早都見過了。全是知名企業的高級主管，不是可以隨便去找人家玩的對象。雖然每個人都親切地表示，歡迎菜穗隨時聯絡，到時可以一起去吃京都菜，甚至邀請菜穗住到家中的客房，但菜穗實際上並不確定。

她不確定，對方到底是抱著幾分眞心邀請她。她懷疑，自己或許其實是不速之客。

爲了躲避核污染的影響從東京跑來避難，這種行爲本身，他們恐怕就無法理解。他們無法理解爲何會如此敏感，有何必要做到這種地步。

菜穗沒把自己懷孕的事告訴家人以外的任何人。她覺得這不是可以隨便告訴別人的事。因此，就算被人當成拋棄家庭與工作，一個人任性地長期滯留京都，也莫可奈何。

如果和誰聯絡，對方想必會態度殷勤。但是，內心八成目瞪口呆地暗想這人怎麼還沒走。被人這麼想，很討厭。

「和別人聯絡，可不是那麼輕鬆的事。人家一定會想，這人幹嘛不回東京。」

「那也沒辦法呀。妳肚子裡有孩子嘛。」

「話是沒錯。但我難道可以說因爲我懷孕了，害怕核災的影響，所以待在京都，我很無聊請跟我見面？那種話，我怎麼說得出口。」

菜穗對於心情再次低落，完全無能爲力。照理說，母親擔心懷孕的女兒心情不穩定，就算立刻趕來京都陪伴也不爲過吧。可母親卻毫無那種意思，令她莫名惱火。

「妳在東京到底有甚麼大事要忙，媽咪？」

她惡意地說。

「忙著每天去銀座逛街購物？爲了看妳最愛的女婿一面？」

可以感到電話彼端的母親，在一瞬間啞口無言。雖然立刻傳來「小傻瓜，胡說八道甚麼」這溫柔的笑罵聲，但菜穗已忍無可忍。

「算了。再見。」

她帶著嘆息說，結束通話。

把手機往床上一扔，在窗邊的沙發坐下。外面的世界，充斥耀眼的光芒，教人幾乎睜不開眼。初萌的青葉，反射明媚陽光。然而菜穗卻泫然欲泣。

京都的畫廊，多半集中在岡崎公園周邊及御所的南側。此外，也有一部分知名書畫古董店與老牌畫廊，並排聳立在鴨川東邊，新門前通。

在御所南側，東西自烏丸通至河原町通之間，南北自丸太町通至四條通之間，散布日本畫、西畫、現代美術的畫廊。是幾時開始形成的，菜穗不清楚。

最近，也出現了時尚的精品店與雜貨店，以及利用老舊民宅改建的咖啡店。觀光客沒有清水寺周邊及嵐山周邊那麼多。只有定居京都的年輕人或結伴旅行的母女，四處漫步尋找雜誌上介紹的店家。

事到如今她對瀏覽櫥窗已毫無興趣，不如去發掘一下有趣的畫廊吧，栞穗決定去寺町通一帶逛逛。

二天前，她拿著東京的主治醫生開的介紹信，去聖護院的京都大學醫院做產檢後，就一直窩在飯店的房間。再加上有點害喜的症狀，實在懶得動，但她覺得，應該呼吸一下外面的空氣。

在京大醫院替她做產檢的，是個男醫生。東京的主治醫生是女的，所以她有點意外，但對方資歷頗深，是個態度溫和的人。

產檢後，醫生詳細敘述了懷孕期間的注意事項，然後委婉地告誡她。「您最好去散散心，或者積極地活動身體。或許一個人會感到心情鬱悶，但是爲了寶寶，母親的身心還是保持健康比較好。」

栞穗覺得，她很喜歡那種說話方式。那或許是京都人的共通點，感覺他們連挑人家毛病時都是遠兜遠轉，非常客氣。如果是東京人慣用的那種「不可以」、「不應該」，聽了大概會受傷，可是京都人這種迂迴含蓄的說法，聽起來頗爲貼心。即便同樣是被批評，如果是被京都人批評，好像就比較願意接受。

她在寺町通周邊逛了幾家畫廊。展示的是現代西畫家的作品，以及現代美術的裝置藝術。也看了描繪舞妓的日本畫。沒有任何作品觸動菜穗的心懷。雖然都是沒沒無聞的畫家或藝術家，但菜穗從不在乎名字。

即使是無名的創作家，有些作品照樣能夠尖銳地刺痛人心。一看到作品就被貫穿心房時，她會毫不遲疑地買下那件作品。像這種作品，就機率而言一年能否碰上一次都很難說。

她總是希望，看到的瞬間就被刺穿心房。可惜，看了之後立刻忘記那是甚麼玩意的作品占了壓倒性多數。絕大部分，都沒有在菜穗的心頭留下痕跡。

看著美術品，那種刺穿心房的感覺，究竟從何而來？

菜穗今年三十一歲，但她在日常生活中接觸美術品已有很長的時間。她就是在那過程中，親身體會到「被刺穿的感覺」

開始意識到「那種感覺」，是在十幾歲時。在那之前，想必也體會過「那種感覺」，只是當時太年幼無法明確意識到。

也無法訴諸言詞。因此，自然也無法告訴任何人。當她邂逅精彩美術品的瞬間，體內產生的那種異樣感覺。

找到「刺穿」這個字眼來形容，還是最近的事。好像就在自己與一輝結婚之前。

當時，同樣是一位名不見經傳的年輕畫家的小幅抽象畫。她是在六本木的畫廊看到的。那一刻，她感到某種尖銳細小的東西戳進心頭。

她感到被刺穿。當下，她買下那幅小作品，打電話給一輝。她叫一輝最好立刻來看六本木某某畫廊舉辦的個展，並且也叫一輝與畫家聯絡。

那位畫家，後來，成了一輝任職的畫廊筥畫廊的專屬畫家，如今已身價不菲。菜穗這樣替一輝發掘的畫家還有好幾個。他們通通都是讓菜穗感到「被刺穿」的創作者。

而且，每次感到「被刺穿」，都會很不可思議地想，「那個」究竟是從何而來。或者，沒有感覺到「那個」時，又是爲何沒有出現。

從小，她的身邊就有美術品。她並非對電視上的娛樂節目或電玩遊戲毫無興趣，但她更愛翻閱畫冊，或是看電視上的美術節目。想必是受到住在老家隔壁宅邸的祖父極大影響。

身爲日本代表性不動產公司經營者的祖父，早早便退出財經界，把心血傾注在收集自己喜愛的美術品。菜穗從五歲起，便有機會接觸茶道用具及掛軸。菜穗少年老成的嗜好，就是傳承自這位祖父。

近年來，一方面也是受到長期不景氣的影響，父親從祖父手裡繼承的公司也不得不縮小規模。父親也曾效法祖父購買美術品，努力維持祖父設立的私人美術館，但他似乎已失去興趣。至於輔佐父親擔任副總的哥哥，本來就完全不感興趣。如今還在一點一滴繼續買美術品的，只剩下母親與菜穗。

母親與菜穗，用祖父留下的遺產買美術品。哥哥每次見到菜穗就會抱怨，美術品看看就行了，何必非要買回來。即便那是屬於妹妹繼承的財產，大概還是無法忍受祖父的遺產被浪費吧。

然而，在菜穗看來，那並非浪費。她深信，購買出色的美術品才是遵循祖父的遺志。所以，只要她感到想擁有——換言之，被刺穿——她就會毫不遲疑地買下。無論要花費一萬元，或是一千萬。

母親似乎是基於略微不同的理由繼續買作品。除了在篁畫廊，母親絕對不買美術品。可以看出她「既然要買，就要對女兒的婆家有所貢獻」的決心。

實際上，她也對菜穗親口說過。如果在一輝那裡買，到頭來，錢等於又回到妳手裡。妳也不要三心二意，專門向篁畫廊選購就好。

眞的是因爲這樣嗎？菜穗很懷疑。

母親對篁畫廊的執著，即便旁人看了都覺得異常。母親的執著，恐怕不是對畫廊本身，而是對一輝吧？

當初撮合一輝與菜穗結婚的，正是母親。

有個理想對象喔。是銀座老牌畫廊的少東家……。要不要見個面？我替妳介紹。

菜穗知道母親曾和那個人一起去巴黎和紐約等地的展覽或拍賣會。看母親突然變得花枝招展，她私下懷疑母親是否交了小男友。但願父親沒有發覺就好。

母親安排那個人與自己見面。最後，二人決定步入禮堂，但對這樁婚事最高興的是誰——應該是母親吧？

明明是在寺通町的畫廊看作品，隱約籠罩心頭的，卻是對一輝與母親那迷霧般的懷疑。菜穗想拂去那層迷霧，遂決定繼續前往新門前通。

在京阪線的三條車站下了計程車，稍微往南走，進入新門前通。一路漫步打量古董店莊嚴的店面，走著走著就來到一家眼熟的日本畫畫廊。

菜穗猝然想起，婚前與一輝來京都旅行時，她曾在此處發現中意的日本畫，當場買下。雖然沒有「被刺穿」之感，但她還挺喜歡的。那是京都畫壇知名畫家的作品。畫家名叫志村照山。

當時，菜穗買下了那幅已經裱框好的描繪紅葉的六號小品。記得價格是五、六十萬。菜穗刷卡付款，俐落要求對方送至家中的過程中，一輝一直站在略遠處默默旁觀。

他大概是在謹慎觀察二件事。其一，是京都畫商做生意的方式。另一個，則是他未來的妻子，是如何爽快大方地買下並不便宜的美術品——。

此刻畫廊的櫥窗內，有一幅描繪青葉的作品被裱框好了陳列著。小小的標題是「青葉初萌」。果然又是志村照山的作品。

菜穗彷彿發現可以談論美術的同好，頓感心情雀躍。她推開玻璃門，走進畫廊。

畫廊內正在舉辦團體展。牆上掛的不是照山的作品，是一連串以舞妓、青竹、鳥類爲主題的普通畫作。當然，乍看之下似乎完全沒有觸動菜穗心弦的作品。

「歡迎光臨。」

中年男人從後方走出，不動聲色地招呼。菜穗轉向聲音的來源。然後立刻打招呼。

「您好，美濃山先生。我是篁菜穗。您還記得我嗎？」

男人，是畫廊的主人美濃山俊吾。美濃山回道：「篁小姐？……不是有吉小姐嗎？」

對了。以前來這裡時，自己還姓有吉。

「我結婚了。所以冠上夫姓改姓篁。」

「噢，原來是這樣啊。那眞是恭喜。您甚麼時候結婚的？」

「已經四年了。很久沒來拜訪……」

「哪裡，沒關係。今天您是一個人來嗎？」

「對，就我一個人……」

「這樣啊。門口掛了一幅照山老師的新作。您該不會是看到那個，所以才走進來的吧？」

「對。被您說對了。」

「那眞是謝謝您能夠慧眼發現。這次，雖然只有那一幅，不過您如果有興趣……」

在美濃山的背後，畫廊的後方有間會客室。菜穗上次就是被請入那裡，買下照山的作品。那間會客室，現在掛了一幅青葉圖。菜穗彷彿被吸鐵石吸引，凝視那幅畫。

——似曾相識。

她對畫廊主人後來說的話充耳不聞，只顧著追索記憶。不管甚麼東西，只要是美麗的，以她的個性見過一次就絕不會忘。

——那是頗有克利風格的成串青葉。

她想起與一輝一起去看過的保羅·克利展。淡色調，有時重疊深色，克利的那些畫作宛如層層漣漪浮現菜穗的心頭。

這當然不可能是克利的畫。但是，這幅抽象的青葉圖，就像是濃縮了克利作品最精華的部分轉譯而成的日本畫。比起櫥窗擺的那幅志村照山的作品，這幅畫放射出更強大的吸引力。

自己的體內，好像有某種東西倏然一動。

不，不對。不是在動。是被刺穿。

在菜穗的內心，某種不知名的感情，掀起旋風。

那是難以言喻的感情。她預感到某種無窮無盡的欲望。

火熱的夜

西裝內袋的手機開始震動時，一輝剛在桌前坐下準備吃遲到的午餐。

這是面向銀座大街的大樓十樓。特地保留這間整面大窗子的安靜包廂，是出於老交情的餐廳經理特意安排。店主從佛羅倫斯聘請一流廚師，大張旗鼓地開設這家餐廳是在二十年前。一輝十幾歲時，第一次被父親帶來這裡，從此成了常客。灑滿黑松露的義大利麵，從托斯卡尼知名城堡特別訂購的氣泡葡萄酒是店內招牌。剛開張時預約排滿到半年後的情景直如一場幻夢，如今這家餐廳門庭冷落。

一輝的對面，坐著有吉克子。對一輝而言，她是岳母，也是最重要的顧客。同時也是除了妻子之外，唯一會毫不客氣頻繁邀約一輝共進午餐的的異性。

看到一輝從西裝內袋取出手機後，對著液晶螢幕皺起眉頭，克子像要催促他有話去旁邊說，朝包廂的房門掃了一眼。

一輝以眼神致歉後站起來，走到包廂外才按下通話鍵。

「喂？是我。你聽我說好嗎？」

雀躍的聲音響徹耳膜。是滯留京都的妻子菜穗打來的。一輝在電話彼端的妻子沒發現的情況下，悄悄嘆了一口氣。

菜穗總是這樣，不管丈夫在何處做甚麼事，她總是不管不顧地打電話來。無論一輝是在談重要的生意，或是出國出差直到黎明好不容易才睡著，她通通不管。因為她想說話時就是該說話的時候。她堅決相信，對丈夫而言自己的電話應該是第一優先。她的母親，多少也有這種毛病。不考慮對方是否方便就直接聯絡，是這對母女的共通點。

「我現在正在跟客人吃飯，妳長話短說。」

他好歹還是先提醒一聲。雖然明知妻子不會理睬。

「我發現一個很厲害的畫家。是道地的新人，完全沒沒無聞的畫家。是大發現！」

菜穗的聲調激昂。這並非她第一次打電話來聲稱發現了厲害的藝術家，但也不是那麼頻繁的常事。想必是發現極爲罕有的藝術家，菜穗似乎興奮到了極點。駕著探索船在深海漫無目標地前進，意外發現載滿金銀珠寶的沉船時，或許人們就是這麼興奮——一輝在腦海一隅如此想像，一邊裝出極感興趣的樣子問：

「噢？是甚麼樣的畫家？」

「無法形容。」菜穗爽快回答。

「我甚至不捨得訴諸言詞。沒有親眼目睹的話，太暴殄天物了。一輝，你今天可以立刻過來嗎？不管怎樣，我已經先留下那幅畫了。我希望你自己來看。」

看吧，又來了——一輝忍住差點又要冒出的嘆氣說：「我沒辦法去。今天下午已經排滿了談生意的約會。」

「那你搭末班車來不就行了。我可以請人家明天一大早把作品送到飯店來。」

婚前二人去京都旅行時，偶然走進新門前通的「美濃山畫廊」。今天，她說漫無目的地去街上，經過那家畫廊前，同樣又是偶然發現。她當下直覺無論如何一定得立刻買下，也已刷卡付了款，只是自己拿回去嫌太重，也不想放在飯店的房間，可是又不願意寄回東京的自宅或自己擔任副館長的美術館。因此決定暫時放在畫廊倉庫請人家代爲保管。菜穗以亢奮的聲調一口氣說完事情經過。之所以興奮未消，是因爲她走出畫廊後就立刻打電話給一輝。

「噢，就是你買志村照山的紅葉圖的那家畫廊啊。」

當時的事，一輝印象深刻。雖是小品，卻是構圖緻密的好作品。最重要的是，菜穗一眼就選中京都畫壇大老志村照山作品的這種好眼光，令他內心暗自咋舌。當時，發現自己中意的作品，即刻收歸己有的未婚妻，表情發出妖異的光輝。

算來距今沒幾年，但在這段期間，照山完成了京都古刹淨福寺的障壁畫，也有風聲說他會獲頒勳章，作品價格飆漲到驚人的地步。菜穗買的小品，如今在市場交易價格已漲了十倍。因爲有這個經驗，一輝才知道自己的妻子不是普通人物。

「這次發現的作品，是擺在櫥窗嗎？」

一輝想盡量躲開妻子叫他搭末班新幹線去京都的那句話，刻意把話題轉向「那件作品」。

「不是。擺在櫥窗展示的，是照山老師描繪新綠的小品。」

「照山畫的新綠嗎？我對那個比較有興趣。」

「你這是甚麼話。二者完全不同。我發現的那幅，雖然同樣是描繪新綠，但是和照山相比，無論是路徑（access）、手法（approach）、成果（achievement），通通都不同。」

堅持自己的主張時，菜穗會猛然挑起看似好強的眉尾，露出挑釁的表情。她會靈活運用言詞、音色、表情、乃至所有的一切展開進攻，強調自己在這點有絕對的自信，不管任何人怎麼說，自己的主張都是正確的。

想起妻子那張臉孔，一輝急忙在心頭回想明天的預定行程。如果今晚不去京都，之後會有什麼後果，簡直難以想像。

「總而言之，你今晚就來。我等你。我請美濃山先生明天十點把畫送到飯店。」

「不，不用了。用不著那麼麻煩。我們兩個一大早去美濃山畫廊看作品不就行了。」

一輝認命地這麼說。

明天上午要在篁畫廊出席身爲社長的父親也參與的例行會議，下午有銀座畫廊協議會的會議，不過如果事先找人代理，應該可以缺席沒關係。最主要的是，他沒有勇氣忽視如此強烈勸他去京都的妻子。而且，能夠讓擁有驚人慧眼的菜穗說出「雖與照山描繪同樣主題，卻展現截然不同的成果」的作品，到底會是甚麼樣的畫？那點，最令他耿耿於懷。

如果今晚不啓程去京都，肯定會被憤怒的妻子與「謎樣的作品」這二者的幻影苦惱，徹夜難眠。

「是嗎？那最好。」

許是對丈夫的回答感到滿意，菜穗的聲音終於恢復些許平靜。

「我啊，現在就在美濃山畫廊前面。剛剛買下作品，走出店外，我就立刻打電話給你了。那我現在再回店裡，跟美濃山先生說一聲。我會告訴他明天一早要與丈夫來看畫。」

然後，茱穗開心地補充：美濃山先生還記得我喔，他還問我不是有吉小姐嗎？

「他當然會記得。一進門就說『門口掛的那幅畫可以賣給我嗎？』的貴客，可不多見。而且，那是志村照山的畫。」

茱穗呵呵發出驕傲的笑聲。

「這次也是，美濃山先生大吃一驚。他問我真的要買嗎？還說那只是沒沒無聞的畫家。」

據說就在美濃山畫廊的會客室，越過畫廊主人的肩頭，茱穗一眼就發現了那幅畫悄然懸掛。聽說是尚未正式步入畫壇，徹頭徹尾的新人畫的作品。

美濃山說他是在某位知名畫家的畫室發現那幅畫，感到某種吸引力，於是收下了畫。他當時的說詞是，這幅作品還不知會有甚麼造化，不過，能否暫時交給我？因此，據說這幅畫甚至還沒有標價。

噢——一輝不禁嘆息。做到如此地步的「發掘新人」，自己從未經驗過。

美濃山畫廊的店面雖然小巧，但在京都是眾所周知專賣日本畫的老牌畫廊。能夠在知名畫家的畫室發現新人作品便收下保管，恐怕必須與那位大師的關係很熟才辦得到。或者，那是大師門下弟子的作品，是對方主動拜託美濃山收下的？不管怎樣，這都是一個稀奇的發掘方式。

發掘新人，對畫商而言也是重要工作之一。新人拚命想推銷自己，因此在談判時，畫商得以單方面主導局面，也可以用畫商訂的價格直接從創作者那裡收購作品。替創作者開個展，向外推銷，捧紅創作者，等到有一天創作者成為大師級人物時，畫商便可充分回收之前投資的本錢。

但，大多數場合，那個「有一天」永遠不會來臨。也有許多創作者始終不曾一鳴驚人，就這麼待在畫壇角落勉強餬口。不過能夠躋身畫壇一角已經算是很好了。也有許多人成為職校的美術老師或插畫家，甚至改行從事完全不相干的工作。砸錢投資後血本無歸的情形，也不在少數。

發掘新人，經常伴隨冒險與風險。但也正因如此才有趣……。

在大師的畫室發掘新秀的美濃山固然相當不簡單，但是毅然買下連價錢都沒定的作品——那和無法定價錢的作品是兩回事——的茱穗，才是眞的讓一輝不得不為之戰慄。

「對了，那位畫家，叫甚麼名字？」

是否眞的沒沒無聞，一輝打算待會上網查一下，故而有此一問。

畫家的名字，叫做白根樹。一輝在腦海浮現這三個字，一邊嘀咕：「很美的名字。是雅號嗎？」連是男是女都看不出。無來由地，腦海倏然浮現整片白樺林。

「怎麼可能。那是一個連身價都沒有的新人。怎麼可能有雅號……」

茱穗說到一半，立刻又改口：「啊，不過，說不定是照山老師替弟子取的。」

美濃山發現那幅作品的大師畫室，就是志村照山的畫室。

克子一邊啜飲氣泡酒，一邊極有耐心地等待一輝回到餐桌。

「對不起。耽誤這麼久……」

一輝邊解釋邊坐下，

「是菜穗吧？」克子立刻猜出打電話來的人。

「眞拿那孩子沒辦法，也不想想人家方不方便……她是不是每次都打電話來講很久，耽誤你工作？」

一輝苦笑。其實克子自己也是半斤八兩。

「也不至於。只不過，今天她好像談興特別高。因爲她在京都，好像偶然發現了一位無名新人的傑作……」

聽到無名新人這幾個字，克子刻意嘆了一口氣。

「眞拿這孩子沒辦法。我明明每次都告訴她，不可以買還沒有一定評價的藝術家作品……就算砸大錢買下來，也只會讓本來就嫌狹小的倉庫變得更狹小……」

克子義正詞嚴地說，發掘新人是有風險的。她坦然將多年交情的一輝父親傳授的這句話當成了自己的論點。一輝默默在前菜的盤子上運用刀叉。

「不過，她是孕婦，情緒本就不穩定，或許也需要發洩一下吧。」

克子說，今天早上菜穗打來一通奇怪的電話。她說想到自己的體內有另一個人存在就覺得很詭異。現在自己有兩個腦子，兩個心臟，四個眼睛，好像變成另一種生物云云。

聽到這裡，一輝終究不放心。正在懷孕，又被單獨安置在遙遠的關西地區，妻子大概是不安又焦躁吧。

地震的影響，使得日本全國上下都籠罩在自我克制的氛圍中，自己的生意陷入艱難狀況的確是事實，但即便如此，老是以工作為優先，丟下懷孕的妻子超過二週都不聞不問恐怕還是說不過去……事到如今，一輝才發覺自己對妻子有多麼冷淡，不由深感愧疚。

不過話說回來，這個做母親的，好像還是有點異常吧。居然笑著說自己懷孕的女兒講話不正常，而且是講給女兒的丈夫聽。這個母親，與女兒分開都快一個月了，卻一次也沒去看女兒。不僅如此，還三天兩頭來找女婿，像現在這樣邀約女婿共進午餐。一輝是抱著或許可以做成一筆生意的期待才配合著赴約，可是克子泰然自若地說，地震的影響使得有吉家的公司也財政困難，沒有多餘的錢買美術品喔。而且，高級法國菜及義大利菜，還有日本料理的午餐費，每次，理所當然地都是由篁畫廊負擔。

一輝用叉子捲起前菜之後送來的第一道義大利麵，視線游移在克子的胸口。開得很大的V字型領口，若隱若現露出胸前丘壑。克子一再向前屈身，企圖展現豐滿的雙峰。每次與一輝見面，她總是穿這種風格的服裝。不過，並不會顯得低俗，散發出恰到好處的性感。

克子自己絕口不提年齡，而菜穗，大概是被母親下過封口令，也從來沒把母親的年齡告訴一輝。

菜穗的哥哥現年三十三歲，已婚育有四歲與二歲的兒子。一輝曾聽菜穗說母親很早就結婚生下哥哥，所以算來克子應有五十五、六歲了吧。在富裕家庭長大，婚後家事也完全交給女傭打理，整天被美術品與奢侈品圍繞，花費大筆金錢保養自己，最後大概就能打造出這樣一個年齡不明，充滿蠱惑氣質的女人吧。

景氣比現在更好時，一輝曾多次陪伴克子參加藝術節或展覽酒會，遠道前往巴黎及巴塞爾、米蘭等地。在華麗的酒會上，克子置身在那些穿著裸露肌膚的晚禮服道地的貴婦人之間，毫不遜色地展露魅力。克子曾短期留學英國，說得一口發音漂亮的純正英語，理直氣壯地向舉座的富豪夫人們介紹一輝。她說，這位是篁一輝，是日本最具代表性的畫廊負責人。

這位日本最具代表性的畫廊年輕負責人，被貴婦們包圍，一再握手。事後他發覺自己緊張得手心冒汗，不由萌生難以言喻的苦澀心情。

他和克子在一起，一度曾經產生極爲曖昧的氣氛。那是在他與菜穗婚前，還沒被介紹認識菜穗時。

當時篁畫廊參加巴黎的藝術節展出，一輝是以負責人的身分前往。在廣大的會場中，篁畫廊的展出空間並不大，但這是第一次參與國際展出，因此一輝很緊張，情緒激昂。

有吉夫人也趕來參加歡迎酒會。而且，當場買下篁畫廊參展作品中價值最高的日本西畫家作品──這位畫家在日本國內雖然有名，但在歐美幾乎毫無名氣。

克子本就是篁畫廊的貴客，回到日本後也隨時可以談交易。那件作品在海外毫無名氣定價又貴，因此帶來參加藝術展只不過是當作「展示畫」。依照篁畫廊的判斷，這幅畫雖然賣不掉，但是如果能夠吸引好奇的收藏家，至少讓收藏家在交易桌前坐下就已經很理想了。沒想到克子在酒會開始的同時，二話不說就給那幅畫貼上「已售出」的標籤。

結果，篁畫廊在藝術節提升了存在感，也算是在向到場者及傳播媒體介紹日本西畫家作品這件事上添了一把火。好奇的法國收藏家出現，也賣出了作品。就初次參展的畫廊而言，堪稱締造了相當好的成績。

克子在為期一週的藝術節期間獨自滯留巴黎。每晚巴黎市內都會有某處舉辦歡迎酒會或派對，而克子也每晚都穿著不同的晚禮服出現，悠然命一輝充當護花使者。

克子是個宛如任性化身的女人，事事都很優雅，卻又有種降伏男人的魔力。年輕男人或許會感到她高不可攀，中年男人卻果敢地追求克子，紛紛拿著雞尾酒接近她。每次，克子都會說：「如果我的男朋友點頭說好，那我就跟您交往。」她口中的男朋友，就是指一輝。

藝術節的最後一天，走出深夜尚未散場的派對會場，一輝送克子回到飯店。克子聲稱還沒喝夠，於是二人相偕去飯店的酒吧，在那裡又喝了不少。最後克子懶洋洋地倒向一輝懷裡。看來是精心設計過的酒醉。

把克子送回房間的一輝，看著倒臥床上的克子幾乎從晚禮服迸出的豐滿乳房。他慌忙撇開眼，克子卻伸出艷紅的指甲尖，輕觸一輝的臉頰。克子投來蝕骨欲融的眼神，但她的雙目充血。不知是因為醉意，還是因為興奮，眼睛紅得異樣，看著那雙眼睛，一輝的背脊竄過一陣寒意。我該告辭了——一輝說著規矩地一鞠躬，就此離開房間。

如今想來，當時，假如和這個女人發生關係，自己的人生肯定有截然不同的發展。

和當時相比，環繞一輝與克子的狀況，就各種角度而言都有了變化。有吉家迄今仍是篁畫廊的頭等貴客，出手卻已不再那麼闊綽。克子也年華老去。更重要的是，克子的女兒成了一輝的妻子。而且，一輝與菜穗的孩子，也即將誕生。

即便如此，克子的任性態度，完全不考慮對方立場與狀況的言行，始終沒有絲毫改變。同時，她對待已成為女婿的一輝，態度也依舊令人感到古怪。

他再次抵達深夜的京都車站。外面正在下雨。或也因此，宛如巨大要塞的車站周邊，似乎也瀰漫著青葉的氣息。

走到站前圓環，濡濕的柏油路面反射霓虹燈光閃閃發亮。和現在的東京不同，即便深夜也照樣不客氣地亮著五彩霓虹。看到那個，不知怎地鬆了一口氣。

在凱悅麗晶的房間翹首等待一輝抵達的菜穗，一看到丈夫就撲上去摟住他的脖子。一輝也同樣抱緊她略顯消瘦的背部。二人就保持這個姿勢接吻。那是幾乎窒息的漫長接吻。

「對不起，一直無法抽空來看妳。」

一鬆開唇，一輝立刻道歉。老實得連自己都覺得噁心，一句「對不起」就這麼脫口而出。菜穗默默無言，只是搖頭。

那晚，一輝在睽違多日後與妻子做愛。因為還在懷孕初期，一輝有點躊躇，但菜穗的身體火熱。是菜穗主動邀請丈夫上床。

過去，也曾有過這樣的情形。

左手摟著安靜陷入沉睡的妻子身體，一輝暗自思忖。向來不怎麼積極的菜穗，異樣激情的夜晚。他試著逐一回想這樣的夜晚點點滴滴。

猶記初次結伴來京都旅行的那晚，亦是如此。

彷彿拆開精美的包裝紙，那晚，他拉開包裹菜穗的漿挺浴衣。從浴衣中露出的身體，潔白，光滑，十足火熱。在昏暗的枕畔燈光下，菜穗的雙眸看似閃爍妖艷的光芒。

紅葉，眞好。

溫存纏綿後，即將陷入夢鄉的前一秒，菜穗低語。不是在說白天去觀賞的嵐山紅葉。未婚妻是在滿足地呢喃，能夠買到那幅紅葉圖眞好。

是的。菜穗的熱情，永遠來自那裡。

不是因爲想與心愛的男人結爲一體。更不是因爲即將爲人母的喜悅。

唯有在得到心臟如遭刺穿的精采作品那一晚，菜穗才會變貌。

就像逮到狙擊的獵物，是那種猛禽類的快感。

一輝早已明白，那，是自己沒有的東西。

山鳩之壁

終於送到自己手裡的青葉小品，被菜穗掛在壁龕的土壁。

山鳩色[1]的牆壁，雖然古老，但是反射書房紙拉門透出的光線，土質牆面摻雜的雲母碎片看似閃閃發亮。在那之中，青葉圖的翠綠飄然浮現。彷彿開了一扇小窗招來徐徐和風，菜穗不禁舒心地嘆息。

果然，這幅畫就是不一樣。和過去見過的任何畫都不一樣。

坐在那幅畫前，自然而然感到腰桿挺直。彷彿受邀出席高尚茶人的茶會，菜穗久久保持那個姿勢，獨自與畫作面對面。

菜穗現在所在之處，是小巧書齋格局的房間。靠近走廊這邊的紙門敞開，紙門外就是庭院。小巧的石燈籠與石製洗手缽，大概已歷史悠久，長滿了青苔，邊緣鑲了一圈宛如絨布光澤的鮮綠。石燈籠旁邊，大概也是老樹，只見楓葉華蓋亭亭伸展枝椏。依偎在那樹幹旁的溲疏灌木，正有朵朵雪白小花綻放。

悄無聲息地下起細雨。透過書房的光線變得稀薄，畫中的青葉悄然陰翳。菜穗屏息凝望那幅情景。

它的表情是多麼變化多端啊。對於透過紙門的微光，竟有如此敏感的反應……。

「菜穗小姐。……菜穗小姐。」

屋內深處傳來呼喚。菜穗赫然回神，屈膝半直起身子。

「我可以進去嗎？」

紙門外，傳來聲音。「請進。」菜穗回答。

紙門倏然滑開，只見一名老婦人端正跪坐在走廊。鷹野仙，今年已八十六歲。形成小小正方形的端正跪坐姿勢頗為老練，一絲不苟地跪坐著拉開紙門，是她身為知名書道家的行事風範。

「我要出去一下。今天下午在祇園有書法課……」

老婦人穿著焦香色平織皺綢夾襖和服，淡淡抹上一點胭紅與口紅。

「老師，您眞好看。很美。」

菜穗不由讚美。不是拍馬屁，是自然湧現敬意。

「哎喲，這是打哪說起。」阿仙的臉上綻放笑意。

「被名門閨秀這麼一說，我會忍不住驕傲起來喔。」

「是眞的很好看嘛。眞的，老師很適合穿和服。我偶爾也會穿，可就是沒法子像您這樣穿得這麼自然。」

「您也會穿嗎？那您一定有很好的衣服吧。帶過來了嗎？」

「沒有。我沒想到會有穿和服的機會，況且……」

菜穗稍微遲疑了一下，才又說道：

1　山鳩色：如山鳩羽毛的色澤，是偏灰的黃綠色。

「況且，我也沒想到會在京都待這麼久。壓根沒想到會來鷹野老師的府上打擾……還給您添了這麼多麻煩。」

「那種小事，不用放在心上。」阿仙以斬釘截鐵的口吻說。

「這又不是您的錯。爲了肚子裡的孩子，就算在這裡多待一陣子也沒關係。就當作是自己的家，安心在這兒過日子。」

雖不知道這是不是眞心話，但菜穗覺得好像拿到了甚麼免罪符，老實地向對方道謝，接受這番好意。

「那我要走了。」阿仙說著雙手去拉紙門準備關上時，菜穗急忙問道：「老師。您大概幾點回來？」

「祇園的書法教室，是下午四點到八點。之後，會招待我去茶屋。每次都會端出好東西喔。那裡的老闆娘年紀跟我一樣大……」

八十六歲的「老闆娘」據說是阿仙昔日就讀尋常小學校時的同學。她經營的「茶屋」叫做「近金」，位於祇園的一隅，據說是超過一百五十年歷史的名店。阿仙說，每個星期三上完書法課後，都會招待她去那裡吃晚餐。雖是老鱉湯煮鹹粥之類的員工餐，但是端出來的菜色都是平日難得有機會吃到的東西，所以阿仙似乎很期待。

「那一定很棒。」菜穗興味盎然說。

「您要不要一起去？」阿仙問。

「這個嘛，改天吧。——在您這裡叨擾的期間，我一定會去一次。」

二人一起來到玄關門口。計程車正在門前等候。阿仙在細雨中撐開紫藤色雨傘，轉身說：

「晚餐朝子會準備，菜穗小姐多吃一點。」

朝子是平日過來幫忙做家事的鐘點女傭。已經照顧獨居的阿仙將近二十年了。

「好。謝謝老師。」菜穗微笑回應。

在分布錯落有致的踏腳石上，只見格子圖案的腰結一步一步輕快地走遠了。菜穗小心翼翼地望著那個背影，直到阿仙反手關上小門。

走過擦得晶亮的走廊，菜穗回到書房。再次在壁龕前坐下。

雨勢比起剛才變大了。畫中的青葉，沉入昏暗的陰影中，甚至看似被雨淋濕。

明明是這麼小的作品，卻如此迫近。

比方說——如果，是畫在更大書齋格局的大房間四周拉門上，不知會如何？

想像青葉風景環繞四周的情景，菜穗不由自主環抱雙臂摩娑。悚然間，起了雞皮疙瘩。

如果被這樣的畫環繞四周——想必會有風從四面吹來吧。那是青綠的薰風。

而在那中央，獨坐的自己。

忘我。恍惚。孑然一身。

在那種幻想中，不再有任何人存在。沒有丈夫，父親，母親，也沒有孩子。

只有自己一人，獨自佔領清新欲滴的青葉汪洋。

丈夫一輝在久別多日後來訪，是一週前的事。

他搭乘末班新幹線，在菜穗滯留的飯店房間過夜。

翌晨，二人爲了去看菜穗買下的青葉小品——出自完全沒有名氣的「白根樹」這位畫家之手——說好了要去造訪位於新門前通的美濃山畫廊。

菜穗恨不得盡快讓一輝看到自己偶然發現的作品，或者說得更進一步，是想必仍無人發覺的畫家才華。

吃完早餐，到了該出門時，意外接到電話。是母親克子打來的。

「我現在正要去妳那邊。馬上就到京都車站了，妳在飯店等我。」

自從女兒去京都後，一次也沒來看望過，結果一來就是毫無預告的突襲。菜穗目瞪口呆，但她當下直覺，一定是一輝把「那幅畫」的事告訴母親了。

「妳看起來精神不錯嘛。氣色也很好……妳是不是胖了一點？」

在飯店大廳一碰面，就被母親這麼說。菜穗當下回嘴：「討厭，人家還瘦了一點呢。胖的應該是媽咪吧？」

「哎喲，妳瞧妳這孩子。」克子笑了。

「我才眞的是瘦了呢。都是因爲擔心妳……對吧，一輝？」

夾在妻子與岳母之間，一輝苦笑。

「對了，你們現在就要去吧？呃，是哪裡來著……」

母親裝糊塗，逗得菜穗忍俊不禁。

「是美濃山畫廊啦。就是我和一輝結婚前偶然經過，買下志村照山的紅葉圖的地方。」

「噢，對了。那幅畫，我也很喜歡。……不過，妳這次發現的，不是照山老師的作品吧？」

徹底走迂迴路線，是克子一貫的作風。菜穗懶得再多費唇舌，因此三人直接上了計程車。

菜穗不僅帶來丈夫連母親都一起帶來，令畫廊主人美濃山大吃一驚。

「這眞是稀客……沒想到連有吉美術館的館長都大駕光臨，眞是蓬蓽生輝。」

克子與一輝分別與美濃山交換名片。

「這次小女承蒙您照顧……我接到她的通知，據說發現有趣的作品，所以迫不及待趕來了。」

菜穗並沒有通知母親，但這種時候的克子，巧妙地竄改了事實。即便如此，菜穗也沒有因此心生不悅。「迫不及待」的說法，想必是眞心話。

「這眞是……讓我該說甚麼才好，老實說，我作夢也沒想到那幅畫有這麼厲害，所以看到各位這樣的陣容，反而緊張得很呢。」

畫廊主人的言詞帶有誠實的味道。他肯定想都想不到，一幅無名畫家的小品，居然能夠讓銀座老牌畫廊的經理，以及在美術行家之間赫赫有名的私立美術館館長從東京飛奔而來。

三人被帶到後面的會客室。和前一天一樣，牆上兀自掛著「那幅畫」。然而，如今那已成爲菜穗的。這麼一想，滿足感便在菜穗的心頭蔓延。

克子與一輝各自當胸抱臂面對畫作。二人都沒開口。菜穗今天注視的不是畫，而是賞畫的二人。

「哎，真的是沒沒無聞的人……甚至還沒有踏入畫壇，算不上畫家也算不上新人，還很青澀呢。」

沉默持續了太久，站在會客室門口的美濃山，只好用尷尬的語氣如此發話。

「這位畫家，叫做白根樹是吧？」一輝沒有轉過身，逕自對著畫作問道。

「我上網查過，的確沒找到叫這種名字的畫家。」

「還真是抽象式手法。」克子終於開口。「好像已經脫離日本畫的領域……有種日本畫缺少的清新感。」

「是啊。」一輝也出言附和。

「居然用這種正方形來表現青葉……不過，看起來的確是青葉。當然也像是長滿青苔的石牆。」

菜穗察覺，這二人並沒有體會到這幅畫最深處的精髓，不過好歹還是感到畫家萌芽的才華。

「好像有點眼熟。這種運筆方式……有點像塞尙。」

一輝嘀咕。

「是克利。保羅．克利。」

菜穗立刻插嘴。

「青綠色的濃淡點綴方式，還有格子形分割的畫面構圖，都令人想到克利。」

「啊，原來如此。是克利啊？」

這次，是美濃山恍然大悟地說。

「國立近代美術館正在辦克利的大型展覽。我也去看了，的確……啊，原來如此。很像克利的風格啊……」

「不對，美濃山先生。」菜穗扭頭對著門口說。

「雖然有克利的味道，但是並不相像。不像任何畫家，也不像任何作品。這位畫家，有著鮮明的獨特性。他抗拒一切，遺世獨立。該說是高潔嗎？有種毅然決然。」

噢——美濃山感嘆。母親也發出嘆息。不過她似乎是因爲哭笑不得。

「對不起，這孩子就是這樣，不知天高地厚……一說到藝術，眞的是，好像就變得有點怪裡怪氣。」

克子用袒護女兒的語氣說。一說到藝術，不管對方是誰，一律肆無忌憚發表意見的菜穗，向來都是靠母親牽制才未惹禍。

「話說回來，雖然格局小，的確有點光芒。不過，拿他和塞尙或克利比，未免有點言過其實了吧？照我說來，硬要比擬的話，這個……」

「所以我不是說了他不是塞尙，也不是克利。」

菜穗轉爲強硬的口吻說。

「算了，反正媽咪不會懂。不用故意裝懂了。這個人，是我發現的畫家。這幅作品，是屬於我的。請妳不要多嘴。」

環繞四人的空氣，霎時凍結。美濃山與一輝，刻意不與任何人的目光相接，一任視線在空中游移。而克子與菜穗，雖以強烈的眼神對視，但最後還是克子先移開目光。然後，她對著一輝嫣然一笑。

「好了，差不多該走了吧？對不起，美濃山先生。一大清早就來吵你。」

畫廊主人惶恐不已，躬身低頭說怠慢了各位沒有好好招待。在美濃山的目送下，三人上了計程車。

「接下來，要做甚麼。……不如去吃飯？」

坐在副駕駛座的一輝，看著後視鏡說。後座的母女倆，互不理睬對方。

「松尾那邊，有一家好吃的天婦羅喔。以前，我先生的朋友帶我們去過，我想去那裡。」

克子說著，把店名告訴司機。想吃的東西，想去的地點，想做的事情。克子永遠正確地知道自己的欲求，並且忠實追求。

三人在尷尬的沉默中，走進桂川邊的一家老房子。在吧台坐下後，克子重新打起精神，開口說道：「這裡的料理，食材的搭配固然也很棒，非常好吃，但最主要的是器皿好。」

前菜是魯山人的器皿，醋拌蓴菜用的是巴卡拉水晶，生魚片裝在捷克工匠打造的玻璃器皿中。最精彩的，是能登的鳥貝燒烤，用的是江戶時代陶藝師尾形乾山的角盤。與枯寂的黃色水仙呈銳角對峙的鮮豔綠葉圖，在鳥貝的下方出現時，菜穗也不禁失聲驚呼。

「這是將近三百年的老東西。」吧台內，身材肥碩的店主說。

「碰上有眼光的客人時，我們就會用這個盛裝料理。」

「哎喲，眞會說話。」克子高雅地笑了。

「坐在這吧台前的哪個人是『有眼光的人』，只有內行人才會懂。你說對吧，一輝？」

「岳母說得對。」一輝也跟著笑了。「最有眼光的，不就是老闆自己嗎？」

沒那回事——店主說著也笑了。吧台內，店主率領著一批俐落工作的廚師，洋溢快活的蓬勃生氣。望著那種情景，吃著美麗器皿盛裝的餐點，菜穗的心情徹底好轉。

「其實，媽咪今天匆匆趕來，並不只是爲了看那幅作品。」

觀察女兒的樣子，克子把握時機開口。

「妳要做好心理準備，暫時住在這裡。爲了寶寶著想，媽咪認爲，妳最起碼必須待上一年。至於住的地方，也別住飯店了，還是找個正經家庭。知道嗎？」

菜穗本來頻頻飛舞的筷子霎時靜止。然後，視線一逕垂落在自己的手。

「這件事，是妳和一輝商量之後決定的？」

菜穗用冷冰冰的聲調問。

「沒這回事。」一輝當下斷然否認。

「我完全不知情。……岳母，這到底是怎麼回事？」

「我的意思是，今後東京還不知會變成怎樣。那場核災，不是一直沒有收拾的跡象嗎？有小孩的人，大家都捏把冷汗。」

克子唐突地開始抨擊起核電事故發生後政府與電力公司的處理方式。對於這個和優雅的午餐格格不入的話題，菜穗與一輝，不禁身體僵硬。

「我覺得妳根本沒必要硬是留在東京，還是以寶寶爲第一優先比較好。妳爸爸也是這麼說。」

菜穗把筷子放回美濃燒的筷架上，宛如枯萎的朝顏花垂下頭。

「我在東京已經沒存在的必要了，是吧……」

菜穗像賭氣的小孩般說道。一輝慌忙再次否認。

「沒那回事。我巴不得妳立刻回來。美術館那邊也是，每年黃金週連假過後就要更換展覽品，向來負責下指令的妳不在，展覽組的人想必也在傷腦筋該怎麼辦。您說是吧，岳母？」

「更換展覽品那方面，我已經做出指示了。」

克子神色淡漠地回答。菜穗與一輝再次身體僵硬。

克子卻毫不在乎他們的反應，逕自表示已經和某位與有吉家多年相識的道地京都女性談好了，就在對方獨居的家中暫借一個房間。

菜穗的祖父生前爲了培養鑑賞骨董書畫的眼光經常造訪京都，曾經向某位書道家拜師學習書法。那個人，就是鷹野仙。

鷹野家，是代代指導皇室朝臣書法的書道一族。據說祖先是平安時代三大名筆之一的橘逸勢的分支一族，一脈相傳書道直至現代。

起初從母親那裡聽說時，菜穗認爲未免誇大其辭，但在京都，的確迄今仍有這種聽起來像在開玩笑的古老家族存在。因著那種背景，鷹野家大大勾起了菜穗的興趣。

午餐後，三人造訪鷹野仙的住處。

如果菜穗要在京都長期滯留，自然不可能讓她一直住飯店，可是又不忍心叫她獨居，因此借住友人家最好，而且是有京都風味的美感，菜穗應該會喜歡的場所。因此母親這一個月以來一直在偷偷尋訪。

「我不放心妳和妳肚子裡的寶寶，媽咪最討厭的就是不去設法解決只知拖拖拉拉糊塗過日子。」被克子這麼一說，菜穗這才終於釋懷。

鷹野仙的家，位於京都中心地帶東邊的吉田這個地區。離京都大學很近，是安靜的住宅區，在車子開不進去的錯綜複雜小巷的最深處，悄然聳立那棟屋子。並非一般所謂的商家建築，穿過氣派大門旁的小門後，一路有錯落有致的踏腳石引導客人直至玄關門口。外型看似古老的平房建築，在那玄關，首先出現的是幫傭的中年女性，接著，一絲不苟幾乎鏗鏘有聲地穿著端整和服的老婦人出現。這人，就是鷹野仙。

懷孕的女兒必須暫時留在京都，我與外子判斷讓她暫時叨擾老師府上是最佳方案，最重要的是對小女來說想必也能趁機學習「美」，這對我們美術館也是件好事——克子滔滔不絕地流暢說明女兒借宿的理由。

阿仙對於曾是自己學生的前任有吉不動產社長的孫女，以及她的家人的到來，非常沉靜地表達歡迎。相較於不管對方是誰，總之爲了貫徹自己的主張只知一味滔滔不絕的母親那種熱切，老書道家的態度宛如沉落清泉底層的光滑石子，一派沉穩。菜穗醒悟，無論做爲一個人，或是一名女性，對方都比母親技高一籌。

菜穗三人被帶去的客室，雖然面積不大，但每個角落都經過精心設計，是書齋格局的房間。二面敞開拉門，門外是同樣小巧玲瓏的庭園。帶有絲絨光澤的青苔，替石燈籠與洗手缽鑲邊。覆蓋其上的，是楓樹搖曳枝頭新綠。一旁，有小株溲疏灌木依偎。

阿仙背對壁龕而坐。壁龕插著山杜鵑楚楚可憐的細枝優美伸展，但山鳩色的土牆上空無一物。菜穗凝視那面牆壁的空間。

古意盎然，是很好看的壁色。

可以格外烘托出那幅「青葉」——。

拜訪不到一小時，菜穗寄宿鷹野家一事，就這麼倉促敲定了。結果，是菜穗自己積極地如此期望，因此阿仙拍板定案說，那好，既然如此我就暫時代爲照顧您，您愛在這兒待多久都不成問題。一如久居京都的人，遣詞用字都是標準的京都風格。那也更加勾起了菜穗的興趣。至於一輝，他幾乎沒開過口，就這麼離開了鷹野家。

替返回東京的母親與丈夫送行，一同抵達京都車站時，開始下雨了。沒帶傘的三人，下了計程車，急忙衝進車站內。

一輝去買新幹線的車票時，菜穗唐突地向母親說聲對不起。

「我好像誤會媽咪了。我還以爲，媽咪根本不在乎我的死活。」

「正好相反喔。」克子微笑回答。

「媽咪只有妳了。所以我希望妳更加琢磨妳的感性。留在京都，應該是個好機會。」

菜穗老實點頭。動作像小女孩一樣乖巧。克子溫柔地摩娑女兒的肩膀，「再忍耐一陣子就好。一切都不用擔心。」她鼓勵女兒。

一輝拿著車票回來了，「我會很快再來。」他在妻子耳畔低語。

「等妳從飯店搬去鷹野老師家時，我會來幫忙。」

阿仙說，要準備房間，所以請她再過一星期之後搬去。菜穗當下爽快對丈夫說，「嗯，就這麼辦。」

菜穗站在新幹線八條口的剪票口外，目送丈夫與母親聯袂離去。

這一個多月以來，一直被自己與腹中胎兒獨自被遺棄在陌生異鄉的錯覺苦苦折磨。總覺得只要待在這裡，自己就是異鄉人。

然而，此刻，菜穗的心中有了那幅青葉圖。她要把那幅畫，掛在鷹野家書齋格局的房間壁龕。光是這麼一想，心情就咕嚕咕嚕地翻攪沸騰。

葵祭之後

平安時代的王朝文化流傳至今的祭典，葵祭，將在京都舉行。

一早打開電視，正好在播報這則新聞。明明不是地方台，卻特地在全國播放的新聞報導當日舉行的地方祭典，應該有其理由吧。一輝不由思忖。

其一，大地震後，大型祭典活動自制取消的傾向顯著，不再舉行熱鬧的活動。唯有地震災情慘重的災區風景，以及房屋荒廢的核災影像，不停在各種媒體反覆出現。當然，日本人的關心都集中在那方面，所以這是理所當然的現象，但震災過了二個月後，人們開始渴求多采多姿的影像也是不爭的事實吧。

另一個原因是，雖說只是地方祭典，但葵祭是全國知名的祭典活動。在各地祭典相繼因震災而自行取消的情況下，京都三大祭中日期最早的葵祭毅然決定照常舉行，毋寧讓人們受到激勵。這是自平安時代一脈相傳而來的傳統祭典，沒有隨便自肅取消反而可以看出它的高潔。葵祭如果取消舉行想必會有許多人失望，但是照常舉行應該無人抗議。

明日，我要去看葵祭。和我在鷹野老師的教室結識的瀨島夫婦同行。他們預定了京都御苑的觀賞席。我非常期待。到時再寄照片給你看。

昨晚，收到菜穗的簡訊。就字面看來，可以看出她相當興奮。

菜穗不管是甚麼祭典活動通通都喜歡。出席盛典時的她，會打扮得格外明豔動人，在桌前就像花束一樣美麗，取悅了同席的人們。去參加祭典時，她會換上和服或浴衣，小配件與髮型也細心配合祭典的氣氛，事先學習祭典的由來及傳承後才出門。和那些只是想狂歡一場喜歡湊祭典熱鬧的年輕人，以及純粹遊山玩水的觀光客擺出不同的姿態，正是菜穗特有的作風。

葵祭，祇園祭，時代祭，是京都的「三大祭」，但一輝和菜穗，都沒有去過任何一種。菜穗一直嚷嚷著想去，可惜休假的日子很難配合，又聽說人潮擁擠得喘不過氣，因此始終提不起勁堅決成行。

因爲有那樣的前因，所以這次終於可以去葵祭，菜穗一定很開心吧。

上週，菜穗才剛開始去她寄宿之處的屋主，知名書法家鷹野仙的書法教室上課，但她似乎立刻就交到朋友，最近她的簡訊內容變得開朗多了。有段時期她隻身待在京都很是徬徨無助，因此菜穗能夠恢復開朗，對一輝而言也是喜事。

這天是星期天。一輝淋浴後，把鬍子刮乾淨，前往廚房。在咖啡機裝好豆子，從冷凍庫取出吐司丟進烤麵包機。雞蛋放進裝水的鍋中，將定時器轉到八分鐘。妻子離家已有一個半月，他也逐漸習慣了自己弄早餐。

有時會想，這簡直像單身赴任。大學時是住在家裡通學，就業後也是在父親的公司上班，所以婚前一直和父母同住。仔細想想，這還是頭一次如此長時間獨自生活。老實說，單身赴任是什麼感覺他並不清楚，但是他驀然產生一種錯覺，彷彿自己也加入了那些與家人分隔兩地，爲了家人努力工作，在這社會上多不勝數的丈夫、父親們。這樣想像，感覺並不壞。

餐後，他一手拿著咖啡杯，佇立窗邊。天氣晴朗時，從陽台可以將東京都心周邊一覽無遺。東京這幾天一直是宛如初夏的好天氣。

一輝與菜穗的住處，位於東京都心的赤坂，是數年前剛落成的超高層公寓的二十樓。決定結婚時，一輝的父親備妥頭期款替他們買下了這間屋子。格局是二房一廳，並不算大，本來打算有了小孩後遲早會搬家。當初的盤算是，這個地段的房子，就算有點貴，出售時想必也不會吃虧。

如果菜穗此刻人在這裡，八成會在舒適宜人的陽台擺張桌子，鋪上白色桌巾，替他準備早餐。柳橙汁，牛角麵包和吐司——菜穗向來是買大倉飯店麵包房的麵包回來冷凍——蘑菇火腿蛋捲，生菜沙拉，以及咖啡。她會俐落地準備五彩繽紛的餐桌。

據說她從學生時代，就在田園調布的娘家附近某法國廚師擔任講師的烹飪教室上課習藝。菜穗的手藝相當不錯。廚房排滿許多看都沒看過的香料瓶，也是菜穗認真學習烹飪的證據。

望著明媚假日陽光普照的風景，實在忍不住想去陽台。把杯子放到桌上，打開落地窗的鎖，手放在窗框上。用力試圖打開，但才開了一公分，又慌忙關回去。

從「那天」以來，這間屋子所有的窗子都一直緊閉。

核災發生後，菜穗奇妙地恐懼開窗，整天把自己關在屋裡。確定有孕是在三月上旬，那時，想必已出現徵候。菜穗不僅聲稱自己暫時絕對不會出門，還逼迫丈夫，叫他也不要去上班。一輝說那怎麼行，總之自己至少必須得去工作，費盡唇舌好不容易才取得菜穗的同意，卻又逼他戴上口罩、墨鏡和帽子，還附帶從地下停車場直接開車前往這個條件。一輝覺得自己簡直像個鬼祟人物，不過這種打扮的人，在那段時期，街上並不少見。

菜穗在公寓閉門不出，但是考慮到懷孕的可能性，似乎忐忑不安，最後終於去婦產科掛號。那時，是請母親克子開車來接她。

仔細想想其實很可笑，將菜穗懷孕的消息告訴一輝的，居然是克子。岳母打一輝的手機，如此說道：雖然是件喜事，偏偏在這種節骨眼……眞是傷腦筋。

之後，從母親那裡接過電話的菜穗反應很奇妙。一輝喜出望外地說太好了，她卻語帶沉鬱地嗯了一聲。然後說她累了不說了，就這麼匆匆掛斷電話。

一輝沒被菜穗似乎不開心的反應打擊到，立刻告訴父親。身爲篁畫廊社長的篁智昭，露出笑臉說「是嗎」，接著卻臉色一沉說，「在這種時候啊……」對父親來說這是第一個孫子。就算再高興一點也不爲過吧？一輝感到不滿。

不過下班後他還是在三越百貨買了蛋糕與水果，又在花店買了一束鮮花。本來還打算去蒂芙尼買嬰兒禮盒，想想太過火了還是算了。總之，爲了最愛熱鬧的妻子，他想極盡所能地慶祝。

沒想到，菜穗迎接一輝返家的表情悶悶不樂。收下蛋糕與鮮花，也只說聲謝謝，擠出陰沉的笑容。

一輝問她怎麼了，菜穗長嘆一口氣。然後，萬分遺憾地嘀咕，眞不想在這種時候懷孕。

打從那天起，菜穗一直鬱鬱寡歡，就這麼啓程去京都了。然後，這間屋子的窗子也就一直緊閉著。

如今只有自己一個人，就算開窗也沒關係。明知如此，一輝的心頭，有種東西蔓延。

你開了窗子吧？

驀然間，他覺得菜穗恐怕會打這樣的電話來質問。

那間開了窗的屋子，我永遠不會再回去。

我永遠不會再回東京了。那是如此骯髒的城市。

今後我打算一直待在京都。我要與寶寶在這兒生活。

你沒意見吧？

一直開著的電視，正在播放新聞。一輝聽著背後傳來的新聞，把緊閉的落地窗上鎖，搖搖窗戶，確認是否已經關緊。

東京部分土壤檢驗出高濃度的放射性物質銫。

東京都內四個地點驗出的放射性物質銫的濃度，分別是東京都江東區龜戶一公斤含三二〇一貝克，千代田區二重橋旁一公斤含一九〇四貝克——。

一如往常開車上班，把車子在畫廊特約停車場停妥後，一輝走進篁畫廊的辦公室。

「早安。今天是個陰天呢。」

負責事務工作的財津有子向他打招呼。一輝也回她一聲早安。

在東京都內知名私立大學專攻美術史的有子，非常熱愛美術，亟盼在畫廊工作，因此篁畫廊看在她這股熱情上，在她大學一畢業就雇用她，從此一待就是十五年。她認眞的工作表現，頗得社長智昭的賞識。

畫廊裡，另外還有等同大掌櫃的業務總監今野宏，業務員時岡誠一，以及同樣負責業務的正木陽子。此外，還有負責接待及製作型錄、管理商品清單等雜務的社員一名，工讀生二名。加上社長智昭與經理一輝總共九人，在銀座的畫廊中已經算是成員頗多了。

「昨天還是五月的晴天。財津小姐，您昨天可有出門？」

有子在社內的職位比自己低，但一輝習慣對年長者使用敬語。

「對。其實，我去京都了。去看葵祭。」

這個意外的答案，令一輝不禁咦了一聲。

「葵祭嗎？我昨天看晚間新聞，還在想自己應該去看熱鬧呢。」

「咦，您沒去嗎？我還以爲您會去……當然，夫人去了吧？」

「對，她去了。不過，那邊沒喊我，所以我沒去。京都我常去，而且我想也犯不著特地去擁擠的地方湊熱鬧……」

聽起來簡直像是與妻子失和正在分居，成了怪異的回答。彷彿爲了抹消那種怪異，一輝接著問道：

「祭典怎麼樣？果然很典雅嗎？」

「是的。不愧是從平安時代持續至今，該怎麼說呢，沒有那種硬生生湊和的感覺。參加者當然都是京都市民，但是裝束也很適合，讓人不免想像，平安時代的人如果眞的列隊出巡肯定就是這種樣子。」

有子沒有待在觀衆席上，她說她是一路追著身穿平安時代裝束的人們與牛馬，從京都御所一直走到下鴨神社。沒有喇叭與廣播，只有牛車的車輪吱呀作響，格外有種穿越時空回到古代之感——就在她略顯興奮地這麼敘述時，智昭進來了。

「啊，社長早。」

有子立刻打住話題，恭敬地行禮道早。一輝也同樣道早。若是以往，智昭會直接走進後方的社長辦公室，享受上班後的第一杯咖啡，但他今日有點不同。

「經理，你來一下。」

一輝應聲稱是，跟在父親身後。智昭轉過身，「今早不用送咖啡進來了。」他交代員工，關緊社長室的門。

感到父親的動作非比尋常，一輝進了房間就立刻站住不動。父親在辦公桌前的會客椅坐下後，「你也坐。」他催促道。一輝默默聽命行事。

「你最近都是開車通勤吧。那個，我看你以後別開車了吧？」

被父親唐突這麼說，一輝錯愕地應了一聲。一輝以前本來就是搭乘電車通勤。因爲工作應酬的關係下班常常喝酒，況且從銀座到赤坂見附搭乘地下鐵只有四站的距離，並不算麻煩。不過，以前從成城的老家通勤時，都是搭乘父親有司機接送的車子同行，一直沒見識過所謂通勤高峰期的搭車人潮。

「我都無所謂。本來就是因爲菜穗非要叫我開車上班，我才這麼做……」

說完，「怎麼了？」他問。父親的提議，感覺實在太突兀了。

父親本來就是豪放磊落型的經營者，最討厭計較雞毛蒜皮的瑣事。他頗有老牌畫廊店主的風範，總是巧妙地大發豪語來討好顧客，也很擅長慫恿顧客動心購畫。篁畫廊自一輝的祖父那代傳承至今，據說祖父也是這種類型的經營者。如此看來，嚴格說起來老是斤斤計較細微末節的一輝，身爲這個畫廊未來的主人，或許堪稱是突變種。

這樣的父親，居然管起兒子開車通勤的問題，令一輝很意外。

智昭露出苦澀的表情，沒有立刻回答一輝的問題，最後才開口說：「四丁目的停車場，我們不是租了三個車位嗎？我想退掉二個車位。」

這又是一個意外的答覆，一輝一時之間不知該如何接話。

「那就是只留社長用車的車位了。那麼，客人用的停車位該怎麼辦——」

「是只留客人用的一個車位。」智昭用不耐煩的語氣打斷他的話。

「我的租車期限，昨天已經到期了。我把車交還了。司機也辭掉了。」

啊？一輝不禁反問。

「爸爸的那輛凌志？司機佐佐木先生也辭了？」

「沒錯。」智昭認命地回答。

「我從今天已經改搭電車上班了。這是人生第一次。眞是要命。」

許是想起擁擠的電車，智昭稍微拉鬆愛馬仕的領帶，嘆了一口氣。一輝想起，那是去年父親節茱穗贈送的禮物。

「爸爸是搭乘爆滿的電車來上班嗎？」

驀然一股可笑湧上心頭，但一輝旋即醒悟，發生了某種不樂觀的問題。

這會帶來相當大的衝擊。

雷曼兄弟金融風暴爆發時，也對美術業界造成極大的衝擊，但當時父親還是沒有放棄乘坐配備司機的轎車通勤。

可是這次，似乎行不通了。

畫廊的財務，由大掌櫃今野掌管。他是智昭全心信賴的人物。智昭大學一畢業進入篁畫廊上班時，今野也在同一時間入社。二人算是同期，也是一起成長的交情。泡沫經濟最高潮時，智昭與今野撈了不少錢。泡沫經濟瓦解後，公司一度瀕臨破產的危機，但那時也是二人攜手頂著大風大浪，總算度過了浪頭洶湧的汪洋。

一輝入社三年後成為經理，年薪卻比今野低，而且至今未能參與公司的經營管理。在父親看來，他大概是個與今野有天壤之別的雛兒。

然而，智昭把畫廊的重要顧客有吉家分派給一輝，命他負責接待難纏的克子。與茱穗的婚事確定後，最高興的就是父親。大概是安心地認爲，只要有了有吉家當後盾，兒子的前途——還有畫廊的前途——便可永保安泰。雖然不可能早就預料到有這一天，但一輝在學生時代每次與女孩子交往，父親都會提醒他，儘管玩沒關係，但是絕對不能認眞。

總而言之，父親與今野聯手掌管畫廊的營運，所以畫廊現在是甚麼狀況，一輝無從得知詳情。只是，光看震災後有多筆交易取消，來畫廊的顧客人數驟減，經營惡化的事實已是昭然若揭。然而，一輝還是依舊態度悠然，他深信無論處於何等窘迫的狀況，自家公司絕對不可能破產。泡沫經濟瓦解，雷曼兄弟金融風暴後，還不是照樣熬過來了。不管發生甚麼事，應該都有辦法解決。

無論社會再怎麼陷入混亂，經濟如何失速，藝術絕對不可能從這世界消失。而且，只要有藝術在，富人必然會萌生慾望企圖把「它」收歸己有。

如此看來，畫廊的命運豈不是穩如泰山？

拉鬆領帶後，智昭板著臉陷入沉默，過了一會，他再次唐突發問：「菜穗現在怎麼樣？」

「是，她還好。好像過得挺安穩。」

最近，菜穗在簡訊中經常提到的京都話「過得挺安穩」，所以一輝有樣學樣這麼說。智昭定定凝視兒子的臉。眼白的部分，許是因爲疲勞，泛黃混濁。

「眞是的，你啊，或許是因爲從小不愁吃穿，該說你是優雅嗎……你還眞是溫呑啊。」

沒頭沒腦突然被父親丟來攻擊性的評語。一輝一時之間不知該如何回話，只能凝視板著臉的父親額頭上深刻的皺紋。

智昭擺出羅丹雕刻似的姿勢，深深嘆氣。然後，對他宣告：「沖田的交易砸了。我們看上的莫內作品，已經付了百分之十的訂金。」

一輝霎時如遭凍結。

沖田，是指與智昭合夥，從泡沫經濟時代就參與大買賣的私人掮客沖田甫。

泡沫經濟瓦解後，陷入破產危機時，據說就是與此人合作，把流入日本國內的印象派近代作品反過來賣到海外，這才解救了公司的危機。在智昭看來，今野是社內的同期，沖田是社外的戰友。

所謂私人掮客，和擁有店面的畫廊不同，是在藝術市場私下活躍的自由藝術掮客。這種人擁有自己的人脈，可以搶先取得市場流動的美術作品情報，在買家與賣家之間穿針引線，從中取得報酬。也有人類似收藏家的諮商顧問。在日本，泡沫經濟時也突然出現許多這種人。

之後，即便社會改用網路交換情報，由於美術市場依然保有封閉的特性，因此想把買賣全權委託可靠掮客的收藏家不在少數。掮客與收藏家之間，一旦締結信賴關係，便可保證掮客的活躍。反之，只要一次失敗，負面評價頓時會傳開，再也無法參與大型交易。沖田就是孤舟橫渡美術市場巨浪的老江湖。當然，也是一輝熟知的人物。

「……這是怎麼回事？意思是說……」

一輝終於開口質問，智昭焦躁不堪地說：「我們這邊找好了買家後，用我們的庫存作品當抵押向銀行借了錢。然後，預訂了紐約某收藏家珍藏的莫內作品。前金五億圓，也透過沖田的帳戶支付了……沒想到那傢伙自己，居然消失了。」

一輝懷疑自己的耳朵。

前金應該是透過沖田付給賣方的收藏家。賣方確認收到匯款後，便會將作品從紐約寄出。然而，上週末，收藏家的代理人聯絡智昭，聲稱沒有收到匯款，因此該作品的買賣視同取消——。

「沖田先生他……不會吧……」

父親如此信賴的人，居然不打聲招呼就輕易叛逃，一輝實在難以置信。

「所以我才說你太溫吞。」智昭不屑地說。

「現在，公司成了甚麼狀況，你還不懂嗎？如果不趕緊設法，連一個月都撐不了。」

一輝渾身僵硬。父親的聲音聽來遙遠，他不太明白父親說的意思。

公司，成了，甚麼，狀況。

如果，不趕緊，設法，連一個月，都撐不了……。

宛如窮追獵物不捨的獵人，父親雙眼充血。他說的話，如槍聲在耳膜迴響。

爲了挽救公司，亟需你的力量。

你要設法把有吉家擁有的珍貴作品弄出來賣掉。

爲了公司——你做得到嗎？

摧花之雨

透過紙拉門照進屋內的陽光，柔滑如絲絹，淡淡照亮矮桌上攤開的宣紙。外面正在下太陽雨。是那種令人預感天氣應該很快就會放晴，照進微光的明亮。雖然有點悶熱，但這種濕氣也很有京都風格，菜穗並不討厭。

「寫得眞好。雖然妳說是第一次學書法，但妳本來就有天分。」菜穗運筆書寫時，瀨島美幸從旁探頭觀看，如此說道。「哪裡，妳過獎了。」菜穗說著，不禁面紅耳赤。

「美幸姊才厲害呢……流麗的假名字體，寫得眞好看。眞不知我要甚麼時候才能寫得那麼好？」

菜穗參加了鷹野仙的書法教室。

瀨島美幸是書法教室的前輩。得知菜穗寄宿鷹野家後，開始積極地邀請菜穗。她的理由是，既然有機會來到京都，就該好好四處遊玩。

美幸也邀請菜穗去看葵祭，還弄到特等席的票。美幸這種既不會強迫推銷，又很有品味的玩樂方式，令菜穗頗有好感。也開始把對方當成年齡差了一大截的大姊姊。

美幸是道地的京都人，是室町老牌和服衣料店的女兒。嫁到以香木店爲家業的瀨島家，與丈夫住在橋弁慶山附近。獨生女在今年春天結婚，她說人生終於告一段落。至於鷹野仙的書法教室，前後算算她已持續學了十年以上。她本來就有書道的素養，也學了和歌，因爲想鑽研假名字體，所以每星期來教室一次。

鷹野仙在京都市內多處開設書法教室，但每週二的下午四點至八點，是在自家客房召集學生指導。菜穗住進鷹野家後，立刻也開始學習書法。

難得有機會住在這種書道大師的家中，當然得好好學習。既然這麼決定了，菜穗準備得也很快。立刻前往阿仙介紹的書畫用品店，一股腦買齊了筆硯墨。毛筆是在二條的香雪軒買的，硯和墨，則是特地前往奈良，在古梅園的總店選購。每次都是聲明經鷹野老師介紹而來，把店主請出來後，詳細求教將近一小時，再三吟味思量之後才買下。

還沒寫過一個字，就已是這種調子。無論甚麼事，既然要做就必須徹底投入——菜穗有點這樣的潔癖。

最早發現菜穗對學習及工具這種執著的，是祖父。

菜穗的祖父，是優秀的經營者，也是喜歡玩賞琴棋書畫的風雅人物。爲了鑽研茶道與書道，即便在忙碌中，仍不忘每月抽空去京都。

祖父看出菜穗這種個性，書道也就算了，卻嚴格禁止她接觸茶道。對藝術擁有異樣敏銳直覺的孫女，萬一迷戀茶道，說不定會把所有的財產都花費在那上頭。自己已漸漸迷上茶道的祖父，有此預感，因此堅決不讓菜穗親近茶道。

在祖父的教育及母親的影響下，菜穗成爲熱愛一切藝術的大人。當然，她對茶道也有興趣，卻一直規矩地遵守祖父說的那句「不要碰」。

如果投入茶道，不知會有甚麼後果。這點，菜穗自己比任何人都清楚。

母女倆付出了大筆金錢，長年來四處求購美術品。如果再添上茶道用具，肯定會把家產都敗掉。

就這點而言，書法就算買齊全套用具也花不了多少錢。菜穗本想筆墨都買最高級的，但每家店主都委婉地制止她：「您才剛開始學，還是慢慢一點一點買齊比較好。」他們沒有處心積慮推銷昂貴商品的態度，在菜穗看來很誠實。

實際上，一開始就使用最高級的用具，豈不是太粗俗了？

即便如此，在教室磨墨時，還是立刻被美幸眼尖地發現，「哇，這是古梅園的墨條吧？」墨條表面以鈷藍色字體寫著「紅花墨」。二百三十年來深受書法家喜愛的名墨，看到那個便可一眼認出。

「上課時用墨汁就好，妳還特地磨墨。菜穗，妳眞的是事事都追求道地風格耶……啊，好香。」

美幸把臉湊近硯台，露出心醉神迷的表情。老店的墨條，的確馥郁芬芳。緩緩研磨時，會散發清雅的香氣。讓人有種難以形容的沉穩心境，得以平心靜氣。那是使用文具店隨意買來的廉價墨汁絕對無法體會到的奢華時光。

「我有強迫症。一旦開始，就非得做到極致才罷休。」

菜穗沒停下磨墨的手，如此回答。

「我也是。做甚麼事都忍不住想做到最好。」

美幸凝視菜穗的手部，如此說道。

「美幸姊，妳學了很多才藝吧？書道、和歌、茶道、花道……」

「還有與我們家業有關的香道喔。」

美幸一靠近，就有馥郁的香氣。她說家中隨時都在焚香。

「我學的才藝多，又要工作。所以雖然想照自己的意思做，可是育兒期間很難隨心所欲。女兒出嫁後，這才總算可以把自己擺在第一位。不過，還有一個人也想效法我。」

美幸說著吃吃笑。她說的那個人，就是丈夫正臣。

正臣同樣也是鷹野門下弟子。家業繁忙，因此好像只能二週來一次，不過他同樣是習藝十年的門生。

「菜穗妳先生除了美術之外，還有甚麼嗜好？他有在學甚麼才藝或是嗜好嗎？」

被這麼一問，菜穗不知如何回答。

「這個嘛，硬要說的話，他是個毫無嗜好的人……雖然也會打高爾夫球甚麼的，但那都是工作上的應酬。除此之外……」

好像完全想不出來。事到如今才察覺自己的丈夫毫無嗜好，菜穗感到自己臉都紅了。

「眞是丟人。」

她老實說。

「哎喲，沒那種事啦。」

美幸委婉地接話。

「他的專業就是美術，怎麼會是毫無嗜好呢。而且，妳先生如果開始學甚麼才藝，恐怕會著迷吧。到時候說不定會把工作棄之不顧……」

丈夫有那麼大的熱情嗎？菜穗暗忖，不過美幸好心地這麼打圓場，所以她還是說：「改天我會勸他也學學書法。」

就此結束對話。

開始學書法一個月，一直在練習寫五十音的假名文字。毛筆在紙上流利滑過的平滑感，令她感到心情也變得逐漸平和。

肚子裡的寶寶已成長到四個多月。肚子也大起來了，害喜的症狀消失。不再像之前那麼毛躁，或許這是因爲逐漸脫離了懷孕初期，但是京都生活不再是「暫居」，逐漸變得腳踏實地，這點，不管怎麼說也爲菜穗的心情帶來了安定。

尤其在鷹野家的生活，更是方方面面完全符合菜穗的喜好。

沉靜的日本式房屋，一切都整齊清潔。每個房間插著當季的花草，掛著阿仙熟識的京都畫家們的日本畫小品。其中也有志村照山的作品。畫作似乎會隨季節更迭而替換，現在掛的是描繪清新青葉的畫，以及香魚圖。

當作教室使用的大客室，妝點了幾幅阿仙親筆寫的書法。阿仙擅長隸書，每一個字都有翩翩起舞的躍動感。那幾乎堪稱是「畫」，造型非常優美。

鷹野家的浴室，也令茱穗頗爲滿意。浴缸是檜木做的，淋浴的地方鋪著石板。浸泡在浴缸中，等於面對小窗。從那裡可以眺望後院的花草樹木，山杜鵑的花朵如雨滴點點綻放。即便從這種小地方，也可看出屋主的品味之優雅。

她與一輝住的赤坂超高層公寓，雖然嶄新，設計性也很強，但和這個房子比起來，一切都有種做作的煞風景。

公寓景觀的確極佳。晴朗的日子也能看見富士山。氣密性極高，無論盛夏或嚴冬，只要打開空調便可舒爽度過。公寓門廳二十四小時都有管理員。在安全方面也沒得挑剔。

但是，就算如此，又怎樣？

想到赤坂的自家，茱穗萌生奇妙的厭惡。恨不得立刻就把房子賣掉。

那是人氣頗高的公寓，落成前已銷售一空，還是透過茱穗父親的人脈才得以優先購屋。一輝的父親出了頭期款，之後每個月繳房貸。

爲了那種房子，老老實實地用薪水付貸款，現在想來竟只覺得可笑。

下次見到一輝，不如和他商量搬去獨門獨院的房子吧？

正當她這麼細細思量時，電話響了。

是一輝打來的。很難得地，他說要臨時來京都。

「明天不是有照山老師個展的開幕酒會嗎？本來以爲工作很忙，無暇分身趕去……但我現在有空了，想想還是該去一下。」

新門前通的美濃山畫廊，從明日起舉辦志村照山的個展。

畫廊主人美濃山送來了開幕酒會的請帖。還說要介紹照山老師給他們認識，菜穗立刻通知一輝。叫他一定要來參加，可是當時，一輝說已有無法更動的工作行程所以拒絕了。

難得有這種見到京都畫壇大師的好機會，居然這麼乾脆就放棄。這種時候，一輝的優先順位到底是擺在哪裡？菜穗內心對丈夫的不滿加深。

既然身爲畫廊的經理，就該把接觸藝術家放在第一優先……。

在這樣的想法下，菜穗質問，與畫家見面不正是你的工作嗎？可是一輝說要配合客戶的時間眞的抽不出空。

所以，現在一輝突然打電話來表明要趕來參加照山個展的開幕酒會，老實說，菜穗很驚訝。

「發生了甚麼事？」

菜穗反射性地問道。

「不，沒甚麼……本來和客戶的晚餐因爲對方不方便臨時取消了。事出突然，我在想該怎麼辦……」

一輝的聲音一如往常雖然溫柔，卻毫無霸氣。

「出了甚麼事吧？」菜穗又問一次。

「非得有事才能去？我是去看自己的老婆……」

一輝難得說出這種使性子的話。菜穗聽了，倒是變得有點愉快。

「雖然不知你這是吹的甚麼風，不過你能來我當然高興。能夠夫妻倆一起認識照山老師，是難得的好機會。」

況且，她也想介紹瀨島夫婦。還想帶一輝去正臣經營的香木店。也想給他看自己寫的假名文字。

還有，掛在鷹野家「自己房間」的山鳩色牆壁的，那幅青葉圖。

一輝尚未見過畫掛在那面牆上的狀態。到底有多麼美，她想盡快讓他看見。

種種欲求湧現，菜穗的心情頓時大好。

「我肚子已經很大了。等你看到，一定會嚇一跳。」

「是嗎？」一輝用更加溫柔的聲調說。

「比起拜見照山老師，妳的肚子更令我期待。」

翌日，不巧是雨天。綿綿細雨落在庭院的溲疏灌木簇簇白花上，格外鮮豔地烘托出石燈籠上的青翠苔痕。

菜穗第一次穿上剛買的孕婦裝。

之前，她都是用腰身寬鬆的連身洋裝將就著湊和，但是近來逐漸感到肚子沉重，只好認命地決定穿上孕婦裝。

她逛了幾家位於四條通周邊的百貨公司。在某間店內，年輕的店員始終保持殷勤熱切的笑容，「推薦給新手媽咪的是……」「最近媽咪之間最受歡迎的是……」媽咪長媽咪短的很噁心。自己好像被歸類到「媽咪」這個新的領域，令她很反感。

最後，她在態度穩重的資深店員負責接待的嬰兒服精品店，買了三件設計不失不過的普通孕婦裝。

穿上米色連身裙，她站在鏡前。看著隆起的腹部，忍不住脫口喊了一聲「討厭」。難得有機會可以和一輝一起向志村照山致意，自己卻一副大肚婆的模樣，怎麼看怎麼討厭。

她脫下孕婦裝隨手一扔，換上腰身無接縫的黑色連身裙。洋裝使用了大量烏干紗，七分袖隱約透明。她覺得這件還稍微好一點。戴上珍珠項鍊，取下純金耳環，換上鑽石耳環。撲上亮色的腮紅後，臉孔頓時增添幾分嬌豔。

她走到走廊，阿仙正好也走出來。她穿著淡灰藍色看似清涼的和服。夏用單薄腰帶是藍鐵色，上面有銀線繡成的千鳥飛舞。塗了白粉的臉上，口紅格外顯眼。

「哇，老師。眞好看。這是夏裝吧？」

菜穗衷心希望自己將來也能老得這麼優雅，一邊說道，

「因爲我看在下雨嘛。也不是甚麼好衣服啦。」

阿仙笑著回答。然後又告訴菜穗：「這個時節的雨，叫做『摧花之雨』。」

已到了溲疏滿樹白花凋零的時節，但落花時節下的雨，據說將是梅雨季的開始。風雅的說法，令景色歷歷如在眼前。

「哇，兩位都好美。簡直像是二朵鮮花爭相怒放。」

送二人到玄關的女傭朝子文雅地打趣。就這樣目送二人鑽上在門口等候的計程車。

二人現在正要去參加美濃山畫廊舉辦的志村照山展開幕酒會。

「老師和照山老師是多年交情了吧？」

計程車發動後，菜穗問。

「對，沒錯。從師父那一代就認識了。」

照山是汲取竹內栖鳳流派的柿沼英峰的弟子。

明治以後，日本畫壇的勢力分為東西各自發展。相較於東京美術學校．再興美術院派的東京畫壇，京都府畫學校．國畫創作協會派的京都畫壇，成為西部一大勢力。

從古代的大和繪、京狩野派，歷經江戶中期的圓山四條畫派，京都畫壇一脈相傳至今。光是這樣，想必已堪稱脈絡強大的世界。

開始與阿仙及瀨島夫婦來往後，菜穗感到的是，不只限於畫壇，京都人比東京更重視人脈與親友關係。

換言之，如果得到有人脈關係的人介紹，不管去何處，大門都會像有魔法般自動開啓。反之，如果無人介紹，大門往往難以打開。不僅如此，甚至連門都不敢敲。

過去也曾多次來京都旅行，但菜穗終於理解，自己以往以為知道的其實只不過是冰山一角的世界。

打從買到照山的紅葉小品，菜穗便對京都畫壇的創作家作品深感興趣，但她有種預感，那就像茶湯，一旦沾染再也無法回頭。

想必，自己會渴望得到那一切，非得窮極一生去追求才甘心吧。

然而，她同時也感到，如今在京都有了人脈關係，以前好歹還能勉強哄其安睡的好奇心，正在悄然甦醒。

如果有阿仙的引薦，不只是照山，或許也能與其他的京都畫家拉近關係。

菜穗對於自己在京都的監護人是鷹野仙，悄悄萌生興奮。

新世代的人即便聽到「鷹野仙」這個名字想必也沒概念，但是如果想和京都知名的文化人接觸，只要透過阿仙去敲門即可。

阿仙自己倒是甚麼也沒說，但瀨島美幸私下告訴菜穗。阿仙的祖先代代都負責書寫與皇室活動有關的文字。和茶道、花道、香道、和歌、繪畫等各家流派的家主及師傅也有往來。門下更有無數京都名門世家的子弟。

所以，菜穗妳也是被眷顧的幸運兒呢。

想起美幸這句話，菜穗的自尊心受到刺激，爲之陶然。

手機響起收到簡訊的聲音。是一輝傳來的。上面寫著「我現在已抵達美濃山畫廊前」。

計程車抵達時，一輝正在等候。阿仙從車內出來，他立刻遞上雨傘，「謝謝，你眞親切。」阿仙道謝。

「怎麼，肚子並沒有多大嘛。」

一看到菜穗，一輝就說。

「我還以爲會更像孕婦呢。」

「是嗎？那眞是遺憾。」

菜穗回嘴。本來是想開玩笑，可是話說出口後好像有點賭氣的味道。

「老師，菜穗。你們好。」

進畫廊前就被叫住，是美幸。她穿著淡雅的粉灰色和服，腰繫茶灰色的名古屋腰帶。她向來都是穿著時尚的連身裙或褲裝來阿仙的教室，但是不愧身爲和服衣料店的女兒，穿起和服也駕輕就熟。目睹阿仙與美幸二人洗鍊的完美裝扮，菜穗產生強烈的憧憬。

「美幸姊，我來介紹一下。這是我先生篁一輝。一輝，這位是美幸姊。是鷹野老師書法教室的弟子……」

菜穗站在美幸與一輝之間做介紹。

「久仰。經常聽菜穗提起您的大名。聽說還承蒙您撥冗帶內人去各處遊覽……非常感謝您照顧內人。」

一輝從西裝內袋取出名片寒暄致意。美幸客氣地用雙手接下名片後，笑眯眯地回答：「不敢當，是我承蒙照顧。」或許是因爲學習茶道的關係，美幸的一舉一動如行雲流水，溫婉自然。菜穗不由將美幸與母親克子的身影重疊。

美幸比母親年輕，卻遠比母親更有氣質，散發出成熟女性的風韻。而母親，是個性感得更露骨的成年人。

「鷹野老師，篁先生篁太太，還有瀨島太太……歡迎各位光臨，謝謝賞光。」

發現菜穗一行人在入口前互相寒暄致意，畫廊主人美濃山連忙從店內走出說道。

「近來可好？」

阿仙緩緩問道，

「嗳，托您的福。老師也氣色不錯。」

美濃山滿面笑容地回應。然後，他轉向一輝與菜穗。

「兩位來得正好。我想介紹給兩位的人已經來了。」

「是照山老師嗎？」

菜穗問，

「是與老師有關的人。」

美濃山的回答很微妙。

一行人跟在美濃山身後走進畫廊。畫廊內妝點著雲霧籠罩的深山圖，以及綠意盎然的溪谷圖。全是志村照山拿手的風景畫。這些擷取夏日風景的清新作品，似乎令賓客擁擠的畫廊空氣變得清涼。

在最後方，有位福態的和服紳士，正在和顏悅色地與來賓交談。那肯定就是志村照山。菜穗感到心頭的悸動加快。

我在這家畫廊買了老師的紅葉圖。雖是小品……卻是傑作。

菜穗早已決定，被引薦時就對照山這麼說。而且，還要讓丈夫與照山交換名片，邀請照山在東京開一次個展，然後在篁畫廊舉辦個展。

到時候，有吉美術館會買下照山最棒的傑作……。

「菜穗小姐。可以容我爲您介紹一下嗎？」

被美濃山這麼一說，她才霍然回神。轉頭一看，眼前，站著陌生的女性。

白襯衫配牛仔褲。腳上穿著米色的包鞋。筆直的長髮環繞白皙的小臉。宛如清泉畔悄然綻放的水仙，修長挺立。

「這位是白根樹小姐。……就是描繪那幅『青葉』的作者。」

菜穗在一瞬間爲之屏息。她知道，緊靠身旁的一輝也同時倒抽了一口氣。

深邃的雙眸，目不轉睛。彷彿要看穿菜穗的心旌動搖。

那是甚至令人悚然的，深邃，優美。是宛如無底清泉的冰冷雙眸。

無言的二人

紅色航空警示燈明滅不定的超高層大樓遙遠正上方，升起半個月亮。

彷彿整個城市在燃燒——記得有一次，接待來自紐約的美國收藏家到這位於高樓的飯店酒吧時，對方曾經這麼說。

此人靠著金融業累積資產，是專門收集亞洲書畫古董的男人。

七十歲才初次來到日本，但他從關西機場直接前往京都，直到在京都待夠了，才前往東京。他是篁畫廊某位顧客的友人，因此一輝與父親一同在這個酒吧款待他。

被他這麼一說才想到，無論在紐約，或是歐洲及亞洲各大都市，都沒有這種高層大樓一定要亮紅燈的規定，往往是以更低調的城市燈火替夜晚的天際線鑲邊。唯獨東京的夜景，因爲有航空警示燈，好似用火紅的火焰鑲邊。

爲了讓飛機意識到高層建築，日本的航空法如此嚴格規定。雖然很想說，就算沒有搞得那麼燈火通明飛機也不至於衝撞到城市，但是想起九一一的恐怖攻擊行動，如今誰也不敢說絕對沒那種可能了。

宛如惡質玩笑的事情，眞的會發生。那，好像就是現在的社會。

日本的泡沫經濟瓦解。紐約與華盛頓特區同時發生恐怖攻擊行動。雷曼兄弟風暴與金融危機。還有，東日本大地震，以及東北核電廠事故——。

如今誰也不敢說，絕對不可能發生。

那種事，就在自己身上發生了。

一輝獨自坐在燈光昏暗的酒吧吧台前，啜飲馬丁尼。品嘗一口舌尖發麻的觸感後，他把杯子放回杯墊。

法蘭克穆勒（Franck Muller）手錶指著六點三十分。比約定的時間整整提早三十分鐘抵達，是因爲他在篁畫廊打烊時間的六點整就下班了。

與焦躁不安的父親篁智昭面對面的時間，哪怕是少一分甚至一秒都好。如果不小心在畫廊待久了，父親就會催問「那件事怎麼樣了」。

篁畫廊正面臨創立以來的最大危機。

智昭透過長年信賴的生意合夥人，私人掮客沖田甫的仲介，著手一筆大型繪畫交易。透過沖田的人脈訂下紐約某位收藏家珍藏的莫內作品，在智昭的顧客中找到買家。說好了要由篁畫廊把扣除佣金後的錢，先透過沖田的帳戶匯給賣方的收藏家，一星期後，顧客再把錢匯進篁畫廊的帳戶。本來只要有短短一週時間，便可等到顧客匯款買下那幅畫，但賣家不願意等上一週，對方聲稱如果不趕快付款就要賣給別的買家，智昭判斷應該不會有問題，因此用畫廊庫存的作品做擔保，向銀行借了購入作品價格的百分之十，也就是五億日圓預付訂金。沒想到，沖田拿著那筆錢，居然消失了。

智昭沒有向警方報案，也沒有去找銀行商量。他最害怕的，是這次失敗導致畫廊失去信用。換句話說，那意味著祖孫三代相傳，被譽爲「老字號」的篁畫廊就此完蛋。

沖田肯定就是算準了智昭的個性，知道他絕對不會立刻報警。甚至就連沖田的事務所和自宅，當智昭慌忙趕去時，也已人去樓空。

「他從一開始就打算這麼做了。該死！」

智昭滿頭大汗，如此咒罵。

「我到底做錯了甚麼？再艱難的時候，我們不就都一起挺過來了……最後居然是這種結局嗎？可惡！」

而一輝，沒有任何話可以安慰父親。

長年同甘共苦的沖田背叛了自己，這個事實本身似乎才是對智昭最大的打擊。

如果，這次不是被沖田而是被其他甚麼人陷害，父親肯定會第一個找沖田商量。而且，二人必然會同心協力挺過這個難關。

一輝痛切感到，自己無法像沖田一樣協助父親。雖然這是個太過諷刺的事實。

銀行的貸款期限是一個月。在這期限之內如果不能談成大買賣，篁畫廊就逃不掉破產的噩運。智昭自嘲地說，「我甚至很想趁著夜黑風高一走了之。」

然而，實際上，篁智昭沒有那麼不負責任也沒那麼純眞到一走了之的地步。

不可能的事情眞的發生了。除了設法解決別無他法。智昭似乎已如此下定決心。

要成立高額作品的買賣，需要周全的準備。無論是對買方或賣方，都要愼重接近，建立信任關係，一步一步慢慢來。篁畫廊雖有許多長年來往的顧客，但是能夠立刻成交五十億圓交易的對象，極爲有限。

買家，有可能在這幾年智昭開拓的亞洲新興收藏家當中找到。

尤其是中國的富裕階層，要買就會立刻拍板定案。不過，中國人購買的對象有限。他們喜歡收集的，是明代精美的陶瓷器，以及印象派、近代、現代美術的知名藝術家的作品。

不管怎樣，對於響亮名氣和知名品牌毫無招架之力，就是他們的特徵。篁畫廊能夠接近他們，也是因爲有「銀座的老牌畫廊」這個既定風評。

如果要賣給他們，那麼作品又要從哪裡找來？

假使從美國或歐洲收藏家及掮客那裡著手，必須耗費不少時間。況且，他們自己也早已透過別的管道賣給中國採購人員。再加上還有匯兌的風險。若要在短期內成立交易，從日本國外調度作品會極爲困難。

如此一來，選擇日本國內的作品，不僅快速，也更有把握。

而擁有一流作品，可以立刻決定賣出的人物，自然也就極爲有限。

那個人物是——。

「讓你久等了。」

一輝正在茫然眺望吧台彼方的窗外，航空警示燈閃爍紅光的夜景，這下子才回過神。

一輝身旁的椅子，被酒吧員工無聲拉開。坐下的，是有吉克子。

一輝無意識地伸手撫摸領口的領帶。這是深藍色綴有黑色花體字的GUCCI。是菜穗在購買孕婦裝的京都百貨公司買給他的。她說「這是獎勵你趕來參加照山老師的開幕酒會」，今早，在分開時交給他。

「這是吹的甚麼風？你居然會主動說『想立刻見面』……到目前爲止，這種事情，好像一次也沒發生過吧？」

彷彿在責怪戀人太冷漠的說話方式，帶有一點戲劇化。

「對不起。突然把您找出來……如果您沒時間，我本來打算放棄。幸好您答應了我無理的邀約，老實說，我很高興。」

一輝刻意裝出靦腆的笑容。克子略顯得意地呵呵嬌笑。

「不過，這樣也不錯。瞞著茱穗，在這麼有情調的酒吧，與你並肩而坐。光是這樣，好像就有點刺激了。」

克子叫了與一輝一樣的馬丁尼。一輝也又叫了一杯。「乾杯！」杯子相碰後，克子爽快地一口喝光透明的液體。

「您可眞爽快。」

一輝說，

「對，不知怎地，忽然很想喝酒。」

克子呼地吐出一口氣，如此回答。

克子似乎已察覺，一輝肯定會提出甚麼特別的要求。

那究竟會是甚麼呢？

是發現了有趣的作品想求她買下嗎？或者，是想懇求岳母把菜穗叫回東京？或者，是更私密的告白？比方說，他想背著菜穗，與克子發生更親密的關係，諸如此類——。現在自己正要提出，與那任何一項都無關的請求。

一輝緊張過度，碰觸杯腳的指尖甚至幾乎顫抖。

這若是身經百戰的父親，八成不會露出絲毫緊張，肯定可以若無其事地切入話題，把談判引向對自己有利的方向，巧妙誘導對方說出「YES」吧。到目前爲止，父親就是這樣參與幾百件作品的買賣，談成總額高達數百億日圓的交易。

這麼一想，自己只需要談成一件。而且，僅此一次。

只要說動對方提供一件價值五十億圓的畫作就行了——。

「對了，一輝，你昨晚去京都了吧？你去參加了志村照山的個展開幕酒會？在會場，應該有意外的邂逅吧？」

克子扭頭對一輝說。今早，據說菜穗打過電話給她。克子有點哭笑不得地表示，菜穗在電話中聽起來依然亢奮未消。

「眞是的。那孩子，只要提到自己中意的作品或藝術家，滿腦子就只有那個，完全不顧其他。只不過是買到一幅青葉圖，而且是十號左右的小品，她居然說想把那個畫青葉圖的新人今後的作品通通買下……」

一直面對正前方低頭不語的一輝，這下子倏然抬頭，轉向克子。

「……菜穗她，眞的這麼說？」

「咦，你不知道？」

克子瞪大雙眼說。

「昨天你也在場，我還以爲她是跟你商量過才這麼說。菜穗這孩子，眞是古裡古怪。」

「……」

「不過，你也見到了那個叫甚麼白根樹的畫家吧？」

克子用艷紅的指甲尖摩娑纖細的杯腳，一邊問道。

一輝只能含糊其詞地回答「對，是啊……」

然後，他似乎忽然想起甚麼，

「要買下全部作品，虧她說得出那種話。只不過看到一幅小品。」他像要譴責似地說。

克子滿臉不可思議地凝視一輝的側臉。一輝的視線，游移不定，似乎在光滑的柚木吧台上徘徊。

志村照山個展的開幕酒會上，畫廊主人美濃山替一輝與菜穗引見的，是照山的弟子，白根樹。

看到她的瞬間，一輝的記憶之泉，頓時被用力丟入一顆小石子。妖異的漣漪，在一輝的內心蔓延。

——是那個人。

初春，櫻花盛開的時節，他曾與菜穗去過岡崎的京都國立近代美術館。是爲了看保羅．克利的展覽。

在即將閉館的展覽室，掛著克利作品的展覽牆之間，宛如在清流中逆流而上的香魚，快步穿梭而過的背影。

白襯衫，牛仔褲，米色包鞋。用髮夾隨意紮起的黑髮。

面對克利畫作的倩影宛如一幅畫，令他不由自主看得出神。而且，不知不覺中，他的目光追逐的不再是克利的畫作，而是那個背影。

熱心凝視作品的背影——很像某個人。

總覺得，好像在哪兒見過——。

驀然間，她轉過身來。猝不及防地，一輝的視線與她的視線，直線相連。

那一瞬間，心臟好像被冰涼的玉手冷冷碰觸。

彷彿平靜無波的湖面般，淡定的雙眸。彷彿冬天的樹木般，凜然的站姿。

被對方盯著，一輝無法逃離那個視線。如同被磁石吸引，一輝也同樣盯著她。

就時間而言，大概只有短暫的兩三秒鐘。但在那一刹那，一輝完全將自己遺忘在某個異次元。

一輝——菜穗的聲音喚醒了他。他朝聲音的來源轉頭時，那個女人已穿梭在色彩繽紛的畫作之間，就此遠去。

美術館發生的那件事，頓時在他的腦海鮮明重現。就好像克利的畫冊在眼前攤開。白根樹用一如當日的眼神，盯著一輝像要貫穿他。

「白根小姐，這是篁先生篁太太。篁太太菜穗小姐正是之前一看到妳畫的『青葉』便立刻買下的人。」

聽到美濃山這麼介紹，樹的嘴角微微出現一抹笑意，在沉默中深深一鞠躬。

因為她是默默行禮，一輝和菜穗都不知該如何開口，只好也同樣默默回禮。

在酒會上被介紹給創作家認識時，菜穗會輕鬆應對，巧妙製造話題避免冷場。這是儼然頗有藝術庇護者風範，擅長社交的菜穗一大優點。

然而，這晚的菜穗樣子顯然不同。或許是因為最近大力支持的作品作者無預兆地出現眼前，她似乎有點不知所措。

一輝也好不到哪去，在美術館偶然驚鴻一瞥，留下強烈印象的女子，突然鮮明地在眼前出現，令他難掩驚愕。

其實並沒有交談，短短數秒的視線交會，不過是萍水相逢之人。然而，卻似乎見到了不該見的人，有種類似罪惡感的陌生情緒，倏然掠過心頭。

「那個……篁先生，方便的話，也介紹志村老師給兩位認識一下吧？」

站在沉默的三人之間，美濃山如此說道。一輝彷彿終於得救，連忙回答：「好，麻煩你了。」然後，他再次朝白根樹投以一瞥。

他與清冷澄澈的雙眸，再次視線交會。心頭一緊。刺痛般的悸動籠罩心頭。

他慌忙將視線移向菜穗，以眼神示意：走吧。沒想到，「你先走。」菜穗冷漠地說。

「我還有話要和白根小姐說。」

菜穗的眼圈有點泛紅。她每次只要一興奮，眼圈就會泛紅。看到精采的展覽，發現喜愛的作家作品時，她總是會這樣，爲之陶然。心醉神迷的臉孔，和她在一輝的愛撫下恍惚失神時的表情分毫不差。

然後，她再次面對樹，「之前，我在這裡買了『青葉』……」她又恢復平時的擅於社交，打開話匣子。

一輝對二人的樣子耿耿於懷，卻還是與美濃山一起在人潮中往畫廊最後方移動。照山被好幾個客人包圍，交談甚歡。美濃山與一輝站在略遠處，等待對話打住的瞬間。

「不過話說回來，今天可眞是盛會。」

一輝不時瞄向佇立在出入口周邊的菜穗與樹，一邊說道，

「是。志村老師今年春天本來已經確定會獲頒勳章……結果受到之前的震災影響，被迫延期了。不過我想應該很快就會正式宣布，屆時老師的作品身價將會水漲船高，所以喜愛老師作品的人趁著現在紛紛搶著上門。」

美濃山壓低嗓門透露。

原來如此，一輝恍然大悟。在日本畫的市場，只要有獲頒勳章之類的活動，據說那位畫家的作品價格會一下子炒得很高。篁畫廊經手的領域之一——日本的西畫圈，當然也是如此。

「對了，篁先生，尊夫人好像格外喜愛白根小姐。」

美濃山依舊低聲問。一輝聽了，報以苦笑。「是啊。好像是。」他回答。

「那位小姐，好像還沒有和任何一家畫廊簽約……我總覺得，好像會有不少麻煩。」

美濃山有點難以啓齒似地說。

「麻煩？……您的意思是？」

一輝反問，

「唉，那個……是這樣的。志村老師非常執著。他曾親口說，絕對不會輕易把樹放出去。」

一輝感到，心頭再次有妖異的漣漪層層蔓延。

——也就是說，那個女人，是志村照山的……？

「不僅如此。那個人，是有點特殊的人……我是說……她好像有殘疾。」

那個人有發音障礙。

彷彿要吐露不好的企圖，美濃山把嗓門壓得更低，在一輝的耳邊囁嚅。

「據說，她小時候，罹患舌頭的疾病……好像發不出聲音。簡而言之，也就是說，她不會講話。」

一輝聽了，不假思索地，朝出入口轉身望去。

菜穗與樹，正在面對面交談。不，是菜穗單方面在發話。樹只是定定凝視菜穗臉孔的某一點，不時點點頭。每次點頭，長及胸前的黑亮秀髮，便會輕輕搖晃。

不知栞穗是否察覺樹不會講話?栞穗的眼圈依舊泛紅,一心一意地忙著說話。

「唉,贊助那種初出茅廬的女孩子,老實說,我毫無興趣。如果是贊助志村照山還勉強說得過去。」

一隻手肘撐在光滑潔淨的柚木吧台上,克子自言自語似地嘀咕。

「不談那個了……我們還是言歸正傳吧?你不是有事情要拜託我嗎?」

風情萬種的音色,對著一輝的側臉呢喃。一輝拿起馬丁尼酒杯,像剛才克子做的那樣,一口喝光。然後一口氣說完:

「……能否請您出售莫內的『睡蓮』?售價五十億。給我們畫廊的佣金,是百分之十。至於買家,我們已經找好了。」

他早就知道,在這種人面前愼選遣詞用字也沒用。

有吉美術館藏有莫內晚年的作品。是栞穗的祖父生前購買的,也是代表該美術館館藏的名作。如果拿出來拍賣,最終價格絕對不下三、四十億。倘若再向視印象派作品爲絕佳投機標的的亞洲富豪喊喊價,甚至可能炒到五十億圓。

只要把這幅……就這麼一幅,弄出來賣掉就行了。

他突然去京都,並不是爲了參加志村照山的開幕酒會。其實,是想在他與克子商談前,向栞穗吐露事實。

然而，他做不到。——他害怕。

他可以坦承篁畫廊陷入的困境。因爲那是事實，瞞著妻子也沒用。

然而，如果告訴妻子，爲了拯救畫廊，他想把茱穗擔任副館長的美術館視爲鎮館之寶的作品賣掉——夫妻情分，說不定會到此爲止。

他害怕會變成那樣。

既然如此，索性直接向身爲館長的克子提出或許更省事。如果是克子，應該可以坦然告訴女兒，這是老娘我決定要賣的。

只能這麼做了。

只要在他與克子之間，製造完全的「秘密」——。

克子眼也不眨地凝視一輝的側臉。如此沉默片刻，最後，她悄聲說：

「那麼重要的事情，要在這種地方說？不如去這層樓的餐廳吃飯，我們再繼續談？」

一輝緩緩把臉轉向克子。

「——我在樓下，已訂了房間。」

二人默默離開吧台。

一輝率先走進玻璃帷幕的電梯，克子尾隨在後。璀璨的夜景中，載著二人的玻璃箱悄無聲息地下降。

漣漪

從淺眠醒來，微微睜眼，視線前方是杉木的木紋。

躺在鷹野仙家，現已成爲自己房間的客房，菜穗醒來首先看到的，就是這歷史悠久的杉木天花板。

與丈夫一輝居住的嶄新公寓，醒來時，首先有雪白壁紙的天花板映入眼簾。和那種無機質的整片白濛濛相比，這個房間天花板的木紋自有其韻味。這種小地方，她也很喜愛。

躺著把臉向右轉，可以看見書齋的壁龕。山鳩色的壁面，掛著青葉圖。看到這個，總有身體中心流過涓涓清水之感。

「菜穗小姐。我可以進去嗎？」

紙門外，響起客氣的聲音。是幫傭的朝子。大概是怕菜穗還在睡會打擾到她，聲音微妙地細小。

「好，請進。我已經醒了。」

她坐起上半身，刻意大聲回答。紙門靜靜滑開，用小托盤端著裝水的杯子，穿圍裙的朝子走進來。

「身體怎麼樣？」

朝子在菜穗的枕畔跪坐下來，把托盤放到榻榻米上，開口問道。

「好像已經好多了。不好意思，讓妳操心。」

菜穗努力用精神抖擻的樣子回答。

菜穗這幾天害喜嚴重，也沒有胃口。一度也曾好轉，但這天又再次惡化，從早上就一直待在房間。

「害喜這種毛病，證明肚子裡的寶寶很健康。或許暫時會不太好受，但那也是爲了生下健康寶寶的準備之一，總之，說來說去，還是得忍一忍哪。」

朝子據說有二個女兒。女兒已各自獨立，嫁到京都以外的地方。因爲曾送女兒到阿仙的教室上課，後來自己也師事阿仙，這十幾年來一直以女傭的身分照料阿仙的生活。

在菜穗看來，懷孕第二、三個月時並沒有怎麼害喜，因此她原本樂觀地以爲應該會這樣保持下去不至於太難受。沒想到一進入第四個月，身體突然不適，於是她又開始變得悲觀，懷疑這是流產的前兆，或許無法平安生下孩子。她也去醫院看過，但醫師說，胎兒並無異狀，偶爾也可能發生這種現象，叫她多觀察一陣子再說。

菜穗的身體出現變化，是在她出席美濃山畫廊舉辦的志村照山個展開幕酒會的隔天。

上午送趕來參加酒會的一輝離開後，她就與阿仙的書法教室同學瀨島美幸約好，去御池通的日本料理店「岡崎」共進午餐。店面雖小，卻極受歡迎，因此很不容易訂到位子。身爲常客的美幸事前拜託店家，只要有客人取消訂位就立刻通知她，隨便甚麼時候都行，結果那天正好有空位。美幸立刻邀菜穗一起去。

瀨島夫婦經常帶她到處品嘗美食，菜穗也早已發現他們介紹的餐廳絕對不會錯，因此二話不說就答應要去。沒想到，更衣準備出門時，突然胸悶反胃，吐了出來。實在無法吃東西，因此午餐只好作罷，轉而趕往醫院。

翌日一度好轉，因此她去阿仙在自家開設的書法教室露面。美幸果然也來了教室，打從心底很擔心地問她，「身體怎麼樣了？」

她回答已經沒事了，美幸說，這種時候不知妳吃不吃得下去，不過這是「岡崎」的老闆娘送的，分給妳一點，說完給她一小袋據說是用老鱉高湯烹製的「小魚乾」。

那天，上完課後，阿仙對菜穗提出一個意想不到的提議。

「我受邀去照山先生家作客。我打算明天去，妳要不要一起去？」

阿仙和志村照山，據說從師父那一代就有來往。開幕酒會上久別重逢，二人相談甚歡，照山還偷偷告訴阿仙，受到皇室宮內廳委託正在創作一幅作品。見阿仙頗有興趣，照山說「既然如此，那就偷偷給鷹野老師一個人看一下吧」，邀請阿仙去他家。

菜穗很驚訝。正常情況下絕對不會打開的門扉，原來在某些人敲門後，便會如此輕易開啓。這就是京都的行事作風。

菜穗差點不假思索一口答應，卻在瞬間打住。這種場合，如果欠缺足夠的優雅，剛打開的大門有時也會重新關上。

「可是，照山老師說，偷偷給鷹野老師一個人看吧？像我這種人，如果冒冒失失跟去了，恐怕會給您添麻煩吧？」

「絕對不會有麻煩。」

阿仙坦然自若說。

「他說只給我看，其實意思就是可以不用顧忌地帶人一起去。」

看來阿仙與照山之間，似乎有特別的關係。阿仙在菜穗的心目中，從此更強化了「在京都可以像變魔法一樣打開緊閉大門的高人」這個印象。

於是，她曾經心心念念有朝一日能夠訪問志村照山家的心願，就這麼輕易實現了。

菜穗的目的，是和照山建立溝通管道，把照山尚未在東京舉辦過的作品展，交給一輝擔任經理的「篁畫廊」來舉辦。

從身爲「美濃山畫廊」主人的美濃山那裡，得到照山不久即將獲頒勳章的情報。今年春天的受勳典禮雖因東日本大地震的影響被迫延期，但是據說秋天應該會確定受勳。

如此一來，照山的作品肯定會在受勳後水漲船高。如果要洽談在東京舉辦第一次個展的事，現在想必是最好的時機。

菜穗下定決心，要代替遲遲不肯在京都打下基礎的丈夫，自己打開那個管道。

當然，如果要在東京發表，她會從一開始就安排好，屆時展出的最佳作品，將由自己擔任副館長的有吉美術館買下。

菜穗開始在心中偷偷盤算遊說照山去東京辦個展的方案。

但，菜穗眞正的目的，不是照山。

菜穗看上的，其實是照山的弟子，白根樹。

出席照山的酒會時，雖未說出口，但她心中隱約抱著期待，樹或許也會出現。結果，還沒介紹給照山認識就先見到了樹。這令她大感意外。

突然被介紹給喜愛的藝術家，菜穗是抱著緊張與興奮交織的心情面對她。

在見面之前並不確定對方是男是女，然菜穗一心認定對方是女人。天天與作品相處的菜穗，從那種筆觸及色調中，可以嗅到女性特有的纖細與溫柔，以及觀察力的敏銳。

結果，終於見到廬山眞面目的白根樹果然是女性。——而且，是個令人驚豔的美人。

菜穗看到樹時，立刻察覺似曾相識。

在她身上，有種只要看過一眼就會留下強烈印象的畫作那種風情。清秀的五官，清新如朝顏花，卻欠缺表情。彷彿抹去繁瑣惱人的感情，只剩下面無表情。就是那樣的面孔。

烏黑的長髮，白襯衫，牛仔褲，包鞋，這個平淡的搭配，強烈留在菜穗的記憶中。雖然裝扮低調平淡，毋寧醞釀出強烈的存在感。

在喜宴上穿著和服或小禮服盛裝出場的女人，反而不會給人留下印象；在十字路口之類的地方站在馬路對面，雖然裝扮平凡無奇，但是把襯衫與外套穿得很得體的女人，更容易引人注意。而樹，正是這樣的人。

雖是與丈夫一同被介紹，但寒暄致意後，一輝立刻被美濃山帶著往畫廊深處走。

個展舉辦酒會時，經常有機會被介紹給創作者認識。菜穗向來會在事前取得那位創作者的資料，充分研究之後才去見面。然後她會積極向對方發話，不動聲色地評論作品，努力給藝術家留下好印象。

然而這次，她無法在事前取得白根樹的個人資料。連是男是女都不清楚。不知怎地美濃山就是不肯吐露詳情，自己也沒有非要打破砂鍋問到底。

樹的周遭，打從開始，就有種秘密的氣息。站在眼前的她，依然籠罩在神秘的氣息中。除了她是照山的弟子，沒有其他的資訊，即便如此，如果錯過這種良機那就不是菜穗了。自己一開始就率先買下她的作品，這個事實令菜穗有了勇氣，毅然開口。

「我在這家畫廊，買了白根小姐畫的『青葉』這幅小品。我現在，借住在書道家鷹野仙老師的府上……我把畫掛在我住的房間。每天看著那幅畫。」

聽到有人每天欣賞自己的作品，沒有人會不高興。菜穗小心翼翼觀察樹的表情，一邊試著率直說道：

「早晚看畫，畫的表情會各有不同。我是掛在書齋的牆上，在紙門透進來的光線下，青葉時而被照亮，時而沉入陰翳中，表情變化多端。到了夜晚，彷彿安靜地陷入沉睡。天亮之後，又像醒來似地煥發光芒……」

樹用宛如朝露濡濕的雙眸，只是默默凝望菜穗。她這廂，似乎也同樣在小心翼翼觀察菜穗的表情。

「雖是小品，但我認為畫中凝縮了初夏時節，生命的美好。我也想看妳的大幅畫作。……妳應該也有創作大件作品吧？」

樹依然沉默，一逕凝視菜穗。彷彿想說，除了凝視之外，沒有別的方法可以表達。

菜穗終於察覺，這個人因爲某種緣故不能說話。然後，她問：「對不起，我好像一個人說太多了……恕我冒昧，妳該不會，不能說話吧？」

樹聽了，默默朝她點個頭。然後，倏然伸手，拉起菜穗的手。

事出突然，菜穗嚇得渾身一抖。樹的手，像植物一樣，光滑冰冷。

樹在菜穗的手心，緩緩地，用食指一個字一個字寫出句子。

我，聽，得，見

但，是

我，不，能，說

對，不，起

菜穗抬頭看著樹。樹還是用濕潤的雙眸凝望菜穗。

對——不——起。樹的嘴巴，緩緩開闔。那簡直像是關掉聲音觀賞創作的影像某一幕。彷彿可以看見對不起這句話，順著樹的唇形扭動。

「這樣啊。是我該說對不起。沒有早點發現……」

菜穗雖然不知所措，還是連忙道歉，樹微微搖頭。一搖頭，長髮便跟著晃動。

「我單方面說話也沒關係嗎？」

菜穗重新鄭重徵求同意，樹再次點頭。

「妳有創作大件作品嗎？」

樹微微搖頭。「這樣啊。」菜穗繼續說道。

「這純粹是我個人的意見，但我認為妳不妨挑戰大畫面。小品當然也有它的好處，但我認為，妳的畫風，適合大畫面。」

樹這次沒有點頭。菜穗像忽然想起甚麼，從皮包取出名片，

「對不起，講這種話好像自己多了不起似的……我是美術館的人。負責館藏品的購買與展示，所以只要看到藝術家，就忍不住不知分寸地發表意見。還請妳別見怪。」

說著，把名片遞給樹。

樹垂眼看了一會印有「有吉美術館　副館長　篁菜穗」的小紙片，最後抬起頭，悄然朝她露出微笑。

彷彿湧向寧靜湖岸的漣漪，可以看出雙眸微微顫抖。

菜穗觀察樹隱約似乎有點不知所措的表情，同時強烈地懇求，近日之內能否參觀她的畫室。

如果去照山家，說不定，可以再次見到樹。

就算見不到，或許也能稍微接近她畫風的秘密。

菜穗抱有這樣的念頭。

就在這時候，阿仙居然邀請她一起去照山家拜訪。菜穗自然不可能不去。

菜穗思忖，到時該分別與照山和樹怎麼開口才好。

無論如何，應該和一輝商量一下。

一輝回東京後，已經二天沒消息了。菜穗開始擔心他是否出了甚麼事。

之前要回東京時，一輝曾喃喃自語，「畫廊好像面臨了艱難的局面……」

「出了甚麼事？」她問，「算了，總會有法子解決吧。」他再次自言自語般回答。

過去，一輝也曾嘀咕畫廊的資金周轉不靈。那是在雷曼兄弟金融風暴剛爆發時。當時菜穗也曾問他，是什麼情況的周轉不靈，但一輝說告訴她詳情也沒用，不肯多說。

公司的問題只能在公司解決。麻煩的話題不要帶回家。一輝向來是抱著這種想法。

這次他唐突地趕來京都，雖然他嘴上說是因爲想和志村照山打招呼，但菜穗懷疑是否眞是如此。

該不會是發生了甚麼問題，想和自己商量吧？

然而，如果眞的發生了必須特地和菜穗商量的問題，那肯定不是甚麼愉快的話題，畫廊必然已面臨極端嚴重的狀況。

菜穗的心中，有點想知道一輝的本意，又有點不想知道，心情很不定。

但，如果眞的有困難，一輝應該會主動開口，到時候自己也會做好洗耳恭聽的準備。所以她決定還是暫時靜觀其變吧。

最後，一輝只是自言自語地嘀咕一下，終究沒有說出甚麼，就這樣回東京去了。之後，再也沒消息。菜穗打過好幾次電話給他。但，一輝沒有接，電話被切換到語音信箱。是碰上相當棘手的問題嗎？

對於一輝的沉默，菜穗如此解讀。若是這樣，現在，最好不要一直打電話給他。如果是自己面臨棘手的局面，八成只會對配偶打來的無用電話感到心煩。等到他設法解決問題了，應該會主動和自己聯絡。她只能如此相信。

追究一輝目前置身的狀況，也令菜穗感到有點煩。比起那個，她更想專心思考照山與樹的事情。

她打算分別向二人提議在篁畫廊開個展，挑戰大幅作品，但是必須避免欲速則不達的惡果。況且，既然要提議，就必須先想好確定的「出口」。

「出口」，換言之，也就是找到發表，或者銷售作品的管道。畫出來的作品如果賣不掉，篁畫廊和身爲提議者的菜穗，都會失去信用。

最重要的是，絕對不能出現讓藝術家失望的結果。

菜穗判斷，還是先和母親克子商量一下比較好。

克子是有吉美術館的館長，關於購買作品作爲館藏，首先必須仰賴克子的判斷。至於身爲理事長的克子丈夫，也就是菜穗的父親，只要在克子決定購買時同意即可。而且，挑選「適合作爲有吉館藏的作品」，七成都是菜穗的份內職責。

當然，美術館並沒有那麼多預算可以無止境購買。大筆贊助財團法人有吉美術館的，是母體有吉不動產。

有吉不動產的經營，絕對不算樂觀。雷曼兄弟事件後，社內的裁員行動一直持續到現在。當著社員的面，已經很難再每年繼續以巨額贊助美術館了。

菜穗並沒有笨到無法理解這種現狀。

每次菜穗發現中意的藝術家或作品，母親就會揶揄，「眞是的，妳只要一提到藝術，就不管三七二十一……」的確，菜穗自己也知道，她會在瞬間沖昏了頭。

然而，體諒家中當前經濟狀況的基本涵養，菜穗同樣也有。

她一再打電話給母親，但同樣被轉到語音信箱。看到來電紀錄，母親向來會立刻打電話回覆。菜穗這麼以爲，遂未在語音信箱留言，但是稀奇的是，結果她等了整整一天，克子都沒有打電話來。

到底是怎麼回事？

這一刻，懷疑的烏雲第一次籠罩菜穗的心頭。丈夫與母親，兩邊都連絡不上。她也考慮過打電話給父親，但除非眞的發生甚麼怪事，否則遲早應該會有人跟她連絡吧，於是她決定再等幾天。

不管怎樣，去見照山老師吧。要怎麼提案，就看見面時的氣氛再決定好了。

她如此下定決心。

造訪照山家，是在開幕酒會的三日後。

菜穗很雀躍。該穿甚麼衣服去呢？不知道有沒有像樣一點的孕婦裝？看來必須再次上街採購……心情變得很興奮，不料，嚴重的害喜症狀再次出現。

躺在自己房間的這天午後，正是預定要去照山家的日子，因此菜穗很焦急。但，阿仙說，

「就算延期也沒關係。我不會一個人去，妳就安心地好好休息吧。」

阿仙的態度一派悠然。

菜穗覺得很抱歉，但身體就是不聽使喚，除了靜養別無他法。彷彿眼睜睜錯失大好機會，菜穗對自己的身體，換言之是對腹中胎兒，感到惱恨。

果然不該在這種時候懷孕嗎？

類似後悔的心情倏然閃過。但，仔細想想，正因懷孕，自己才會逃來京都。

否則，也不可能認識阿仙、瀨島夫婦、照山，以及白根樹。

也不可能邂逅這幅青葉圖——。

一口喝光朝子端來的開水，她細細打量青葉圖。

更大幅的作品——更能讓那位畫家的才華徹底發揮的作品。

感到心中那股彷彿小樹枝劈哩啪啦燃燒的熱氣，菜穗凝視青葉。

就在這時，手機響起。

是母親克子。終於打來了。菜穗發出安心的嘆息，接起電話。

「菜穗？——對不起喔，找不到適當機會打給妳……發生了很多事情。」

電話彼端的克子，一開口就充滿辯解的語氣。

「很多事是甚麼事？」

菜穗想刁難母親，故意語帶不悅。

「怎麼，妳生氣了？」

「對，我生氣了。眞是的，一輝和媽咪都完全聯絡不上……」

克子霎時語塞，然後嚷著「哎喲，我好怕怕」發出假笑。

「那，我看還是別告訴妳好了。如果告訴妳這件事，妳八成會更生氣。」

母親在故意賣關子。理所當然地，菜穗回嘴：「不管啦，妳快說。」

母親竊笑的聲音傳來。「先斬後奏，對不起喔。」先這樣聲明後，克子才說：「是我們的館藏，莫內那幅『睡蓮』啦。那個，被我賣掉了。」

秘密

彷彿被甚麼壓扁，又好似雙腳陷入黏稠泥沼令人喘不過氣的惡夢，令一輝呻吟。

啊，是夢，這是夢，不可能是眞的——他在惡夢中這麼想。這是夢，這是夢……他一邊告訴自己，一邊倏然醒來。

眼前，是自家臥房的天花板，整片雪白的壁紙。一塵不染的潔白。筆直落到枕上的閱讀燈燈光有二盞，認清那個後，啊，是自己的臥室沒錯——他發出安心的嘆息。

那是個詭異的夢。究竟是甚麼內容，醒來的瞬間已經忘了。但是，滿身大汗淋漓，說明那是個多麼討厭的惡夢。

恍惚的腦袋，轉向妻子向來躺臥的左側。左側的床位空無一人，再過去的橡木牆壁，掛著杉本博司的攝影作品，通稱「海景」。

這是當今世界知名的藝術家的代表作。這件作品一發表後，菜穗深受吸引，據說她纏著父親百般請求，最後父親買來當作她的生日禮物。是她心愛的作品之一。

作品創作於一九九六年，菜穗是翌年買下的，所以當時菜穗應該年僅十五、六歲。

作品中，映出黑白的海洋與天空，水平線斷然分割二者。然而在菜穗看來，據說那看起來「似乎正在融合」。永遠無法交會的天空與海洋，她說看似在一個畫面中緊密結合。彷彿靜靜停止呼吸的海洋與天空，的確，在作品中完美地融合。

當時，以「西洋鏡（diorama）系列」等作品早已擁有知名度的杉本，作品的身價想必本就不低。然而，現在，這件作品已經飆漲到不可能輕易買來做爲女兒生日禮物的天價。十幾歲就慧眼看出這件作品好處的菜穗，只能說，眼力果然非比尋常。

新居的牆上該裝飾甚麼，一律由菜穗決定，在臥房自己睡的這一邊，她率先掛出這件作品。

另一邊，也就是一輝睡的這一側牆壁，掛的是現在同樣價格飆漲已經難以入手的美國攝影家安塞爾．亞當斯的作品「月光」。

這是一九四一年的原版創作，據說是在二十歲生日時，同樣由父親買給她的。「這麼不起眼的照片為什麼這麼貴？」父親似乎完全無法理解，但當時菜穗一口咬定非要不可。

結果，她的選擇是正確的。現在這件作品，已經升值到當時的數十倍價格。

亞當斯與杉本的作品，隔著床鋪，彼此互相呼應。

二者都是靜謐、引人深思的作品。正因如此，顯現出藝術家強烈的個性。可是，把這二者面對面掛在一起後，作品完美地呼應。甚至好像可以聽見美好的旋律。

從窒悶的惡夢醒來，立刻看到寂靜的天空與海洋，是一種奇妙的感覺。水平線是一條直線，簡直筆直得不能再直。然在一輝看來，那終究只是分割海洋與天空的線條。

因為流了滿身臭汗，他去沖個熱水澡。心情依舊難以釋懷。一輝終於打開自從菜穗去京都後，一次也沒開過的客廳那扇厚重的鋁製落地窗。

一手拿著冰涼的保特瓶裝礦泉水，他走到陽台上。夏日將近，戶外瀰漫悶濕的空氣。心頭彷彿卡著甚麼，他很想深呼吸，卻又作罷。如今已無人敢說，這個城市的空氣沒有遭到汙染。

放在臥室的手機響起鈴聲。一輝吃了一驚，轉身小跑步衝向臥室。打電話來的，是父親智昭。

「喂？您好。」

要冷靜——雖然這麼告訴自己，聲音還是幾乎顫抖。接下來父親說的話，或許會讓自己失去一切。包括信用……工作……資產……以及菜穗。

父親的聲音傳入耳朵前的那短短一兩秒時間，一輝緊張得幾乎心跳停止。

「……一切順利。」

父親停頓了一拍才說。一輝吐出之前憋的氣。

「是嗎……太好了。」

他發出衷心如釋重負的感嘆聲。父親也罕有地發出嘆息，「唉，眞的多虧有你。」父親語帶喜悅地回應。

「已確認收到大衛．李的匯款。首先是訂金十億。剩下的四十億將在一個月後全額匯來。這下子，可以準備運送作品了。幹得好，一輝。這次都是你的功勞。」

「功勞」這個字眼，有生以來第一次從父親口中聽到。不過，眞正立下功勞的應該是父親吧。因爲父親談成了幾乎堪稱奇蹟的交易。

「扣掉我們的五億佣金，剩下的金額已匯入『近代藝術』的戶頭。我們這邊再過三天就得還錢給貸款的銀行，所以總算是驚險趕上了。」

「近代藝術」是有吉不動產旗下的子公司，美術作品的買賣主要都是透過這家公司進行。副社長是有吉克子，菜穗則是總經理。實際上這家公司等於是有吉美術館的「錢包」。

這次，篁畫廊在這家公司與香港的不動產大王兼大收藏家大衛·李之間仲介，短短幾天便談成了大買賣。

換言之，賣掉了有吉美術館的珍藏之一，莫內的「睡蓮」。

這幅莫內晚年的傑作，在泡沫經濟繁華好景時，透過篁畫廊被「近代藝術」買下。本來在美國收藏家手裡，透過多名掮客輾轉——其中也有智昭的心腹沖田甫——被智昭弄出來拍賣。當時正值日本人以匪夷所思的天價在拍賣會買下梵谷的作品，令舉世震驚日本的財力與經濟底蘊。「睡蓮」的交易，並未浮上美術市場的舞台，是私下秘密進行。換算成日圓是高達四十八億的大買賣。

當時，日本的不動產價值飆漲，因此只要用不動產作抵押，銀行再多錢都肯借。近代藝術公司也是向銀行貸款才買到這幅傑作。

之後，泡沫經濟瓦解，銀行開始催討貸款。有吉不動產也受到泡沫經濟的波及，但是克子和菜穗都不肯賣掉已經成爲有吉美術館鎮館之寶的「睡蓮」，身爲美術館營運母體的有吉不動產，只好賣掉名下某些不動產，保住了「睡蓮」。這是九〇年代前半的事。

環繞「睡蓮」的一連串事情，一輝從父親、克子、以及菜穗那裡都曾聽說。有吉美術館，也就是克子與菜穗母女，對這件作品不知有多麼執著。即便如此，營運母體公司的社長，菜穗的父親，還是一再找智昭商量想賣掉那幅畫，但是最後被女兒警告「如果賣掉了，我一輩子都不會原諒爸爸」，據說這才死了心。

當時，菜穗年僅十二、三歲。她對美術作品的執著，當時就已輕易凌駕在母親之上——與菜穗交往後，一輝反覆想起那件往事。

那件作品。少女時代的菜穗一心執著，被當成美術館的鎮館之寶，迄今一直被珍藏的作品，已經賣掉了。

而且，自己——也在其中推波助瀾。

電話彼端的父親很興奮，滔滔不絕訴說著這次的交易是如何讓公司度過危機。一輝深深窩進沙發，就像被醫師宣告罹患不治之症的病人，默默閉上雙眼忍受父親的話語流過耳畔。

接到父親通知「交易成功」的那瞬間，閃過自己心頭的，是如釋重負的心情。公司總算逃過破產的噩運，這個結果令心情在瞬間沸騰。

然而，下一瞬間，安心頓時轉爲後悔——自己鑄下了無法挽回的大禍。

那是在這筆交易成功之前堅決不去思考的事。

今後，恐怕再也無法找回菜穗的信任吧。

父親還在繼續訴說。當然，他壓根沒發現一輝已被拋擲到後悔的狂嵐中。父親只是一次又一次地，反覆說著幹得好，你表現得很好，多虧有你才能夠保住篁畫廊。

父親對兒子的種種令人肉麻牙酸的褒獎（那是父親以往難得說出口的），一輝已無法承受。

「對不起，社長。我好像有點累了……今天，我下午再去公司。」

吞吞吐吐地找藉口後，一輝片面掛斷電話。

無論如何，都得想辦法從有吉館藏弄出「睡蓮」。

一輝被智昭如此命令。那是數週前，他一到畫廊上班就接到的指令。

智昭把外人都支開後，將一輝叫到社長室。然後，坦白說出生意合夥人沖田甫，私吞原本預定購買紐約某收藏家珍藏的莫內作品——晚年描繪的一系列「睡蓮」中的一幅——的訂金捲款潛逃。那筆錢，是智昭用篁畫廊庫存的作品當抵押，從銀行借來的。

如果沒有在一個月之內把這筆錢還給銀行，會有甚麼後果？

篁畫廊將會失去最重要的資產——那些作品。

公司瀕臨破產的危機。必須立刻談成交易，否則一個月內公司就會周轉不靈。

要脫離這個危機，就必須趁著本來打算買下紐約那幅「睡蓮」的香港企業家大衛・李尚未改變心意之前，賣給他另一幅與紐約那幅不相上下的「睡蓮」。

於是，智昭判斷，唯一的辦法就是把自己昔日參與交易的有吉館藏「睡蓮」弄來賣掉。

然而，昔日智昭就曾鼓吹有吉家賣掉那件作品，最後卻鎩羽而歸。

一度失敗的交易，不可再次進行。這是業界不成文的規矩。

智昭命令一輝先設法說服茱穗。

和購買作品時一樣，賣掉作品時，也必須有近代藝術公司的社長克子，以及母公司社長茱穗之父的同意。

有吉不動產在雷曼兄弟事件發生後，就處於被迫不斷裁員的財政狀況。賣掉高額作品，可以視為裁員的一環。對母公司而言，毋寧應該是求之不得。

然而菜穗如果堅決反對，菜穗的父親想必也會裹足不前吧。在做出決斷前，可能會耗費不少時間。

這次的交易，最重要的就是速度與正確性。如果一開始的提案遲遲無法作出判斷，拖上好幾天才作決定的話，將會來不及。

「總之你一定要讓菜穗點頭同意。否則，我們公司就完了。」

智昭的逼迫方式斬釘截鐵，而且急不可待。一輝霎時察覺，這次是眞的大事不妙了。

然而，他很清楚，如果向菜穗提議賣掉「睡蓮」，菜穗絕對不可能輕易點頭。

「如果我找菜穗商量，風險反而會變得更大。我想她絕對不會點頭答應。」

一輝老實說。一方面也是因為他害怕，菜穗聽了搞不好會說，與其那樣我寧願和你離婚。

智昭的太陽穴流露焦躁，瞪視一輝。

「你也太軟弱了。我問你，你該不會是在擔心，如果說出那種話，會被你老婆休掉吧？」

就像被追得走投無路的野生動物會憑藉全身神經感知逃竄方向，父親的直覺也太敏銳了。

「若是顧慮這個應該不用擔心。因為她正在懷孕。不管有吉家是不是已經家道中落，她畢竟是有吉家的千金小姐。怎麼可能讓即將出生的孩子沒有父親。」

智昭連菜穗的心情動向都預料到了。自己已無法逃離這個任務，一輝這下子徹底領悟。

彷彿要壓垮人的窒悶沉默流過。一輝凝視掃得乾乾淨淨的社長辦公室米色地毯上的某一點。

最後他終於抬起頭。

「……我有別的想法。」

智昭神經質地皺起眉頭。

「除了迅速解決問題的辦法以外，別的我可不想聽。」

父親擺出徹底拒絕的態度。一輝鼓起勇氣開口：

「不要找菜穗，一開始就直接說服克子館長同意，不是更省事嗎？」

智昭繃緊神經的表情不變，就那樣盯著一輝。

「如果一開始先跟菜穗商量，就算我說明畫廊的狀況，肯定還是會被她拒絕。在這方面，她的態度很明確。——我知道你的公司有困難，但是請你不要把二件事混爲一談——她肯定會叫我先試試其他的辦法再來商量。」

沒錯，菜穗鐵定會這麼拒絕。即使丈夫的公司瀕臨破產的危機，她也絕對不可能答應用有吉美術館的鎮館之寶來替丈夫的公司擦屁股。

即使退讓一百步，她頂多也只會承諾改日好好考慮。在那之前，她想必絕不可能忘記先質問丈夫，有沒有其他類似的作品出現在市場上，有沒有探詢過其他的收藏家。如果未做任何努力，只想依賴自己的家人，她絕對不會原諒如此脆弱的丈夫。

既然如此，還不如避開菜穗，直接進攻克子比較快。

不如趁著菜穗不知情之際，盡快談妥此事……。

「所以……我認爲應該先找克子館長商量。若要盡快讓對方決定，那才是捷徑。」

智昭眉間的皺紋倏然消失。然後，他朝兒子失去血色的臉孔投以試探的眼神。

「你有勝算嗎？」

咕嚕一聲，用力吞嚥口水的聲音響徹耳膜深處。父親說出的，是多麼血腥又令人厭惡的字眼。

「……我有。」

他還是說了。

不用二秒鐘，便察覺自己已踏入無法回頭的泥沼。

他接到菜穗的電話，問他是否會去參加志村照山的個展開幕酒會。

一輝舉棋不定，但最後還是決定去。在事態變成那樣之前，他想先見菜穗一面。說不定，在某種契機下，可以和妻子商量這次的問題。

雖然在父親面前說應該先找克子商量，但是隨即，他就被後悔壓迫得幾乎無法呼吸。

至少，或許該把公司瀕臨危機這件事告訴菜穗？

然而，到頭來，他一句話都說不出口。

臨別時，他雖然喃喃自語「畫廊好像面臨了艱難的局面……」，但是實際上，那終究也只是自言自語。

果然，現在還是無法告訴菜穗。等一切都圓滿解決後再坦白應該比較好吧。

他如此下定決心。

在志村照山的個展開幕酒會上，他看著好久沒有如此盛裝打扮的菜穗。菜穗當然很高興他從東京趕來參加，但是能夠見到中意的畫家，肯定更令她開心吧。

菜穗中意的畫家，在現場，有二人。

是志村照山，以及他的弟子，白根樹。

照山一如事前的想像，看起來就像是畫壇重量級人物，倒是白根樹比較令人驚訝。因爲樹竟是年輕女子，而且容貌令人眼睛爲之一亮，宛如清新的水仙秀麗出塵。

甚且，一輝記得，自己曾經見過這個女人。

今年春天，菜穗剛剛隻身來到京都時，一輝曾與她相偕前往京都國立近代美術館。在保羅．克利的展覽會場，他看到那臨水照花似的挺立身影。

那個在剎那之間奪走一輝心魂的女子，據說是畫壇大師「鍾愛」的弟子。畫廊主人美濃山偷偷附耳告訴一輝，照山在過度執著下，甚至不肯讓樹公開見人。而且，因爲幼年罹患疾病，導致樹無法發聲。美濃山說，她是個可憐人。

一輝與照山公式化地寒暄致意，遞上名片。當著美濃山的面，他沒有開口說甚麼如果要在東京辦個展請務必選擇篁畫廊，但他知道，菜穗把自己叫來這裡就是爲了讓他說這個。

菜穗當時正忘我地拼命對白根樹說話。看那個樣子，一輝開始懷疑，菜穗眞正的目標或許其實是白根樹。

菜穗買下的十號左右的小幅青葉圖。就是出自白根樹之手。

那想必的確是有深度和內涵的佳作。但，老實說，一輝不太明白菜穗為何會對那幅畫，以及畫出那幅畫的畫家如此執著。

結果一輝直到最後都沒有與樹搭上話。至於菜穗，不管怎樣至少見得到二位中意的畫家，似乎打從心底感到滿足。而一輝的心中，久久仍有黑煙悶燒。

就這樣，一輝迎來了宿命的那一天。

他在東京都心某飯店高樓的酒吧訂了吧台的位子，然後，也透過網路預訂了同一家飯店的標準套房。

之後……。

他打電話給克子。表明想立刻見面。因為有要事相商。他問克子能否抽空賞光。

算來已是十年以上的往事——對，當時，自己還是學生——被父親帶著介紹後，克子就從來沒有停止對自己暗送秋波。

好幾次都差點越過那條線。但是，每次都在緊要關頭及時打住。這些年來一直保持若有似無的危險平衡。

總有一天，必須打破平衡的日子會來臨。

就是為了那一天，才一直守住界線。

即便接到一輝似乎有十萬火急要事的電話，克子還是徹頭徹尾保持優雅從容的姿態。

傷腦筋耶。別看我這樣，我也是很忙的。

不過，算了，這畢竟是一輝的邀約……那我就去赴約吧。我該去哪兒碰面呢？

得到克子的承諾後，一輝又補了一句話。

有個小小的請求。……這件事，請不要告訴菜穗。

電話的彼端，霎時出現沉默。最後，彷彿甜蜜嘆息的低笑聲傳來。

這是秘密？好啊。——我不討厭這個字眼喔。

睡蓮

一早就下個不停的雨終於停了，微雲如水墨畫渲染了嵯峨野的山頂。

杉木大門前，停著一輛計程車。車內，出現身穿鴿羽灰色和服的鷹野仙。接著，一襲寬鬆白色洋裝的菜穗也下了車。她急忙撐開傘，要遞給阿仙，

「雨已經停了。」

聽到阿仙這麼說，她仰望天空。雨雲急速散去，取而代之的，是微亮的雲層逐漸散布天空。

「哎呀。」菜穗說著收起剛撐開的雨傘。

「太好了。我正想在比較明亮的光線下欣賞照山老師的作品……」

「天啊，妳這孩子，眞的滿腦子都想著畫。」

阿仙溫馨的取笑，令菜穗微微羞紅雙頰。

因菜穗身體欠佳而延期的志村照山家之行。在這天下午，終於，阿仙與菜穗連袂來到位於嵯峨野的照山家。

打從六月接近尾聲時，菜穗的身體狀況就一直不理想，醫生也叫她要好好保重，因此她哪也沒去，一直窩在自己的房間。

她也沒睡覺，只是一直躺著，就算起來也是在磨墨練習書法，就這樣過了好幾天。

其間，丈夫一輝與母親多次傳簡訊或打電話來，但她實在無心和他們說話，總之目前只想一個人靜靜，因此她分別給二人傳了簡短的訊息：「暫時別跟我聯絡。」

想到丈夫和母親，她就莫名噁心，那似乎也令害喜的症狀越發惡化。心情激烈消沉，她深怕這樣下去會對胎兒造成影響，因此更加難受。

受照山邀請去家中作客的阿仙，從容不迫地說「不用馬上去沒關係」，並且通知照山要延期，等到她想一同帶去的人身體好轉再去拜訪。

菜穗惶恐不已，另一方面，意識到現在的自己除了造訪照山家之外沒有其他的樂趣可以指望，不由沉浸在感激，同時也有點落寞的心境中。

是我們的館藏，莫內的「睡蓮」啦。那個，被我賣掉了。

母親克子說的話，一再在耳膜深處重現。

克子打電話來。然後，若無其事，好像壓根不値一提似地，如此爽快表明。

菜穗從少女時代就親近，有事沒事都會對著看，當成心靈支柱的莫內名作，居然被賣掉了。難以置信的是，居然沒有跟她商量一聲，而是先斬後奏，甚至，母親還振振有詞說賣掉是爲了「維護妳的家庭」。

「這到底是怎麼回事？」

菜穗語帶顫抖問。腦中一片空白，感覺上，費了好大力氣才反問。

「事先一個字也沒告訴我，就算說是爲了維護我的家庭，我也完全不明白，爲什麼會那樣……」

「這也是沒法子的事。」母親慢條斯理說。

「聽說，篁畫廊好像面臨破產的危機……。必須立刻談成一筆大買賣才行，所以找我們商量。一輝好像也非常苦惱，但他似乎開不了口跟妳商量。一輝的父親，實在忍不住，就主動找上我了。

我當然也無法立刻做出判斷……不過跟妳爸爸商量後，妳爸爸說，那當然是賣掉比較好。如果篁畫廊破產了，一輝和菜穗帶著寶寶肯定會吃苦受罪。所以妳爸爸就立刻拍板決定了。站在妳爸爸的立場，妳也知道的，泡沫經濟後，他不就想賣掉那件作品嗎？可是，當時妳強力反對，眞的是拿妳沒辦法，所以才打消念頭……。

那也是資產整理的對象，妳爸爸好像一直認爲，可以的話最好還是賣掉。就這個角度而言，坦白講，妳不覺得現在賣掉對我們來說也是及時雨？

反正事情已經這樣了，我就老實說吧……咱們家的財政狀況，已經無法再悠哉以待了。就連美術館，也不知道能夠維持多久。

妳最好也要認清現實。優雅的京都生活，是因爲有一輝在背後努力支持，妳才能這樣享受。妳老公既然有困難，我們幫助他是理所當然。」

母親的語氣，到最後已經有點像在說教了。那些話，猶如耳鳴，敲打菜穗的腦髓。

和母親講電話時，一輝正好也打來。他在語音信箱留了話，但菜穗壓根不想聽。過了一會，他又打來了。

「——對不起。」

一接起電話，劈頭就是道歉。

「我想妳已經從岳母那裡聽說了……發生了很多事，最後就成了這樣。該怎麼說才好……我也想了很多辯解之詞……但就算我再怎麼找理由解釋，事情已經成了定局，無法再改變。所以……總之，我必須向妳道歉。菜穗，對不起。眞的很抱歉。」

丈夫深深鞠躬的模樣，歷歷如在眼前。菜穗懷著難忍的悲憤，終於回嘴。

「一輝你說的沒錯。不管你再說甚麼，再怎麼道歉，『睡蓮』都回不來了……」

她孱弱地說完，淚水不禁奪眶而出。就像是接到好友的訃聞。

縱使再說下去，也沒有任何意義。菜穗片面結束通話。

之後，一輝一次又一次打電話來，但她已不想再聽到一輝的聲音。菜穗關掉手機，趴臥在床上。

她把被子蒙到頭上，發出嗚咽。有生以來第一次陷入如此窩囊的心情。

種種心緒湧現，她一再衝向廁所嘔吐。其實已經沒東西可吐，只是覺得噁心。心中彷彿塞進沉甸甸的鉛塊。

朝子不放心，拿著冰水和扭乾的毛巾送到枕邊。她把毛巾放在額頭上，保持那個姿勢，一直把手放在額上。

之後，菜穗躺在床上過了好幾天。心情始終不見好轉。

你走了。

每次閉上眼，菜穗就會在心中說。

長年來早已熟悉的一幅畫。菜穗對著「睡蓮」的畫面中點點宛如微光的花朵，如此發話。

你已經去了哪個收藏家的保險庫嗎……是進了保稅倉庫嗎……。

不管怎樣，暫時，你應該不會再出現在衆人眼前吧。

說不定，在我有生之年，恐怕都見不到你了。

我早就知道。我與你，今後，不可能長相廝守……。我早已明白，要把你留在身邊已漸漸變得困難。

但是，沒想到離別會這麼快，以這種形式來臨……。

再也見不到你固然寂寞，但是發現媽咪，還有一輝，他們都不相信我，也同樣讓我感到寂寞。

好寂寞……。

緊閉的眼皮溢出淚水，沿著眼尾滑落。感受著那種痛楚似的溫熱，菜穗不知不覺陷入睡眠。

那是很短、很淺的睡眠。察覺有人坐在枕邊，她立刻清醒。

穿著淺藍色和服的阿仙，背對書齋的青葉圖，悄然端坐。

「身體好一點了嗎？」

阿仙柔聲詢問。菜穗以指尖抹拭眼尾。淚水已乾。

「是。好像已經好多了。讓您擔心，眞不好意思。」

她想起身，「不用了，妳繼續躺著。」阿仙制止道，

「有沒有哪裡不舒服？」

阿仙悄然問道。那溫柔的音色，在心扉迴響。

菜穗向阿仙吐露有吉美術館珍藏的傑作被賣掉一事。

她說那是自己從少女時代就熟悉的作品，簡直像是好朋友被賣掉似地深感遺憾，更重要的是，家人完全沒有跟自己商量就賣掉，她老實向阿仙坦承，一切都是先斬後奏令她受到很大的打擊。

「原來是這樣啊。」

阿仙如耳語般低喃。

「妳的心情，我可以理解。不過，那幅『睡蓮』，本來就不是妳的吧？」

聽了阿仙的話，菜穗猛然抬頭。阿仙的眼神，溫煦如冬陽。

「無論是過去，或者將來，它都不屬於任何人吧？」

本來，藝術家創作的作品，自有其永恆的生命。

它永遠只屬於藝術家，如果有緣，或許暫時成爲某人所有。

等到它在某人身邊的任務結束，又會去下一個人的身邊。

就這樣，作品得以永恆流傳，直到遙遠的光年。

阿仙低聲訴說這樣的話。

阿仙的話語，帶有眞裡的味道。那宛如禱詞，觸動茱穗的耳朵。本來在茱穗心中激烈逆轉的暴風，剎那之間，就此平息。

她感到又有淚水湧現。然而那已不再是悲傷的淚水。

茱穗用濕潤的雙眸，望著悄然掛在阿仙背後的青葉圖。

這幅畫，也注定會活在永恆的時光中嗎？

若是如此，她不得不感謝它首先來到自己身邊的這個奇蹟。

志村照山的自宅，是茶室風格的傳統日本房子，背對嵯峨野的竹林而建。

走過清新濕潤的石板小徑，來到玄關。

「歡迎光臨。」

女傭跪坐在門口迎接客人。阿仙在前，茱穗在後，二人被帶進可以眺望寬闊庭園的客廳。

這個庭園，是如小巧古剎那種風格典雅的石園，每個角落都打掃得很乾淨，錯落有致地散布著石塊擬似山與海。借景整片竹林的青翠風景，看起來格外清涼。

「這眞是稀客啊。老師，歡迎大駕光臨……」

身穿和服體型壯碩的照山出現了。阿仙與茱穗從沙發起身行禮。照山看到茱穗，「啊，篁太太。」頓時露出笑容。

「日前，也承蒙您光臨個展。謝謝您。後來，您的身體如何？」

「讓您操心，眞是不好意思。都是因爲我，才延遲這次的拜訪……」

菜穗惶恐致歉，

「托您的福，讓我得以慢慢準備。我反而該謝謝您呢。畢竟，鷹野老師是個很嚴格的人。現在屋裡可是一塵不染。如果被她批評『照山家髒得要命』，那我多沒面子。」

說著，照山哈哈大笑。

志村照山對地位比他高的人以禮相待，對不太熟悉的菜穗也很親切，給人的印象非常循規蹈矩。

菜穗在腦海中，替這位日本畫壇大師換上西裝與領帶。如果說他是某某上市公司的總經理，自己八成也會信之不疑。換言之，在他身上感覺不到甚麼藝術家的光環。

三人享用了一會茶點，照山與阿仙閒話家常。菜穗沒有加入二人的對話，只是保持笑容不時點頭，但是事實上，她心裡正忐忑不安地猜想，白根樹在這個屋子的何處呢？

她知道，失去「睡蓮」的空白，如今只能用別的傑作來填補。

被阿仙開導後，她醒悟「睡蓮」並不屬於自己所有，對於它的離去，終於也能豁達地當成名作必然的宿命。

然而，心裡這種空白究竟要用甚麼來填補？她一直在思考，最後做出一個結論。

既然失去了傑作，那麼只要再得到別的傑作即可。

而且，不是像莫內那樣舉世知名的藝術家創作的作品，如果能夠自己培養一個世間無人知悉的藝術家，讓對方隨心所欲地盡情創造作品——。

白根樹。菜穗預感，她正是那樣的人。

那種「只屬於自己的畫家」的預感——。

「那麼，去看看我的畫室吧？」

談話告一段落，照山起身。阿仙與菜穗尾隨在後。走廊上，處處皆高雅地掛著照山自己的畫作。

畫室位於照山家的深處。

高聳的天花板，石灰白牆。架子上，放在玻璃瓶中的日本畫種種礦石顏料，五顏六色一字排開。

畫室面對朝北的大窗，有種安定的明亮。「冬天冷得受不了。」照山說，但菜穗知道，畫家多半偏愛朝北的畫室。

幾幅沒畫完的作品用細鐵絲從天花板懸吊。櫻花飛舞的古都風景，大朵的芍藥等等，絢爛並陳。

「這是受到宮內廳委託製作的作品。」

地上攤開的作品，是金底繪有松鶴的華麗畫作。在那上方橫架木板放著坐墊，畫家就是坐在那裡對著正下方的畫面落筆。

「哎呀，這可眞是豪華……」

阿仙似乎目眩神迷。菜穗站在畫旁，望著畫面整體。大量使用金箔的畫面甚至令人暈眩。畫面中，松樹的蒼翠綠意，和丹頂鶴的鮮紅頭冠格外惹眼。

這就是皇室喜好的風格嗎？菜穗暗忖。

雖然的確是金碧輝煌，但就照山的作品而言，菜穗更喜歡自己買下的小幅紅葉圖。

不過，日本畫家唯有盡情畫出大畫面，才能看出眞正的價値。

本以爲志村照山是個畫大幅作品也會很有意思的畫家……是自己的眼光有誤嗎？菜穗感到期待一下子萎縮。

「對了，白根小姐目前在創作甚麼？」

菜穗假裝忽然想到，如此詢問照山。照山似乎很驚訝，濃眉倏然一動。

「篁太太對樹的作品有興趣啊？在美濃山畫廊，聽說您買了她的青葉小品……」

照山用蘊含好奇心的聲調反問。菜穗老實地應聲稱是。

「她的作品，和任何人都不像。可是，該說是直接進入觀者心中嗎……那點令人頗有好感。」

關於照山的作品，菜穗一直克制地不做評論，但是說到樹的作品，她就忽然變得口若懸河。

照山用同樣充滿好奇心的眼神看著菜穗，

「她好像正在隔壁房間作畫。您如果有興趣，何不親自過去一探究竟？我們就待在這裡……」

這意外的建議，令菜穗的心跳猛然加快。

請過去吧——照山拉開畫室的門，催促她。菜穗有點不知所措，但她鼓勵自己：這不正是自己期望的發展嗎？她走到走廊上。

菜穗佇立在鄰室的門前。

樹到底在畫甚麼樣的畫呢？

如果，像照山一樣，是那種耀眼的金色底紙上枝椏糾結的松樹圖……自己說不定會驟失興趣。

但是……好想看。無論如何，都想看那個只屬於我的畫家作畫。

那個誘惑，她不可能抗拒。

她敲了二下門。無人回應。她再次敲門。室內還是悄然無聲。

「……打擾了。」

菜穗道聲擾，拉開房門。

烏黑長髮的背影，倏然轉過身。菜穗與樹，二人的視線，筆直合而爲一。

樹的右手，握著素描用的青色粉彩蠟筆。身上的白襯衫，處處染上青色。

菜穗倒抽一口氣。

鋪滿整片地板的和紙上描繪的，是倒映天空的沉默水面。而且，水上浮著睡蓮。

屏風祭

下了車一踩在月台上，窒悶的空氣頓時排山倒海而來。

數不清的人潮從新幹線的車內湧向月台。這天雖然非假日，商務車廂照樣客滿。似乎是因爲普通車廂沒位子，所以也有許多觀光客改搭商務車廂。向來只有商務乘客安靜無聲的車廂內，熱鬧地響起中年女性團體吱吱喳喳的說話聲。

一輝也同樣別無選擇，搭乘商務車廂來到京都。

進入七月，爲了重新檢討公司財務，身爲社長的父親下達指令，必須徹底節省開銷。

「今後出差，社長指示一律必須搭乘普通車廂，您不介意吧？」

委託代購去京都的車票時，身兼會計的事務員財津有子說。一輝切實感到，這下子，眞的開始緊縮開銷了。

不過，在祇園祭的宵山[1]在即，時段適當的新幹線普通車廂皆已客滿。結果只好搭商務車廂去京都，一輝事不關己地茫然思忖，這種事今後也會變得很奢侈吧。

七月，京都開始祇園祭。

光是下車抵達車站，已可感到瀰漫某種熱氣。但，他不確定那是即將迎接祭典的城市街頭的熱氣，還是梅雨結束襲來的熱氣。

京都車站內的來往行人，比平時更擁擠。一輝一邊閃躲拖著行李箱來往穿梭的觀光客，一邊快步走向出口。

幾乎有一整個月沒見過菜穗了。此行雖有喜悅，卻也有不知所措。有後悔，也有心虛……拂不去的晦暗迷霧，在這一個月當中，一直瀰漫心頭，令他束手無策。

與迎接祭典的熱鬧街頭氛圍相反，一輝的周遭，似乎纏繞著緊張的絲線。

莫內的「睡蓮」，把自己逼到了無法回頭的狀態。

在未徵求菜穗同意下，與克子秘密商談，賣掉了有吉美術館的鎮館之寶。何以能夠坦然做出那種事，一輝對自己的行爲也不大明白。

這是莫可奈何，菜穗肯定也會理解的，我也會好好勸那孩子所以你不用擔心——克子如是說。那些話當然完全沒有鼓勵到一輝，但除此之外別無他法。

就結果而言，此舉，的確暫時挽救了篁畫廊的破產危機。但是，經營依然舉步維艱，毋寧似乎更加惡化。

在短期內促成了那麼大的交易，一輝內心卻毫無成就感，同時，也沒有安心與平穩之感。

菜穗傳來「暫時別跟我聯絡」的簡訊。或許該立刻奔向京都道歉，但他沒那個勇氣。他害怕看到妻子悲傷的臉孔。

另一方面，他也害怕眞的完全斷絕聯絡。因此，他先聲明「妳沒必要回信」後，開始每天發一次簡訊給妻子。

1 宵山：祭典正式舉行前一晚的小祭典。

簡短的內容，充斥關心妻子身體的言詞，道歉的言詞，反省的言詞。雖然免於破產，但公司的經營未必好轉這類關於工作現況的事他完全沒提。即使寫那種事，也只會讓菜穗的心情更鬱悶。

菜穗那廂，眞的就此再也不曾主動聯絡。雖然是自己說不用回信，但一輝還是不安得幾乎心碎。

菜穗不再連絡的第一週，他實在忍不住，只好打電話到鷹野仙的家中。是女傭朝子接的電話。朝子說，尊夫人出門去了。一輝懷疑也許是敷衍他的藉口，但他還是問起菜穗最近的情況。朝子溫婉地回答，過得好像還不錯喔。那句話鼓勵了一輝，他終於明白，暫時別去打擾菜穗，對現在的她而言會更好。

進入七月後，菜穗終於傳來簡訊。內容是「要不要來看祇園祭的宵山」。雖然有點冷淡，但是用祭典當名目主動聯絡，的確很像菜穗的作風。

自從莫內那筆交易後，一輝的主要工作就是把庫存作品化為現金。銀行判斷篁畫廊的經營岌岌可危，因此逼著畫廊還錢。像莫內作品買賣那樣雖然金額巨大卻必須冒風險的交易，如今必須盡量避免。否則一不小心，下次眞的會破產。

他以老顧客為中心，四處拜訪對方探詢是否有意購畫。卻一直沒得到甚麼好回音。震災後交易市場和收藏意願固然都隨之降到冰點，但基本上，藝術品本來就不是可以推銷兜售的東西。縱使四處叫賣，除非眞的出現好貨色，否則那又不是急需購買的用品，如果無法炒熱買家的購買慾，實在很難談成生意。

過去他壓根沒想過公司的經營會崩盤，一直用「篁畫廊」的招牌當作後盾，老老實實做生意。他深信那樣做沒錯，而且今後也只要那樣做就好。

如今他很想自嘲，自己做生意果然溫吞。

他走出京都車站中央出口。空氣變得更悶熱，凝滯不動。仰望京都塔的尖頂刺向梅雨過後的夏日天空中央，一輝在一瞬間有點暈眩。

終於即將見到久違的菜穗，心情卻一點也不雀躍。

雖然在日本全國數不清的夏日祭典中，最華麗熱鬧的祭典即將開始。

前一天，一輝和克子見過面。

他們在銀座的「資生堂餐廳」吃午餐。是克子主動邀約。她說，不知菜穗現在過得如何，能否告訴我？

「那孩子，真的很孩子氣……只傳了一封簡訊叫我別跟她連絡，之後眞的再也沒消沒息。眞是的，也不想想看，她是拜誰所賜才能過著優雅的京都生活……」

克子一邊拿叉子吃鱈場蟹肉沙拉，一邊嘀咕。即便抱怨，也帶有比之前更親密的味道。與其說彼此有了親密關係，感覺更像是同樣被菜穗冷落的同病相憐吧。

一輝不知該如何回話，只是默默吃前菜。克子倏然抬眼看著一輝，

「一輝。差不多該讓菜穗回來了吧？」

她突然說。

「若是核汙染的問題，應該不用擔心吧？在東京，已經沒有人在意那種問題了……那孩子有點太過神經質。那樣子，生下來的寶寶也會神經質喔。」

一輝很想說，她那樣還不是妳教養出來的？但他用力咬牙忍住，

「可是，菜穗待在京都，固然有核汙染的因素……但是現在，我認為還有別的原因。」

自己當然也想讓妻子回來，但一輝的說話方式好像要把菜穗待在京都正當化。

克子皺起眉頭，「別的原因？」她反問。

「到底是甚麼原因？該不會要說，她想在京都另外設立美術館吧？」

克子說著笑了。

「設立美術館那當然是不可能……」一輝也跟著笑了。

「不過，京都的水土似乎很適合她。無論是環境、文化、生活方式……她和我們斷絕聯絡，與其說是在生氣，我倒覺得，其實是想杜絕一切雜音專心面對京都的生活。」

雖然說的是當場臨時想到的理由，但驀然間，一輝覺得自己說出了真相。

杜絕雜音，面對京都。那，不就是現在的菜穗嗎？

「喲，這話說得太過分了吧。母親和丈夫和她聯絡算是雜音？」

克子語帶不悅，但一輝知道，其實她並沒有不高興。可怕的是，連克子這種微妙的感情變化，現在的一輝都能夠理解。

「可是，明天，你要去京都吧？去看那甚麼祇園祭的宵山。」

菜穗邀他去宵山的事——換言之，菜穗終於和他聯絡的事，一輝早已告訴克子。克子有點不高興菜穗沒有邀請自己，但是女兒總算逐漸想通了的徵候，還是讓她安心多了。

是啊，一輝說著點頭。

「我要去。——總之不去不行。」

克子拿刀子把小蝦可樂餅切成小塊，

「我相信你。」

她低聲說。

「那晚的事，是你我二人之間的祕密。」

那當然——一輝很想嗆她，但終究還是保持沉默，再次點頭。

京都市內的中心地帶，因宵山而管制交通。爲此，一輝搭乘的計程車也被捲入嚴重的塞車長龍。

本來想著既然是宵山，只要傍晚抵達即可，但是菜穗傳簡訊說，好像會非常擁擠，所以希望他中午過後便能抵達京都。

自己和菜穗都知道祇園祭多麼出名，但是總覺得受不了人潮擁擠和京都特有的悶熱，所以活到這個年紀居然從來沒有參觀過。

祇園祭，是八坂神社的祭禮，在七月進行一整個月。從七月一日至五日的入吉符開始，十四日至十六日的宵山，十七日的山鉾[2]巡行，神轎出巡，有各式各樣的活動妝點得多采多姿。

本來，這是發源於九世紀貞觀年間，為了鎮住蔓延的疫病，由朝廷進行的無病息災祈念活動。從此，在超過千百年的歲月中，代代傳承下來成為京都傳統性的祭典。

已成為重要文化遺產的山鉾會沿著公用道路遊行，所以也被稱為「會動的美術館」。場景非常壯觀，因此全國各地都有觀光客絡繹湧來，只為一睹壯麗的遊行盛況。

菜穗的簡訊也簡單提及，最近交好的瀨島家區內，有橋弁慶山[3]。瀨島家據說為了代代傳承這座山鉾，一直參與祭典活動。那在京都被視為極大的榮耀。

從簡訊的字面，可以隱約感到，菜穗對於自己能夠和這種歷史悠久的家庭締結關係頗為自豪。她與鷹野仙一同受到瀨島家邀請，所以她說想一起先去那邊。

一輝比預定時間遲了近三十分鐘才抵達鷹野家。途中，他看時間來不及，先傳了簡訊通知菜穗會遲到。立刻收到「沒關係」的回信。一輝覺得，菜穗變了。

以前的菜穗，不管有甚麼理由都絕對不容許遲到，有點那樣的神經質。自從來到京都後，她好像變得從容不迫，感覺多了幾分餘裕。

莫內那件事也是，如果是以往的菜穗，八成會怒火中燒，據理力爭地要求他解釋到底基於甚麼原因和經過變成這樣。而且，說不定在情緒激動下，還會演變成揚言離婚。

然而，這次她只是斷絕聯絡。大概是在時間流逝中自行整理好了心情。她似乎也理解，篁畫廊的經營狀況明顯惡化，此外，娘家的經濟狀況也絕對不容樂觀。

她在努力接受莫內被無奈賣掉的事實。一輝也理解，菜穗的沉默，如實傳達出她的心情。

菜穗的變化，或許也是因爲意識到自己即將成爲母親。但是，比起那個因素，一輝總覺得是京都的生活，對她造成變化。

到底是京都的哪一點如此改變了菜穗，至今在這個城市仍只不過是路人的一輝，無從得知。

不管怎樣，至少他逐漸明白，這是一個力量深不可測的城市。

這個城市擁有的力量，足以令菜穗這種就某個角度而言已經定型的人物再次蛻變──。

鷹野仙家，從大門通往玄關的踏腳石剛剛才灑過水。石頭濕潤地發出烏光。石頭與石頭之間密集的青苔那抹綠意格外鮮明。拿手帕擦汗後，一輝道聲打擾了，拉開玄關的拉門。

「啊，您好，篁先生。歡迎光臨。」

朝子來到玄關，跪坐在門口迎接。一輝規矩地行以一禮，「菜穗承蒙您照顧了……」

「菜穗小姐早就已經準備好囉。」

沿著走廊向裡走，朝子如此說道。然後，她喊了一聲「篁先生來了」，拉開菜穗房間的紙門。

---

2 山鉾：祇園祭遊行時拖行的花車。車上堆高如「山」，再插上「鉾」，鉾形如刺槍，用於儀仗、祭祀。

3 橋弁慶山：以牛若丸（源義經）和弁慶在五條大橋上決鬥為裝飾主題的山鉾花車。

菜穗坐在書房的中央。身穿白底海浪千鳥圖案的浴衣，腰繫橘黃色腰帶。「噢，好漂亮。」一輝不禁脫口而出。

「沒想到妳會穿浴衣。很適合妳。」

久別重逢那一瞬間的尷尬，霎時消失。他感到那是早已預知效果的演出。菜穗雖然有點僵硬，還是露出笑容。

「難得碰上祇園祭，我想不如穿穿看……這是朝子她女兒的衣服。也是朝子幫我穿的。」菜穗羞澀地說。

朝子滿面笑容，「是舊衣服了。能夠這樣被漂亮的小姐穿上，浴衣肯定也很高興。」

她稍微拉一下菜穗浴衣的領口，又拉扯兩袖調整一下。

「這樣就行了。肚子也沒問題吧？」

「是的。因爲您幫我把腰帶繫得比較鬆。不過，絕對不會掉。」

「是嗎？那我去請老師來。還得叫計程車。外面人這麼多，可能要一點時間……」

朝子說著，走出房間。

剩下夫妻倆，一輝與菜穗面對面。菜穗以略帶水光的雙眼凝視一輝。一輝滿懷憐愛又傷感的複雜心情，「很多事，眞的很抱歉。」他道歉。

「我一直在想，見到妳後必須先說這句話。『睡蓮』那件事，讓妳傷心，眞的很……」

「別說了。」菜穗坦誠地回答。

「那件事情，你不用再說了。難得來參加祇園祭，總之今天我只想快快樂樂度過。」

難得的祇園祭——菜穗又說了一次。對京都人而言，大概是很特別的祭典吧。可以感到她試圖將那種氛圍也傳達給一輝。

在祭典熱鬧的氣氛中，關於那件可能令夫妻關係出現裂痕的大事，菜穗沒有任何質問就打算大事化小小事化無。一輝感到纏繞身體的繩子彷彿被解開，打從心底鬆了一口氣。

「我終於可以安心了。我還以爲，妳再也不會原諒我……」

菜穗的雙眸倏然閃過光芒。和剛才的溫言軟語相反，那是令人悚然一驚的冷光。

紙門拉開，鷹野仙出現。一輝吃了一驚，連忙端正跪坐在榻榻米上伏身行禮。

「好久不見。內人承蒙您照顧，感激不盡。」

穿著淺灰色浴衣一派清涼的阿仙，跪坐在走廊，同樣低頭行禮。

「不敢當，彼此彼此。有菜穗小姐住在這裡，蓬蓽生輝。」

然後，她仔細打量菜穗。

「很適合妳。這衣服眞好看……」

「不是甚麼好衣服啦，老師。不過，穿在美人身上，衣服看起來自然也就美了。」

朝子開朗地說，大家都放聲大笑。一瞬間，室內充滿和樂融融的氣氛。

等待遲遲不見蹤影的計程車時，他們喝著麥茶，針對祭典聊了起來。菜穗這幾天，似乎已從瀨島美幸和阿仙那裡吸收了祇園祭的種種知識，如數家珍地說起祇園祭的起源及典故、欣賞方式等等新知。

這段期間，擁有山鉾花車的區內老店及舊日世家，據說還會在面向馬路的房間陳列自豪的美術品，以供來往行人欣賞。這稱爲「屛風祭」，自古以來便廣爲人知，說穿了是「市井之間的展覽會」。

祇園祭是爲了驅逐瘟神而開始的祭典，但是素來將珍寶藏在家中深處的京都人，把祭典視爲展現自家風雅的良機，在這段期間公開展示。獨佔精彩藝術品的喜悅，能夠展出一般庶民高不可攀的藝術品的那種快感，似乎把這種「屛風祭」的氣氛炒得火熱。一輝不禁嘆服，這果然是充滿京都特有風情的習俗。

若是在銀座，此舉恐怕只會讓人感到「擁有者」向「無法擁有者」炫耀示威的反感。同時，在安全考量上也是極爲危險的行爲。因爲這樣等於向大衆公開自己家中擁有甚麼寶物。

該說這是京都人的落落大方，還是該說是大剌剌不惹人嫌的豐富底蘊？總之這是在東京絕對不可能的事。這也讓他窺見京都深奧的一隅。

菜穗房間的書齋，依舊掛著那幅青葉圖。一輝仔細打量後，

「後來，妳和這位畫家有接觸嗎？」

他問妻子。菜穗的雙眸再次閃過光芒。

「嗯。我去見她了。」

菜穗說，六月底曾經造訪志村照山家。一輝聽了，頗爲驚訝。

在斷絕聯絡的期間，菜穗已和中意的畫家有所接觸。本以爲莫內那件事會令她大受打擊，原來如此，她能夠如此迅速恢復活力，是因爲那位畫家的關係啊，一輝恍然大悟。

「原來如此。那妳看到她畫的其他作品了嗎？」

「嗯。」

菜穗露出淺笑。

「現在，我們就是要去看那個。」

她說出意外的發言。

配合宵山，菜穗說她也協助瀨島家「展示」珍藏品。其中，也有白根樹的作品。

「一輝，等你看到那個，一定會大吃一驚。」

說著，菜穗直視一輝。她的雙眸，蘊藏冰冷妖異的光芒。

宵山

京都街頭因為祇園祭的宵山人山人海。

菜穗一行人本來打算從位於左京區吉田的鷹野仙家，搭計程車到四條通與烏丸通交叉路口附近，但是計程車司機說：

「唉，不行哪。到處都禁止車輛通行，各位得在烏丸御池一帶下車。」

從烏丸通與御池通的十字路口到橋弁慶町，若是平日也不是走不到，可是今天人潮多得非比尋常。菜穗很擔心這樣對高齡的阿仙是否太吃力，

「我知道祇園的人會很多。沒問題。」

阿仙自己，倒是淡然以對。

「那麼，我有這個榮幸牽著老師的手嗎？」

一輝開玩笑說，

「哇，眞好。能夠被帥哥牽著手，看來年老也不是壞事。」

阿仙的回答，令一輝與菜穗齊聲笑了出來。

計程車在塞車長龍中緩緩前進，三人在烏丸御池的十字路口附近下車。宵山的重頭戲是在天色漸暗的傍晚六點左右開始。現在才四點，卻已有不少人了。悶熱的天氣頗令人吃不消。

京都正值梅雨結束的時期。菜穗曾聽瀨島美幸說過，每年的祇園祭宵山與梅雨季結束的時期重疊，所以總是熱得夠嗆。

在外人看來，難免也會覺得，既然如此何必非得在這種時候辦祭典，但祇園祭在酷暑時節舉

行，自有其重要意義。

即便在古代，因梅雨的濕氣和酷暑導致身體失調病倒的人想必也多不勝數。祇園祭是爲了祈求疫病痊癒及世間平安而開始，所以想必在酷暑時期舉辦，人們的祈禱才會更眞心眞意。

祇園祭時，八坂神社的神明會被神轎抬到稱爲「御旅所」的地方。爲了迎接那個，居民們做爲八坂神社的信徒，會取出各自保管的「山」與「鉾」遊行市街。這種被稱爲「山鉾巡行」的遊行，是祇園祭最大的看頭。

山鉾上，各區分別放上極盡奢華的裝飾，完全符合絢爛豪華這四字形容，美得令人瞠目結舌。其中，也有些鉾裝飾著自室町時代傳下來的綢緞，或是已被指定爲重要文化遺產的「胴掛[1]」。難怪祇園祭會被稱爲「活動美術館」。

山鉾上，有演奏鑼、笛、大鼓的「鑼鼓隊」，居民們扮演「牽伕」或「車夫」，拉著繩子，拖動車輪。若是大型的山鉾花車，高度甚至可達樓房的三樓，所以拖動時是有訣竅的。那叫做「十字迂迴」，在道路轉角迴轉車輪也需要熟練的功夫，如果衆人缺乏默契，說不定會有人受傷。因此，欣賞山鉾的同時，人們拉車的功夫也成了一大看頭。

---

1 胴掛：本是彈奏三弦琴時，右臂靠近琴身（胴）的部分墊的皮革或布疋。

山鉾巡行在七月十七日舉行。山鉾自各區出發，從四條通沿著河原町通北上，在御池通轉西，越過烏丸通，經由新町通，最後各自回到自家區內的路上。在大太陽底下觀賞很消耗體力，即便如此每年還是會有數十萬人湧上街頭參觀。

在山鉾巡行之前舉行的，是宵山。通常活動自十四日開始，十五日是宵宵山，十六日是宵山，各區的山鉾會被拉到路上。而且周邊的民宅及老店的店門口會展出自豪的傳家之寶，供路上來往行人欣賞。說穿了，整個區域等於搖身一變成了美術館。

菜穗熟識的瀨島夫婦，在擁有橋弁慶山車的區內經營代代相傳的香木店，住家也在附近。

瀨島家也會在每年祇園祭時展出家藏美術品。瀨島夫婦的住處，是氣派的豪華商家建築。擁有三百年歷史的老屋，被瀨島家代代愛惜地居住，一直守護到今天。

起初造訪時，瀨島家洗鍊的美感便徹底震懾了菜穗。柱子，地板，壁面，無不散發出唯有歲月累積才能產生的靜謐光輝。紙門貼的紙是每隔數年向知名唐紙店「唐長」訂購一次，每次都會改變新的設計。

客室，豎立著據說是江戶中期創作的狩野畫派洛中洛外圖屏風，被紙門透入的光線悄然浸染。壁龕那邊掛著青柳行舟圖的掛軸。是竹內栖鳳的佳作。

「到處都是縫隙，冬天冷得要命。」瀨島正臣抱怨，但這棟房子處處皆令人感到住在歷史悠久老屋的責任與驕傲。

房子打理得很好，家具用品也樣樣高雅，且無懈可擊地安置在最佳位置。宛如長年使用後醞釀出醇厚風情的銀器，那種曖曖內含光的美感，在這房子的每個角落呼吸。

宵山這天，菜穗與阿仙及一輝結伴，正要前往宛如美感結晶的瀨島家。

今天，她要給二人看。

爲了在宵山時展示，瀨島家準備了種種美術品。她要給二人看，其中，也有那個白根樹的作品。

那是六月底，某個雨停的午後。

在志村照山位於嵯峨野的自宅一室，菜穗與白根樹面對面。

二人之間，有睡蓮池。是樹剛剛畫完的睡蓮。

畫面相當大。若拿紙門來比較，相當於六扇紙門。在拼木地板上悠悠展開的青色畫面，令人想起靜謐倒映天空的莫內晚年傑作，大型裝飾畫「睡蓮」。

樹佇立在那幅畫中央橫架的木板上。她的身影，如同自天上降落湖畔戲水的仙女。

菜穗眞切感到，自己好似正佇立池畔，初夏的清風吹來。彷彿水面反射的陽光令她瞇起眼，菜穗望著整幅畫，以及已化爲其中一部份的樹。

這是何等——何等的美麗。

感受心跳如擂鼓響徹全身，菜穗屏息。

離我而去的，莫內的「睡蓮」。

現在，它又這樣，回到了這裡——。

爲之陶然的菜穗，發現樹的眼中浮現不安神色，這才回過神來。

對了。這個人，不能講話。

「對不起，突然打擾……。我是日前在照山老師個展上見過一面的篁菜穗。今天，與書道家鷹野仙老師一同，受到照山老師邀請，前來拜訪。」

菜穗盡量和顏悅色地發話。

「剛才我忽然想起來，請教照山老師妳在何處，老師建議我來妳的畫室看看。所以……沒有預告就進來，很抱歉。」

她低頭致歉，樹也行禮如儀。

「這件作品……是白根小姐畫的嗎？」

樹清新如朝露的雙眸凝視菜穗。最後，微微點頭。菜穗很自然地嘆了一口氣。

「太美了。……眞的太美了。」

明知那是了無新意的讚美，但她找不出別的言詞形容。彷彿已被奪走所有的言詞，由此可見，那幅畫有多麼懾人心魂。

許是感到菜穗打從心底的感嘆，樹露出一抹淺笑。二人之間的氣氛柔和，因此菜穗又說道：

「妳甚麼時候開始畫的？」

樹伸出雙手，對著她張開。

「十個月前？」

樹用力點頭。

「眞厲害。妳下筆很快耶。」

這次，樹露出有點困窘的微笑，歪起腦袋。

「這是甚麼人委託妳畫的嗎？」

樹聽了，搖搖頭。

「那麼，是妳自己決定畫的？還是照山老師建議的？」

這次，樹再度搖頭。

「妳預定發表嗎？比方說在哪裡辦個展……」

樹搖頭。

菜穗心頭一動，不禁脫口說道：

「那麼，這幅作品……能不能交給我？」

樹的雙眸，霎時之間，似乎畏懼地戰慄。

忍不住脫口說出了「交給我」這種話。正因如此，可見其眞心。

然而，是基於甚麼意味說出那種話，菜穗自己也不是很清楚。

意思是「想買下來」嗎？還是「想在哪裡展出」呢？

好像二者皆非，又好像二者皆是。

不，那句話中，秘藏著更強烈的衝動。

好像不容分說地恨不得一把奪走——。

「啊，對不起。沒頭沒腦就說這麼失禮的話……那個，我的意思是，如果沒有在某處展出的預定計畫，我覺得，好像有點可惜……」

樹的臉上，狐疑如霧靄蔓延。茱穗想抹去那種狐疑，於是急忙再次強調：

「之前我也說過，我在東京擔任美術館的副館長。是很小的美術館，館員也不多，我自己也身兼策展人……。我在那邊負責展覽，所以只要遇上精采的作品，就會忍不住盤算如何展出。在何處，用甚麼方式展覽，才能夠將作品的優點發揮到極致……」

樹朝茱穗投以平靜的視線。茱穗繼續說。

「這麼美的作品，如果不公開展出，我覺得簡直是罪過。」

是的，是罪過。

這種美，這剛剛醒來的睡蓮漂浮的水面，這種深淵，怎麼能夠不讓衆人看見！

樹好似化身爲修長柔韌的青柳妖精，站在原地動也不動。雙眸猶如反射水面光線閃閃發亮，一心一意盯著茱穗。

茱穗彷彿被吸引般回視樹。

這個人，絕對不是在拒絕我的提議。

只是，她正在想像。想像我心目中的展覽空間，究竟是甚麼樣子。

把自己畫的作品，放在那個空間中。

她正在嘗試。

作品，與空間，二者能否融合爲一——。

不可思議的是，於茱穗而言，樹的心情動態，簡直歷歷可見。

那或許是因爲畫家的眼神實在太過清澈透明。

不能講話，眼神就會變得如此善於傾訴嗎？

驀然間，樹沿著架在畫面上方的板子，靜靜走過來。然後，在外穗的眼前站定，一如在美濃山畫廊的初次見面，悄悄拉起茱穗的右手。接著，在她的手心寫字。

好

非，常，好

柔軟的指尖，彷彿掠過茱穗手心飛去的燕子。垂眼看著手指動作的茱穗，這時抬起頭，望著樹的眼睛。

彷彿寧靜湖面的雙眸，浮現微笑。指尖，再次在茱穗的手心上輕盈飛舞。

這，幅，畫

請，妳，帶，走
帶，去，哪，都，行

御池通和烏丸通的十字路口非常擁擠，甚至要往前走都很困難。

將近傍晚的悶熱與人潮散發的熱氣，令人幾乎窒息。再加上菜穗有孕在身，身體笨重，動作總會變得比較慢。一輝不得不同時護著阿仙與菜穗兩人，看起來似乎提心吊膽。

「人可眞多。每年都是這樣嗎？」

總算走到貫穿南北的室町通，一輝問阿仙。

「差不多都是這樣吧。我這幾年也很久沒來參加祇園祭了……」

阿仙回答，

「今年特別不同喔。因爲發生大地震，東日本那邊不是都取消了熱鬧的祭典活動嗎？想參加祭典的人大概都跑來這邊了吧。」

菜穗說。

實際上，祇園祭在千百年來，雖曾因應仁之亂及戰爭中斷，卻始終一脈傳承下來。想必也有許多人在那種「傳承」找到意義，特地來參觀吧。

各區擁有的山鉾花車，共有三十二輛，這些山鉾沒有使用一根釘子便組裝完成，自宵山的數日前拉上區內道路。說穿了，道路本身直接成了「畫廊」。

人們絡繹於途，一邊近距離打量這些山鉾。被放置在狹小道路上的山鉾，極為奢華壯麗，有些甚至披掛著四百年前自西方渡海而來的哥布林織布製成的胴掛。

山鉾上，鑼鼓隊半是充作練習地敲鑼打鼓，吹奏笛子，咚咚咚，鏘鏘鏘，咚鏘鏘，演奏出獨特的音符。笛音嗶——嗶囉、嗶——嗶囉、嗶——嗶囉，以典型的旋律配合鑼鼓，化為京都夏季的風物詩篇。

那個樂音，雖然熱鬧，卻絕不招搖，隱隱瀰漫一股哀切，縈繞耳邊久久不去。

沿著室町通南下，只見櫛比鱗次的大商家。面向道路的格子門內，是被稱為「見世」的展示空間，陳列出各家自豪的美術工藝品。

屏風及紙門畫、家具用品、陶瓷器、人偶等等，陳列了各式各樣的東西，大手筆把傳家之寶公開展出，就是屏風祭的特徵。

路過的人們，唯有在這段期間可以從路上隔著格子門窺視別人的家中。當然那只是從馬路略窺一二，除非有親近的關係否則進不了屋內。大多數觀光客，只是又好奇又羨慕地，掂起腳尖凝神朝昏暗的屋內猛瞧，想知道裡面到底有甚麼。

在本區格外氣派顯眼的瀨島家門外，擠滿了成群觀光客。大家的脖子上都圍著毛巾，一手拿著塑膠杯裝的刨冰或保特瓶裝的飲料。在令人渾身發軟的酷暑中，撇下冒汗的群衆，菜穗一行人拉開格子門，走進瀨島家。

頓時感到一陣涼風吹來，菜穗停下腳步。

在展示間，那幅睡蓮圖被做成屏風展出。

格子門透入的光線照耀下，畫面隱約閃現水光。彷彿剛剛綻放的清新睡蓮，欲語含羞地搖曳花瓣。

花朵漂浮的水面，有種晦暗鏡面的鈍光。微微倒映清晨的天空，寂靜無聲。

天空，水面，以及睡蓮之間，彷彿有風生起，吹拂而過。悶熱的夏日傍晚，那是多麼清涼吹過的風。

「這眞是……太美了。」

片刻啞然後，伴隨著嘆息，一輝終於開口。

「這件作品，就是白根小姐畫的？然後，被妳做成屏風……」

一輝這麼一問，菜穗點點頭。

「哎呀，眞的很棒呢。」

阿仙似乎也大受感動，聲音有點拔尖地讚嘆一聲。

邂逅眞正的傑作時，人們會失去一切言詞。

菜穗想起自己目睹這件作品的瞬間，強烈湧上心頭的感情。

那和一見鍾情有點相似。就好像墜入情網一樣沒有任何理由。

菜穗第一眼就愛上這件作品。甚至想搶走它。而且，她直接說出了那種想法。

她說：這幅畫，能否交給我？

然後，白根樹的答覆是——

——這幅畫，請妳帶走，帶去哪都行。

寫在手心的那些話，伴隨官能感，令菜穗爲之陶然。

菜穗立刻去找志村照山商談。

能否把白根小姐的作品交給我？

老師或許認爲她在畫壇出道還太早……或者，現在的確還太早……但我一定會找到最適合展出那件作品的機會與場所。

菜穗的熱情，似乎令照山大爲驚訝，不過他判斷，如果不是正式在畫壇出道，只是在菜穗策畫下展出一次的話，應該也很有趣。

雖不確定照山是怎麼培養樹，對她如何評價，但菜穗感到，或許，照山已感到樹的威脅。

因爲，能夠創作出如此充滿魅力的繪畫，這種才華想隱藏也藏不住。

而菜穗替樹的「睡蓮」選擇的展出機會與場所，就是祇園祭和瀨島家的展示間。

「歡迎光臨，老師，菜穗。還有一輝先生，謝謝您遠道而來，非常感謝。」

瀨島美幸從裡屋穿著清涼的絲質和服出來。菜穗一行人各自行禮向她問候。

「哎，我很驚訝。沒想到會是如此精彩的展出……」

一輝難掩感嘆地說。美幸聽了，露出燦爛的微笑，

「這都要歸功於菜穗。我很感激。」

她的語氣聽來絕非客套。菜穗也不禁微笑。

「來，裡面請……剛才，老師也來了。」

裡屋那邊，身穿深藍色浴衣的志村照山，背對壁龕而坐。壁龕掛著竹內栖鳳的青柳行舟圖。

菜穗等人進了房間就端正跪坐，一齊向照山低頭行禮。

「不過話說回來……還眞是大膽的展示啊，菜穗小姐。」

照山低沉的聲音傳來。聲調微帶不悅。菜穗敏感地察覺，其中有點類似嫉妒的味道。

作品本身以及作品完美的展示，甚至令師父嫉妒。

這是自己，和樹，結爲一體才能做到的。

菜穗沒回答照山的話，逕自尋找樹。這次展出，她應該尚未見過。

宵山的傍晚，請來觀看。

我一定會把它令人屏息地美麗展出。

當時她如此保證。

然而，到處都不見青柳精的身影。

巡行

宵山的晚上，一輝在鷹野仙家的菜穗房間過夜。

祇園祭期間，京都所有的旅館全部客滿。大型旅館被團體客佔據，小旅社也被常客早早預約，因此臨時起意跑來的人已無處可棲身。

本來覺得夫妻倆都住在人家家裡未免太厚臉皮，一輝打算搭最後一班新幹線回東京，但阿仙主動挽留。

「一定要看完山鉾巡行才能走喔。就住在我家吧。」

「不，那怎麼好意思……突然打擾會給您添麻煩，我還是回去吧。」他客氣地推辭，

「我想您應該會留下來過夜。所以已經讓朝子鋪好床了。」

阿仙如是說。

回到鷹野家一看，的確，菜穗的房間端端正正鋪了二套被窩。

一輝與菜穗，在睽違多日後，並排躺在一起。

雖然不是躺在一個被窩，但妻子的身體就躺在身邊，一輝感到萬分懷念。然而那具身體，已和一輝熟知的菜穗身體不一樣了。

那是一種明明靠得如此之近，卻覺得對方異常遙遠的心境。

「……到底去哪了呢？」

昏暗中，菜穗的聲音幽幽響起。

一輝立刻明白，她是在說白根樹。

那晚，二人與阿仙造訪的瀨島家有許多客人出入。

一輝等人，與志村照山一同受邀在瀨島家二樓的客室共進晚餐。京都的名流雅士齊聚一堂，還叫了藝妓來，是非常熱鬧的酒宴。

菜穗也表現得很開心，但一輝可以感到，她滿心期待著白根樹幾時才會出現。

僅在宵山那一晚，擺在瀨島家公開展示的「睡蓮圖」屏風。日落後熱氣更甚的巷道，吹來涼爽的清風。小門外，可以看見許多觀光客的臉孔，爲了看一眼悄然綻放的睡蓮，人們大排長龍。

目睹睡蓮圖的一輝，在驚訝的同時，也感到內心萌生一種莫名複雜的情緒。

在自己不知情之際，菜穗與樹似乎已達成秘密協議。

事到如今不得不承認，白根樹是難得一見的天才。然而，眞正讓一輝感到戰慄的，是菜穗的慧眼。

單憑那幅青葉小品，菜穗就看出樹的才華。而且，透過用屏風展示睡蓮圖的這種特殊展出方式，將樹「擁有的資質」全盤展現。

若是自己，能夠做出這種展示方式嗎？不，肯定連接觸畫家都做不到。

實際上，在家業陷入窘境的現狀下，他認爲畫廊無力再招攬新的藝術家，所以甚至沒有積極接觸志村照山。

關於白根樹，雖然感到強烈的魅力，但他並未進一步產生想看她的更多作品、想買畫之類的念頭。

因為自己看不見。看不見「青葉」的彼方，潛藏著那樣精彩的「睡蓮」——。這是否表示自己終究沒有識人之明？

對於迅速發現樹的才華，而且一口氣令其開花結果的菜穗，一輝隱約有點敬畏。樹的老師志村照山，似乎也心情複雜。

在酒席上，照山接受京都文化人及財界人士的殷勤致意，心情大好。其中一人，極為感動地說：「老師，您的畫風變化很大啊。放在展示間的那幅『睡蓮』，可是不得了的傑作呢。瀨島先生果然有眼光……」

「那不是我的作品。」

照山斷然反駁。

「啊？不然，那是誰的……」

那個人，壓根沒發現京都畫壇大師當下已開始不高興，還想打聽「睡蓮」的畫家名字，但照山沒有回答。

之後，就在酒酣耳熱之際，菜穗提出「想先行離開」。她說肚子擠著難受，無法再繼續坐下去。一輝也打算搭乘最後一班新幹線，因此決定先走。告訴阿仙後，她也同意「那我們就先走吧」。

瀨島美幸特地送他們離開。在展示間前穿上木屐後，菜穗轉身對美幸說：「樹小姐沒有來。」語氣有點憾恨。美幸聽了，露出為難的表情，

「就是啊。不知是怎麼了。」

「妳有邀請她吧？」

「那當然。她可是畫出如此精采佳作的當事人，怎麼可能不邀請她。」

「說得也是……那她到底是怎麼了呢？我傳了好幾次簡訊給她。」

菜穗似乎與樹頻繁透過簡訊聯絡。這天，也傳了簡訊約定在瀨島家碰面，但樹一直沒回覆，所以菜穗似乎早就在奇怪了。

「妳最後一次見到她是甚麼時候？」一輝問，

「二星期前吧……爲了把作品做成屛風，我帶著裱裝店的人，一起拜訪照山老師家。後來，裱裝好後我問她要不要一起去裱裝店看看，但那時，她說有點不方便出門……」

菜穗的眉間籠罩陰影。

「那麼，這次展出，她自己都沒看到……」

美幸說「眞遺憾」，語帶不甘。

「眞的是很棒的展出……客人也都讚不絕口。我想這應該是到目前爲止的屛風祭中，最獲好評的一次。這都要歸功於菜穗。謝謝，多虧有妳幫忙。」

美幸再次鄭重道謝，菜穗連忙謙虛表示「哪裡，不敢當……妳過獎了」，

「這次展出成功，並不是因爲有我策畫。一切，都是作品的力量。是白根樹的力量。」

這番話，帶有對畫家堅定不移的信賴。並且，也可感覺到她發掘出畫家才華的自信。

時間已過了九點。如果送二人回家再去京都車站，會趕不上最後一班新幹線。於是，當阿仙說「已經讓朝子把床鋪好了」，一輝終於妥協。

大馬路依舊人潮洶湧。三人一路走到地下鐵東西線的烏丸御池車站，搭了三站到東山車站。雖然在人潮中走得很慢，但阿仙的步伐非常穩健。反倒是菜穗，已經渾身無力，額上顯現疲色。

在地下鐵車廂內，阿仙與菜穗並肩而坐。一輝站在二人前面抓著吊環。

驀然間，阿仙沒有特定對象地說，「不過，好像也有不少人都誤會那是志村照山開創的新境界。」

菜穗露出似乎非常緊張的、不可思議的表情。一輝假裝沒聽見，將視線投向車內壁面張貼的廣告。

山鉾巡行的當天，氣溫從一早就直線攀升。

阿仙的學生當中有人屬於祇園祭山鉾聯合協會，據說每年都會送設於京都市公所前的觀賞席請帖來。那個地點，是沿著河原町通一路北上的山鉾，在河原町通與御池通的十字路口大幅轉向進行第二次「十字迴轉」時，可以近距離欣賞的特等席次。阿仙把那張請帖轉送給菜穗與一輝，「你們小倆口去吧。」

許是因為身體欠佳，菜穗一直沒起床。盥洗更衣後，一輝來到阿仙的房間。當他告訴阿仙菜穗好像不想去看遊行後，「那麼，篁先生自己去吧。難得有這機會。」

阿仙自己似乎壓根不想頂著大太陽去看祭典。一輝回到房間，在躺臥的妻子枕畔盤腿坐下，思忖該如何是好，這時手機響了。

是有吉克子。一輝來到走廊，「喂？」他小聲接起電話。

「那個甚麼宵山，玩得如何？今天是祭典的重頭戲吧。」

克子說，昨晚，透過全國新聞網的電視節目，看到宵山的實況轉播。「最近負面新聞太多了。能夠看到一個熱鬧喜慶的節目眞是太好了。」克子這樣聲明後，才說出意外的發言。

「很照顧菜穗的那位瀨島太太家，展出的作品很厲害。電視也拍到了。」

一輝不禁失聲驚呼。

「您也注意到了嗎？那幅『睡蓮』……」

「對。很出色的『睡蓮』。……那幅畫，是誰畫的？」

著眼點之一致不愧是母女——一輝暗想，一邊回答，「是白根樹。就是那件『青葉』小品的作者。」

這次是克子頗爲意外地驚呼一聲。

「就是在美濃山畫廊看到的……那件小幅作品的創作者？」

「是的。白根小姐是志村照山老師的弟子……菜穗去照山老師家拜訪時，似乎偶然看到『睡蓮』。於是裱裝成屏風，爲了瀨島太太家的屏風祭特地展出。」

克子啞然，最後，伴隨著嘆息發話。

「眞是傷腦筋。該說她死心眼嗎……」

克子斷言，菜穗肯定是因爲忘不了被賣掉的那幅莫內的「睡蓮」。

「那孩子，一定會揚言，要把那位畫家的作品收歸己有來取代莫內。」

克子想必看穿了女兒的個性，然而，「不是那個原因。」一輝替菜穗辯護。

「不是代替莫內。菜穗她，對那個畫家……白根樹，似乎純粹只是想援助。」

「那就更不妥了。」

克子間不容髮地說。聲音變得很不高興。

「你應該也明白。我們家已經沒有那種培養畫家的財力了。至於你家的畫廊，想必更慘吧？如果菜穗說想買那件作品，你一定要好好罵她。一定要讓她好好認清事實，我們現在已經無暇顧及那個了。」

一輝當然明白。但他雖然明白，卻沒有勇氣這樣告訴菜穗。

「所以，你跟菜穗說了嗎？」

「說甚麼？」

一輝覺得自己受到譴責，忍不住語帶賭氣。

「當然是叫她離開京都，趕緊回到東京呀。」

克子用更不高興的聲調說。

「我們家和你家都處於這種狀況，而且核汙染早就不知揮發到哪去了，所以她也該回來了。難不成她還真打算一直過著優雅的京都生活嗎？」

克子的口吻簡直像在直接教訓菜穗。一輝很反感。

「今天她好像身體不大舒服，況且這件事這麼重要，我實在開不了口。」

「哎喲，太過分了吧。也不想想看是靠誰才救了你的畫廊。難道你已經忘了？你可是連那種事都做了。」

一輝頓時氣得腦充血。他恨不得將手機往走廊狠狠一砸，但他還是忍住了。

「下午我就回東京。在那之前能不能告訴她，我無法保證。」

電話彼端傳來做作的一聲嘆息。

「你啊，真的是菜穗的老公？這麼沒出息。算了，既然你開不了口，那我晚點打電話給那孩子，我自己跟她說。」

不過那也得大小姐肯接電話才行——她嘲諷地補了這麼一句。

結束通話，一輝把手機塞進口袋。躡足走回房間。悄悄拉開紙門一看，菜穗背對門口依舊躺著。

他想喊菜穗，但是聽到鼾聲傳來，只好作罷。

看看時鐘，九點了。已是遊行開始的時間。一輝決定放棄參觀遊行直接離開。

回到東京來吧。

一輝的內心，其實也想這麼說。然而一同度過宵山後，他發現，菜穗已和京都結下難捨難分的緣分。

去京都車站的路上，也有許多地方因遊行無法通行，一輝乘坐的計程車只好在市中心迂迴前進。

沿著東大路通南下經過三條通，驀然間，他想起新門前通這條畫廊街就在附近。

「請在前面右轉。」一輝臨時吩咐司機。

昨晚，瀨島家的來客中，沒有美濃山畫廊的社長美濃山。那是經手照山作品的畫廊，照理說美濃山應該會在場才對。

來到美濃山畫廊，美濃山正好在店內。

「這不是篁先生嗎。歡迎光臨。您來看遊行？」

「不，今早匆匆忙忙……。我現在正要趕回東京。只是順路想過來跟您打聲招呼……突然打擾不好意思。」

一輝被帶進後方的會客室。就是曾經掛著那幅「青葉」的房間。現在，掛的是一幅鮮明描繪祇園祭的四十號作品。乍看之下，看不出是誰的作品。

「昨晚，我和茱穗一起去了瀨島家。我還以爲美濃山先生也會來……祇園祭的時期，果然很忙吧？」

一口氣灌下冰涼的麥茶，一輝如此問道。「不不不，一年到頭都很清閒喔。」美濃山半開玩笑地回答後，立刻追問：

「您看到了嗎？白根小姐的作品。」

果然，白根樹的作品在那裡展出，美濃山不可能不知道。

「對，當然看到了。美濃山先生在宵山之前就看過畫了嗎？」

美濃山搖頭。

「不，其實，我一次也沒看過。」

他的話令一輝很意外。

美濃山經常去志村照山家，卻很少與樹打照面。那幅「青葉」小品，是某次拜訪時，照山說「樹畫了這樣的作品。相當有意思吧？」主動拿出來的。

第一眼看到，美濃山就預感這說不定會有大造化，於是當下懇求，不會把畫公開展示只是掛在裡屋，能否暫時交給自己。

當時，照山允諾了，他說樹要在畫壇出道爲時尚早，所以如果只是私下展示就無所謂。

「沒想到，畫最後賣給了菜穗小姐。老實說，照山先生很不高興……」

那個賣掉了嗎？照山說著頗爲遺憾。不過，在美濃山委婉主張畫商本來就是要賣畫之後，照山這才說「說得也是」，好歹被他說服了。

然後，在梅雨結束的時節，美濃山突然接到菜穗的電話。

配合宵山，將在瀨島家的展示間展出白根樹的作品。那是相當大件的睡蓮圖，想裱裝成六扇單幅屏風，所以希望美濃山介紹裱裝店，美濃山當時聽了大吃一驚。

「就連十號左右的小品，照山老師都不願意把白根小姐的畫作公開……茱穗小姐到底是如何說服那位難纏的老師，我眞的非常驚訝。」

美濃山爲了介紹自己平時用的裱裝店給茱穗，與她結伴前往。據說茱穗當時看起來非常高興。而且還邀請美濃山，等到作品裱成屏風後，請他一定要去瀨島家參觀。

然而，美濃山沒有去看作品。他說當著照山的面，心有忌憚。

「爲什麼？」一輝問。

「又不是要賣也不是要買。只是去看看，應該用不著有這麼多顧忌吧？」

美濃山沉默了一會，

「對照山老師來說，白根小姐是非常特別的人。老師不想讓畫商隨便和她接觸，我想，這才是眞正的實情。」

一輝感到心頭怦然一響。

特別的人——這句話，蘊含了某種情感。彷彿在二人之間，秘藏著超乎師徒之情的某種東西。

「是嗎？二人果然是那種關係……」

一輝不假思索地脫口這麼一說，「不，不是那樣。」美濃山當下否定。

「不是男女之情。絕對不可能是那樣。因爲白根小姐，是照山老師的……養女。」

美濃山道出意外的眞相。

昔日在京都畫壇，有位年輕的天才畫家如彗星橫空出世。

多川鳳聲。被人們稱爲竹內栖鳳再世，是前途看好的畫家。然而四十幾歲便意外過世。

白根樹，就是鳳聲身後留下的孩子。而且現在，成了鳳聲當初的對手志村照山的養女。

川床

山鉾巡行結束後，京都的天氣越來越炎熱。

電視新聞連日報導破紀錄的高溫。向來總是挑選最好的季節造訪京都的菜穗，對於盆地特有的那種彷佛自腳底湧起的酷熱，既感到吃驚，也很煩心。

「京都的夏天就是這樣，唉，熱得簡直骨頭都會融化。」她終於可以理解阿仙的形容。當時暮春餘韻猶在，正是她剛搬來鷹野家的時候。阿仙說家裡雖然每個房間都有冷氣，但她不愛吹冷氣，很少打開。那時阿仙就已事先聲明，夏天說不定會很難熬。但菜穗覺得自己不在乎。冬天寒冷時無法想起夏天炎熱的酷暑，盛夏時節也無法想起冬天的嚴寒。在舒適宜人的季節即便聽到別人說「夏天會很難熬」，也完全沒概念。菜穗當時回答，「我也討厭空調，所以沒問題。」

然後，就在祇園祭前梅雨結束了，夏天一下子來臨。夏天原來會熱到這種地步啊！不誇張地說，菜穗眞的是有生以來頭一次發現。

最近只要一到夏天，日本全國就酷熱難當，東京也熱得要命。然而，菜穗很少在盛夏時頂著大太陽走路。無論在自家或任職的美術館都有涼爽的空調，外出時也是開著自用車，因此只有短暫的瞬間會接觸到戶外空氣。她也不喜歡運動，沒有戶外休閒的嗜好，更不會出去遛狗，總之夏天向來過著不接觸戶外空氣的生活。她以爲一般人都是如此。

然而鷹野家即便正午也敞開家中所有的門窗，盡量讓外面的空氣流通。「菜穗小姐身體不舒服，就把房間的冷氣打開吧。」被朝子這麼說，只要待在房間時她都會開冷氣，但是只要走出房間一步就熱得喘不過氣。

溫度落差太大似乎反而對身體有害，最後她索性把房間的冷氣關掉，敞開面向庭園的拉門。「每年，祇園祭之前就會取出。」朝子準備的草簾，在濡濕的簷廊形成微亮的影子。風一吹，草簾便悠悠搖晃，黑鐵做的風鈴發出清涼的音色。隔著簾子可以看見庭院的楓樹，那綠蔭青青的樣子，光是看著就覺得涼快。

朝子準備的三餐，也費盡心思選用各種夏季食材。梅子醋拌狼牙鱔，鱸魚生魚片，加茂茄子烤味噌，米糠醃漬小黃瓜，淺漬青瓜，萬願寺青辣椒煮小魚等等，都是很開胃的菜色，菜穗開始期待三餐。

剛開始關掉冷氣時，幾乎被悶熱的氣候擊垮，但逐漸習慣後，只是微微吹來一陣清風，也能感受到清新的涼意。草簾與風鈴，家中到處插著的桔梗花及鐵線蓮，還有京都畫壇的畫家們創作的繪畫——主題是五山送火儀式及穿浴衣的藝妓——養眼悅耳的夏日室內裝潢，最能令人暑氣全消。

京都的夏天的確很熱。但是，和東京的夏天相比，已經好太多了。

想起東京那種開著空調的無機質空氣，現在反而會反感。人爲控管的室內，無個性且極端無聊的氛圍。和此地相比，是何等不同。

共度宵山後，在遊行當天回到東京的一輝，翌日寄來一封很長的訊息。

內容是爲久別重逢能夠共度一日而欣喜，不過他眞正想說的，是勸菜穗時間也差不多了，該回東京了。

——我切實感到，菜穗是如何與京都的風土文化融爲一體。另一方面，也感到妳好像會就此永遠不回東京，因此也有點忐忑不安。

說來可笑，但我或許是對妳與京都有了非比尋常的關係深感嫉妒。

東京的核汙染問題，我想應該已到了幾乎不用在意的狀況。雖然依舊棘手，但眞要計較起來沒完沒了。實際上，許多媽媽和孩子現在在外活動時都不戴口罩了。

老實說，大地震後發生核災事故時，我作夢也沒想到事後處理會如此耗時，留下這麼漫長的餘波盪漾。

事故剛發生時，許多孕婦或母親帶著孩子離開東京避難。但是，之後也有許多母子趁著春假結束，回到東京。

我知道妳對政府和電力公司的發言有所懷疑。但我感到已經沒問題了。至少，在我們居住的港區及中央區周邊，我想絕對沒問題。

菜穗，妳也該回來了。妳的肚子一天比一天大，身爲孩子的父親，我也想親身感受。那樣，應該沒甚麼不對吧？

如果還想再去鷹野老師那裡，我完全尊重妳的意願，等孩子出生後，妳想每個月去一次也沒問題。

夏天搬家想必會消耗體力，所以妳可以在那邊借住到九月底，十月再回來，妳看怎麼樣？不用立刻決定也行。但是，如果整理好心情，我等妳的答覆——。

不知何故，一輝對於白根樹及睡蓮圖隻字未提。甚至有種小心翼翼刻意逃避那個話題的氛圍。對菜穗來說，這點最可疑，也令她不滿。

雖然提到甚麼「對妳與京都有了非比尋常的關係感到嫉妒」，其實，應該是嫉妒自己的妻子發掘了白根樹的才華吧？

甚至可以從字裡行間感到，一輝不想讓她繼續和白根樹牽涉太深，這令菜穗很不愉快。

爲什麼就不能說句「把她那種才華引介到東京來」？

而母親克子，寄來更露骨的訊息。

遊行那天，母親一再來電。暑熱與疲勞弄得身體本就不舒服，和母親的對話讓她感到很煩，因此沒接電話。反正母親肯定又是要抱怨。

結果，母親同樣寄來長篇訊息。

——昨天，我在電視上看到瀨島家。展出的那幅「睡蓮」，就是那個創作「青葉」的畫家畫的吧？

的確是很精采的作品，但是想到妳或許又會揚言想把那個畫家如何如何，我就很擔心。我已說過很多次了，現在，篁畫廊和妳爸爸的公司，都陷入經營困難的局面。已經無法再因妳個人的喜好，悠哉地贊助年輕畫家，這點希望妳牢牢記住。

所以，妳也該回東京來了。老是打擾人家鷹野老師，再怎麼說也是給人添麻煩。妳也馬上要當母親了，不要再自以爲是不解世事的小姑娘，把周圍的人支使得團團轉。

寫了一堆嚴厲的話，但能和妳講這種話的也只有我。等妳也當了母親，妳一定會明白，我是抱著甚麼心情講這些逆耳忠言。

等妳離開京都時，妳爸爸說他也會親自去向鷹野老師致謝。考慮到爸爸的行程，我想妳還是早點決定回來的日子比較好。天氣熱可能不想動，那就在那邊待到九月底，十月第一個週六左右回來妳看如何？這件事，希望妳盡快回覆——。

看著母親寫的簡訊，心情逐漸轉壞。

她打開電扇，側身躺下。鋪在墊被上的蓆子，散發藺草的青草味。閉上眼專注在那氣味上，心情這才漸漸平靜下來。

可以感到胎兒在腹中活動。最近，頻繁出現胎動。

懷孕初期那種詭異的噁心——感到自己體內還有另一個人——已經完全消失，但自己好像沒甚麼即將成爲母親的意識。再過不到四個月，孩子就要誕生，從那天起，自己身爲母親，一天的行程將以孩子爲中心被全盤決定。

眞的會有那樣的每一天來臨嗎？

毫無眞實感。不僅沒有喜悅，甚至感到疏離。

如果丈夫或者母親就在身邊，感受會更不一樣嗎？

現在的自己，對，簡直像要成爲單親媽媽。而且，是那種明明並非自己如此期望，卻半推半就變成這種處境的單親媽媽。

不過，就算有一輝和母親在身邊，每天大眼瞪小眼，操心這個擔心那個的，想想也挺麻煩。一輝還好，可是母親如果針對孕婦該注意的事項或生產的準備囉哩囉嗦，她肯定會受不了。

遲早必須回東京。這個現實，不時如濃霧瀰漫，令菜穗倏然陷入憂鬱。

之於自己，毫無眞實感。無論是聽說東京已無核能汙染問題，或者一輝的畫廊與父親的公司面臨經營危機。甚至是對有吉美術館已經沒有莫內的「睡蓮」。

一切都很稀薄，欠缺現實感，宛如流言蜚語，宛如某人在敘述昨夜做的夢境——只有那種隨便聽聽即可的，單薄扁平之感。

所以，對於遲早必須回東京的說法，她並不覺得是眞的，也不想這麼認爲。然而一旦想起，頓時會形成濃霧，籠罩菜穗的心頭。

來到阿仙家上書法課的瀨島美幸，邀菜穗去貴船的川床。

「屏風祭的時候，眞的很謝謝妳幫忙……所以我一直在想，該怎麼答謝妳才好。碰上這種季節，我先生也說，不如帶妳去涼快的地方走一走。」

川床，就是京都夏天的風物詩。從五月至九月間，河邊的餐飲店會在河上擺設露台，供人在上面飲食。以鴨川、貴船、高雄等地最有名，許多餐飲店都會提供納涼場所。

菜穗在京都也去過川床乘涼，但她還不曾去過貴船。當然，她很感興趣。

照美幸的說法，鴨川的納涼床──鴨川那邊不叫做「川床」，據說稱爲「納涼床」──很熱鬧，入夜之後也很悶熱，實際上並非「納涼」。如果追求眞正的涼爽，應該去京都北部貴船山的料理店。美幸熱心邀約說，是我先生自己開車，所以請妳務必賞光。

「我很想去，但最近身體狀況時好時壞，所以如果答應了卻又不能去，反而會給妳添麻煩吧。」

菜穗客氣地推辭，

「沒那回事。如果眞的不能去，別客氣，妳儘管說沒關係。」

美幸先這樣聲明後，

「其實，我也邀請了志村照山老師，還有白根樹小姐喔。」

美幸彷彿想說，這下子妳總沒有理由拒絕了吧。

「啊？樹小姐也會去？」菜穗不禁反問，

「嗯。照山老師起初不太情願，但最後還是答應了。」

美幸笑瞇瞇地回答，「眞的？」栞穗當下做出撫胸慶幸的動作。

屛風祭後，明知該去照山那裡打招呼，但一方面也是因爲身體欠佳，最後她始終沒有去。栞穗用毛筆拿鳩居堂的美濃和紙信箋寫了謝函。給照山與樹各寄一封後，又給樹私下傳了簡訊。內容是：「屛風祭順利結束眞是太好了，雖然很遺憾未能見到妳，近日之內要不要一起吃個飯？我想向妳道謝。」但是始終沒有收到樹的回音，所以她一直耿耿於懷。

「請務必帶我去。」

栞穗不由得語調雀躍。

「那就這麼說定了。不過，到時候如果身體不舒服也不用勉強。」

這次，反而是美幸特別強調。不過，栞穗已經非參加不可了。

週末傍晚，瀨島正臣駕駛的鐵灰色賓士轎車，抵達鷹野家門前。

正臣穿著白色亞麻襯衫搭配深藍色亞麻休閒褲，美幸穿藍色浴衣，衣上的香魚戲水波圖案非常清新。栞穗本來也想穿浴衣，但是肚子綁著難受，所以還是穿白色棉質洋裝。

「照山老師終於願意帶樹小姐出來，我們也鬆了一口氣。」

車子出發不久，駕駛座的正臣，對後座的栞穗如此發話。

「畢竟，屛風祭的時候，老師好像不大高興。他似乎作夢也沒想到，女兒的作品會在瀨島家展出……」

「啥？」菜穗向前傾身。

「女兒……那是指誰？」

「咦，菜穗小姐，妳不知道嗎？當然是樹小姐。」

正臣回答後，透過後視鏡看著菜穗的臉。大概是菜穗的神情太訝異，正臣苦笑。

「啊，也對。老師不可能特地說出這種事吧。」

菜穗當下啞然，老半天都說不出話。

菜穗當然也早已看出，照山與樹之間有著超越師徒的某種關係。

樹的容貌秀麗。不論是頭髮、手臂、手指，都纖細柔弱。再加上，她不能說話。一切要素都令她看起來更加神秘。身為老師的照山，之所以超乎必要地不讓她見人，該不會是想要藏匿她，悄悄當成自己的禁臠吧——菜穗如此猜測。

據說照山已與妻子分居，家中一切都由女傭打理，照山整天專心投入創作，這是初次拜訪照山家時，鷹野仙告訴菜穗的。因此，如果容她說出眞心話，她甚至有非常扭曲的先入為主的看法，認為白根樹被京都畫壇大師圈養起來，存心養廢。

沒想到，樹竟然會是照山的女兒。

「我們也有幾件照山老師的作品，況且本來就有幸與老師來往……但是老師的口中，從來沒有提過樹小姐一個字。說來，或許半是疼愛，半是恐懼……」

「好了啦，你不要多嘴多舌。沒看到菜穗小姐都嚇到了嗎？」

正臣還想說甚麼，卻被美幸喝止。

「半是恐懼……這是甚麼意思？」

菜穗再次向前探出身子追問。

「我老公講話太誇張了啦。」美幸帶著揶揄說，

「這樣算誇張嗎？在京都畫壇，這已是有名的話題了。」

正臣這麼一說，更加挑起菜穗的關心。

「菜穗小姐，多川鳳聲這位畫家妳知道嗎？」

聽到這個名字，菜穗立刻點頭。

沒有拜入任何人門下，也沒有後台靠山，在京都畫壇如彗星出現的畫家。此人已經過世快二十年了，所以菜穗當然沒有直接接觸過，但是因其作品的稀有性，名字倒是如雷貫耳。

由於他四十出頭就英年早逝，留下的作品非常少。因此，只要他的畫作在市場出現，立刻會飆到數千萬的價格。菜穗曾在京都國立博物館看過一次他的畫。畫的是翺翔海上高空的大雁，不愧被人稱爲竹內栖鳳再世，候鳥生動的飛翔姿態，的確令人想起栖鳳。此外，連水鳥的胸毛都一根一根仔細描繪的手法，也讓人感到近似伊藤若冲。作品本身，在菜穗內心留下強烈的印象，也記住了那個畫家的名字。

「我曾在京博看過一次。……這件事和多川鳳聲有甚麼關係嗎？」

菜穗這麼一問，正臣彷彿迫不及待想揭開謎底似地接腔。

「關係可大了。樹小姐本來就是鳳聲的親生女兒。在他死後，本來是他在畫壇勁敵的照山老師，收養了樹小姐。」

菜穗不禁失聲驚呼。

「那麼，二人是……意思是說，他們是沒有血緣關係的父女？」

「就是這樣。」正臣說著點點頭。

多川鳳聲或許是感到創作陷入瓶頸，毫無前兆地結束自己的生命。據說在他死後，纏綿病榻的妻子，醒悟自己不久於人世，因此決定將女兒託付照山。

生來便有繪畫才華的女兒，如果變成無家可歸的孤兒未免太可惜。她想讓女兒繼承丈夫未完成的遺志。這就是樹的母親的心願。

照山的確曾是鳳聲的死對頭，但在同時，也比任何人都更肯定他的作品價值。據說二人經常出入對方的家中，展開激烈的論爭。

樹的母親，據說是哭著懇求照山。請讓這孩子成爲一個出色的畫家，這樣丈夫就不算白死了——她說。

照山答應了，把樹接回家收養。那是在她十歲左右的事。

也有傳言指出，就是因爲這件事，照山與妻子才會分居，同時，樹的心靈也因此受到重創再也無法說話。

「不過，這是經過很多人的嘴巴輾轉傳出的說法，所以到底有幾分眞實，誰也不清楚。」

正臣說著，就此結束故事。

菜穗再次啞口無言。

白根樹的親生父親，是多川鳳聲。而且，在培育她的才華的同時，也企圖阻擋她的才華大放光芒的養父，是志村照山。

樹處於一個意想不到的位置。

對菜穗而言，有些部分令她恍然大悟原來如此，也有些部分籠罩迷霧好像不太對勁。可是，自己究竟醒悟了甚麼，又對甚麼感到懷疑，她無法明確畫出界線。

即便如此，菜穗感到，自己體內被堤防攔住的洪水，開始洶湧地噴濺。

不行。不能這樣下去。

不能讓那個人再這樣下去了。

必須把她帶走。——由我。勢在必行。

車子奔馳在山中狹小的道路。眼下，可以看見濺起白浪滔滔奔流的河川。

送火

八月十五日，一輝與克子，並肩坐在東海道新幹線「希望號」的商務車廂內。

最近，爲了節省經費支出，一輝出差時已不再乘坐商務車廂。不過和克子一起去京都時，總不能自己一個人去普通車廂。久違的商務車廂，擠滿了中元節的返鄉客及放暑假的觀光客。

現在要去的京都，明天將要舉行五山送火。一如之前的祇園祭，想必又是人潮洶湧。可以的話他很想選京都沒有祭典活動時再去，但是懷孕的妻子就住在那邊，暑假期間不可能不去探視。

篁畫廊自八月十四日至二十一日放一個禮拜的暑假。到去年爲止，每逢暑假，都是在有吉家位於輕井澤的別墅度過，或是和身爲篁畫廊社長的父親及顧客一起去河口湖一帶的高爾夫球場。然而今年夏天，父親沒去打高球也沒去度假飯店，只是一直待在家中。雖然沒告訴一輝，但父親似乎正在盤算甚麼計畫。

這半年來，不得不認爲，一切狀況都變化得太快。

東日本大地震發生後的幾個月，事情急轉直下。菜穗發現懷孕，隻身遷居京都。公司經營的惡化與破產的危機。菜穗深愛的莫內作品「睡蓮」被賣掉。以及一輝與克子的關係變化……。

克子說，夏天的京都太悶熱實在不想去，但是菜穗太過冷漠，所以她想去看看菜穗的情況，順便參觀五山送火，於是就跟著早已決定假期要來京都的一輝一起來了。

「所以說，結果，『火』是安全的吧？」

車子行過名古屋時，克子唐突地說。

一輝正在漫不經心翻閱座位口袋放的免費雜誌，聽了不禁抬起頭「啊？」了一聲。

「您說甚麼『火』？」

「我是說五山的火啦。送火。」克子說。

「我在新聞看過，今年焚燒送火的木柴，不是說要使用震災地區的松樹嗎？可是，京都市民反對，說那種東西燃燒後也許會釋出放射性物質，因此取消了不是嗎？」

「被您這麼一說，我也想起來是有那樣的新聞。」一輝回答。

「結果，主辦單位收到一大堆抗議說『這樣對災區太沒有同情心』，所以不敢取消了。之後，把災區的松樹拿來，爲了保險起見做檢測，驗出了銫之類的放射性物質。最後，這才決定取消。」

「這樣子啊。眞是複雜。」一輝說著，皺起眉頭。

「換言之，最後的結論是，災區的松樹果然還是不能用？」

「對，好像是。所以，我才會想，最後『火』應該是安全的。」

克子露出無法釋然的表情，

「不過，實際上到底是怎麼樣。眞的安全嗎？」

這種事情就算問他，他也無從答起，

「是啊，應該還可以吧。」

他好歹還是附和一下。

「不管是東京或京都，如果到處都有核污染問題，那麼待在哪裡不都一樣。你說是吧？」

聊著送火的話題，似乎又令克子想起了菜穗。這次，一輝沒有附和。

祇園祭後，據說克子幾乎天天和菜穗聯絡。克子告訴她不用現在立刻回來沒關係，但是到了十月一定要回東京。克子的態度幾乎是在督促。

對此，菜穗堅持等孩子生下後，暫時還是不想回東京。她也對一輝做出同樣的表白。她說想在京都再待一陣子，想到東京總覺得非常不安。

站在一輝的立場，既然菜穗不願意，他也不太想勉強把她帶回東京，如果菜穗聲稱要永遠留在那裡當然會很困擾，但是如果只是「再待一陣子」，他想成全菜穗。另一方面，他也明白，菜穗對京都如此執著，已經不是爲了核汙染的問題了。

那個城市，擁有不斷吸引菜穗的強大磁力。而且，有人散發出那種磁力。

「這孩子眞是死心眼。像她那樣，當了母親眞的沒問題嗎？」

與其說是在擔心，克子嘀咕的語氣更像是有點哭笑不得。

克子不時會這樣把菜穗推到遠遠的冷眼旁觀。雖然被世人稱爲「同卵母女」，似乎是一對親密如雙胞胎姊妹花的母女，但克子與菜穗有時其實把對方視爲對手。克子基於母親的立場企圖支配菜穗。而菜穗，藉由過人的審美眼光得到美術作品，企圖凌駕於母親之上。

「總而言之，這次一定要跟她談妥，秋天絕對要回到東京。否則，這麼熱的天氣特地去見她就毫無意義了。」

一輝已經甚麼都不說了。克子把手裡的扇子在膝上啪啪啪地忽開忽闔，把玩良久。

鷹野仙家的玄關門口灑過水，圍繞踏腳石的茂密青苔澆了水顯得格外青翠。正午時分熱得幾乎快溶化，但是不可思議地，一走進鷹野家院子，頓時轉爲幽靜清涼的空氣。吉田山這邊，寒蟬瘋狂嘶鳴。幾乎蓋過大馬路的汽車噪音。

「哇，妳的肚子變得好大。」

一眼看到與朝子連袂來到門口迎接的菜穗，克子便說。

菜穗露出有點羞澀，又有點尷尬的笑容，

「對呀，已經七個月了。如果肚子沒有大起來那才要傷腦筋吧。」

她說。

「身體都還好嗎？」一輝問，

「托你的福……」菜穗異樣客套地回答。

客廳裡，鷹野仙迎接二人。克子與一輝端正跪坐，在榻榻米上伏身行禮，解開包袱巾送上伴手禮。克子戲劇化地懇切表達感激之意。

「雖說當初是我拜託您的，但我自己也沒想到會讓您照顧小女這麼久。若是普通身體也就算了，把懷孕的女兒託付給您，想必給您添了不少麻煩。」

「哪裡，一點也不麻煩。」

阿仙極爲從容地說。

「我雖然教授菜穗小姐書法。但不只是書法，她也學習了很多京都的各種知識。年紀輕輕的，眞了不起。我家自從菜穗小姐住進來後，也變得很熱鬧，很開心。」

聽到阿仙貼心的言詞，一輝鬆了一口氣。但克子堆出假笑。

「雖然您這麼說，但繼續打擾您，我這個做母親的也於心有愧。我會盡快讓她回東京，還請您再稍微忍耐幾天。」

菜穗一直低著頭。映在光潔明亮的紫檀矮桌上的臉孔，毫無表情。

四人不痛不癢地閒聊了一陣子，之後朝子來稟報計程車抵達。阿仙說要去參加中元節的法事。大家一起去玄關送阿仙離開後，克子對菜穗說：「那幅『青葉』可以讓我看看嗎？應該是掛在妳房間吧？」

一輝與克子跟著菜穗走進書齋。然後，他們凝視壁龕，那裡掛的不是青葉小品，是一件小幅的睡蓮圖。

泛紫的青色池面，點點睡蓮綻放。清新聖潔如珍珠的花朵，在日光下瑩然生光。乍看之下，也像是油畫，但那是因爲畫家運用色調纖細的礦石顏料縝密描繪。雖是小品，卻擁有吸引人的強烈磁力。一看就知道，是出自白根樹的手筆。

「咦，怎麼不是『青葉』？」

克子像被吸引般走近壁龕。一輝也站在後面，對身旁的菜穗說：「這是白根樹的新作吧？」

菜穗默默點頭。然後用隱隱帶著挑戰的口吻說：「在被其他人搶走之前，我先買下了。」

克子轉過身來。與菜穗四目相接，似乎有話想說，卻又用力嚥回肚子裡，只說了一句「是嗎」。

「正好。我這次來，就是想跟妳談談這件事。妳先在那邊坐下。」

這下子突然變得場面尷尬，一輝很緊張。他思忖自己是否該暫時迴避，但是轉而又想，還是在旁看著事態發展比較好，於是和菜穗一同端正坐好。克子背對壁龕的睡蓮圖而坐，

「沒有和妳商量，就賣掉莫內的『睡蓮』，我知道是我不對。雖然現在爲時已晚……還是要跟妳說聲對不起。」

克子凝視菜穗的眼睛，如此道歉。一輝很意外。克子明明老是向一輝抱怨「那孩子一點也不理解現在我們置身的狀況」。

菜穗不發一語，還是面無表情地垂眼看著榻榻米。克子繼續又說：

「不過，這也是莫可奈何之舉。現在，妳爸爸公司的財務狀況，已經惡化到超乎妳想像的地步。一輝的畫廊也是。爲了拯救兩邊的公司，我們必須這麼做。妳應該可以理解吧。」

語氣雖然溫和，卻帶有不容任性女兒反駁的強勢。菜穗彷彿在細數榻榻米的格紋，文風不動，一逕低頭。

克子似乎要窺探女兒的表情變化，但是確認女兒的眉毛與臉頰都文風不動後，她微微嘆氣。然後，若無其事地轉換話題。

「掛在那裡的『睡蓮』，妳剛才說，是妳買下了……對方是新人，而且那個大小，或許花不了多少錢，但是現在，哪怕只是十萬圓，我也不希望妳在沒有知會我和一輝的情況下就購買非必要

的東西。實際上，美術館那邊，也已做出不再購買新收藏品的方針。可是妳卻……」

「妳錯了，媽咪。」

菜穗突然抬起頭打斷克子。聲音之開朗，令一輝暗吃一驚。菜穗那異樣充滿力量的雙眼直視母親。

「剛才妳說的話，有二點錯了。」

菜穗再次流露挑戰的口吻，如此說道。

「首先，這不是非必要的東西。對我而言非常必要。還有一點，這個，不是十萬圓的作品。」

克子霎時陷入緘默。但，立刻追問「那妳付了多少錢」。菜穗不假思索地回答：

「一百萬。」

一輝倒抽了一口氣。

就一個沒沒無名的畫家的六號作品而言，這簡直是破天荒的價碼。克子啞口無言，整個人都僵住了。

「那……妳買的價錢可眞貴。是向美濃山畫廊買的？」

奇妙的寒意竄過背部。但，一輝還是盡量用平靜的聲調詢問。菜穗好似少女般天眞無邪地搖搖頭。

「我直接向白根樹買的。」

這件作品，不能讓任何人看到。只想收歸己有。

如果能做到這點，一百萬簡直太便宜了，不是嗎？這件作品，就是有這麼大的價值。

說著，茱穗露出勝券在握的笑容。

翌日，爲了參觀五山送火，茱穗一行人受邀前往位於北山，瀨島夫婦的友人大妻直彥的別邸。大妻家是京都首屈一指的老牌衣料商，擁有三百多年的歷史。從上一代家主、現任家主的直彥、乃至直彥的兒子、孫子，祖孫四代都曾扮演祇園祭的「稚兒[1]」，是名門世家。本宅位於下鴨神社附近，不過在北山也有別邸，當作「夏天觀賞送火的房子」，也當作舉行茶會或展示收藏品的場所——瀨島美幸如此介紹。

在日本全國經濟不景氣的情況下，就算是老牌企業想必也不輕鬆，但不管怎樣，持續三百年以上的招牌應該不可能如此輕易卸下，在一輝看來，彷彿窺見京都企業的底蘊一角。

正臣與美幸坐計程車來鷹野家接他們。鷹野仙說，「你們一家人去吧。」自己留在家中。於是又叫了一輛計程車，一輝坐副駕駛座，克子與茱穗坐後座。

克子一直很不高興。當然，是因爲茱穗未和自己商量一聲就「大手筆亂買東西」。相較之下，茱穗看起來倒是神清氣爽，甚至爲了第一次參觀送火，好像非常興奮。母女倆相反的樣子，在一

1　稚兒：日本的神道教，認為神明會假借兒童（稚兒）之身出現，因此祭典時會給兒童穿上華麗和服遊行。

輝看來頗為奇妙。

昨天，為了白根樹「價值百萬的睡蓮圖」一事，徹底壞了心情的克子，早早就告辭去飯店了。一輝猶豫著該怎麼辦，但自己已經說好要留在菜穗的房間過夜，況且不管怎樣，也想聽菜穗說明更多詳情，因此直接留下。之後，他試探著說，再怎麼說一百萬也太貴了吧？那麼做會不會有傷白根樹的老師志村照山的顏面？

「沒事。這件作品的價值，是我決定的。」

菜穗非常乾脆地如此回答。

然後，她說「我有一個請求」，兩眼發亮地把臉湊近一輝。

「我想在篁畫廊替樹小姐開個展。同時，也要在有吉美術館策劃她的展覽。」

這意外的提案，令一輝難掩驚愕。

「甚麼……不可能。這個提議太倉促了。」

「我知道。不用現在立刻辦沒關係。但是，最好是在一年內。」

一輝聽了，不由苦笑。

「妳可真是急性子。先不說別的，她在那麼短的期間，也來不及創作作品吧？」

「若是擔心作品，已經有了。」菜穗斬釘截鐵說。

「只不過沒有發表。她給我看過了。」

然後，她緊盯著一輝的雙眼，說道：「我想讓白根樹脫離志村照山。」

菜穗這太過離奇的說詞，令一輝甚麼都說不出來了。

菜穗的雙眼，充滿挑釁，甚至有點蠱惑地妖異發光的雙眼，是一輝從未見過的。宛如母豹盯上獵物的眼神。既可怕，又美麗得令人悚然。

一輝當下醒悟。此刻，即使試圖說服菜穗也是徒勞。他還不確定狀況，更捉摸不透菜穗的心情。連她與白根樹之間究竟發生了甚麼都不知道。唯一知道的是，菜穗是眞心想把白根樹——不是她的作品，而是她本身——「收歸己有」。

從美濃山畫廊的社長美濃山那裡，一輝偶然得知了樹與照山的關係，以及樹是多川鳳聲的遺孤。這些事實，菜穗知道嗎？

脫離——他開不了口問菜穗那個字眼的眞意，就這麼迎來了翌日。

伴隨臭著臉保持沉默的克子，勉強穿上浴衣的菜穗，一輝抵達大妻家。

事前想像過會是甚麼樣的日本房子，沒想到卻是三層樓的摩登建築，就是要在那樓頂上看送火。大妻夫妻在玄關迎接瀨島夫婦及一輝一家人。

「歡迎各位在酷暑中大駕光臨。」

風雅地穿著銀鼠灰色浴衣的大妻直彥，和顏悅色地打招呼。克子急忙擠出笑容，「敝姓有吉。今日承蒙邀請，非常感謝。」

她禮貌周到地回禮。一輝與菜穗也分別自我介紹，行禮如儀。

驀然間，玄關門口並排放著的男用桐木木屐及女用木屐映入眼簾。

有客人先到了嗎？一輝暗忖，一行人被帶到樓頂。

樓頂上，是種滿竹子的小庭園。眼前豁然開朗，京都街頭的燈光在眼下一覽無遺。視線向左移，微明的夜空，浮現黑色山脈的剪影。在那山上，呈現「大」字形的火焰正在妖異晃動。

坐在竹子附近涼台的二個人影倏然起身。一輝凝目細看那人影。

「這不是篁先生嗎？我們又見面了。」

如此出聲招呼的人，是志村照山。而躲在他背後，正在窺視這邊的，是白根樹。

螢火蟲

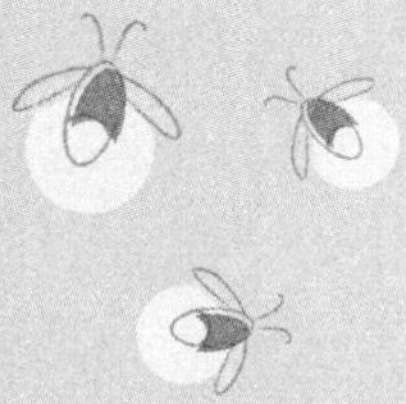

為了參觀送火，賓客逐一來到大妻直彥的別邸屋頂。總計約有二、三十人吧，全都是京都的名流雅士。

菜穗、一輝及克子被大妻直彥逐一介紹來客。來時在計程車上很不高興的克子，此刻已完全變回擅長社交的貴夫人。一手拿著冰透的香檳，與老牌企業的社長夫婦談笑風生。

菜穗與一輝佇立在竹林附近，與志村照山，以及白根樹面對面。

照山穿著銀灰色的亞麻浴衣，腰繫藍鐵色腰帶。站在旁邊的樹，是一襲深藍底色繪有朝顏花看似清涼的浴衣。昏暗中，泛著水光的雙眸定定注視這邊。

「最近生意如何？受到震災的影響嗎？」

喝光香檳，照山向一輝問道。「唉，是啊……」一輝含糊回答。

「在這個行業，有無受到震災影響想必因人而異，至於我們公司，嚴格說來好像是受到一點影響。業績也減退了……」

「我認為這只是暫時的現象。」菜穗插嘴說。

「因為篁畫廊的顧客都是真正的美術愛好家。和地震的影響云云，沒有太大的關係。」

明知說出那種話只會讓一輝慌張，菜穗還是不吐不快。最近一輝做生意時那種卑躬屈膝的低姿態，讓她看得很不順眼。與畫家對峙時不虛張聲勢那怎麼行！菜穗暗自生悶氣。

一輝欲言又止，最後終究沒說，只是苦笑。照山窺探夫妻倆的模樣，一邊對一輝說：「我最近和東京也沒甚麼緣分……當然，美濃山先生做得很好，我在這邊也很順遂。東京那邊的人，想必也不習慣京都的畫家吧。」

照山頻頻感嘆沒機會在東京舉辦個展。之前，與瀨島夫婦共赴貴船的川床聚會時也是。宵山時，照山是獨自現身瀨島家，可是貴船那次卻是攜樹同行。

在京都，照山想必的確屬於大師級人物，可惜在東京始終沒有發表的空間似乎令他頗爲不滿。除此之外，好像也發生了一連串困擾照山的負面事件。宮內廳訂購畫作一事，在大地震後，據說也因上面指示盡量避免非緊急的開銷，因此遭到凍結。這件事，菜穗已從美濃山那裡聽說了。她這才恍然大悟，宵山時照山心情欠佳或許就是因爲那個緣故。

照山正想在東京找門路。這點菜穗可以清楚感到。若要打通管道，銀座的老店篁畫廊，以及擁有收藏東西方美術品的私人美術館的有吉家，對老奸巨猾的畫家而言肯定是最佳目標。

照山當然已察覺，菜穗深感興趣的不是自己，而是白根樹。所以他企圖暗示的是如果想拉攏我的弟子——實際上是養女——就必須先通過身爲老師的我這一關。

「還是您的畫廊靠得住啊。今年下半年，預定展出甚麼作家的作品？」

對於篁畫廊今後的預定計畫，照山似乎極感興趣。一輝有點吞吞吐吐，

「秋天預定舉辦羽根井晃老師的個展。之後……」

「直到明年春天都已私下定案了，不過現階段還不方便公開。」

菜穗再次插嘴。其實，到底準備了甚麼企畫案，抑或甚麼都沒定案，菜穗自己毫無所知。然而，她覺得一輝只要一句話沒說好，就可能給予照山可趁之機。

一輝霎時露出凝重的表情，但隨即不動聲色地轉換話題：「老師您的個展計畫，不知安排得如何？」

照山聽了，「這個嘛……是有種種計畫啦……」他的語氣刻意吊人胃口，「關西這邊秋冬兩季都有安排。另外，也有各方人士委託的作品要完成，暫時應該會很忙。」

菜穗懷疑照山是在虛張聲勢，卻也只是接腔說聲「是嗎」。一輝也不痛不癢地附和「您如此活躍，眞是太好了」。

三人乾巴巴地交談之際，白根樹蒼白的臉孔自昏暗中浮現，緊閉雙唇。她之所以默默無言，是身體狀況令她不得不如此，但在這種時候，可以甚麼都不用說的樹，令菜穗格外羨慕。樹似乎刻意不看任何人的臉，卻不時將泛著水光的雙眸朝菜穗投以一瞥。然後嘴角稍微放鬆，浮現微笑。

「眞是美好的夜晚。白天的酷熱簡直像騙人的。」

驀然間，背後響起克子的聲音。她一手拿著香檳，朝菜穗與一輝走近。菜穗用毫無感情的聲音向照山介紹：「老師，這是家母。」

「這眞是久仰久仰，您好。我是志村照山。能夠見到您，是我的榮幸。」

照山有點誇張地致意。克子用滿足的眼神望著照山，「敝姓有吉。不敢當，能見到您才是我的榮幸。」她回答。

「小女一再承蒙您照顧……她自認風雅，好像以爲是在京都進修藝術呢。這個城市，有志村老師這麼了不起的大畫家，所以小女的心情也不難理解……」

聽到母親這麼說，菜穗內心一陣反感。能夠坦然自若地說出這種肉麻的奉承話。這就是母親的特性。

「哪裡，不過話說回來，菜穗小姐的眼光相當敏銳。我畫的紅葉小品，聽說好幾年前就被她買下。」

「是啊，我知道。我也有幸見過您的作品。雖是小品，卻是非常美麗的紅葉圖。這孩子，至少在欣賞畫家的眼光方面好像還不錯……」

「天下的好眼神，首推有吉家的千金嘛。這是理所當然。想必也是繼承了母親的感性吧。」

「哎喲，您可眞會說話。」

克子與照山互相說出肉麻兮兮的台詞，乾巴巴地假笑。一輝的臉上也貼著殷勤的陪笑，一直沒插嘴。菜穗很不耐煩，朝樹使眼色。

——我們去那邊吧，樹。這些人好煩。

她在心中如此發話。樹閃亮的雙眸，回視菜穗。

——我現在走不開。

那對眼眸，似乎如此回答。

——爲什麼？

——因爲老師他……。

菜穗驀然看向照山的手。

照山右手拿著一杯香檳。而左手，隔著浴衣，觸摸站在身旁的樹的大腿。

照山的那隻手在暗示：絕對不准離開我身邊。突然間，菜穗感到耳垂火熱。

又酸又苦的厭惡感猛然湧現。彷彿是自己被照山玩弄、束縛。

照山的手，就像無形的鎖鏈。那是綑綁乖巧順從的家犬，讓牠無法逃走的鎖鏈。

「對了，老師，那位是？」

克子朝樹瞄了一眼後問道。菜穗這才赫然回神。她正在想像，自己拍開照山的手，與樹攜手逃離現場的情景。

噢──照山似乎完全不以爲意，

「這是跟在我身邊的弟子，白根樹。」

他冷淡地說。樹對著克子微微點頭致意。

「哎呀，就是妳……」

克子不客氣地上上下下打量樹。菜穗簡直坐立不安。她預感母親將會多嘴地說出不該說的話。

「我看過了。那幅『睡蓮』新作。雖是小品，卻極有魅力……」

照山一聽，「小品？」他立刻反問。

「這我倒是頭一次聽說。說到新作，宵山之後，樹可沒有提供過任何作品……」

「哎呀，這樣啊？」

克子若無其事地說。然後，斜眼覷了一下菜穗，

「對不起。是我記錯了。」

說著，一派無辜地笑了。

樹蒼白的臉上，已失去表情。菜穗盯著樹的臉孔，不知不覺彷彿在照鏡子。

樹的背後是黑幢幢的如意嶽，無邊的黑暗中，山火忽隱忽現地浮現一個「大」字。

上次與瀨島夫婦相偕去貴船的川床料理店時，志村照山與白根樹也受到瀨島夫婦的邀請出席。那是在觀賞送火的十天前。

瀨島夫婦邀請的名義是，爲了感謝樹在宵山時，提供她畫的「睡蓮」屏風作爲瀨島家的「屏風祭」。

偏偏在宵山當天，樹始終沒有出現。只有照山一個人出席，受到賓客圍繞。

對於一手策畫瀨島家展示的菜穗而言，樹沒有出現，令她非常沮喪。雖然隱約已感到照山擋在樹的面前，似乎是故意不讓樹出現在人前，但當時，她做夢也沒想到，樹竟然是照山的養女。

不過，她早已察覺樹與老師照山之間，有種第三者無法輕易介入的氛圍。

若說是男女之情，顯然並不是。是某種更異樣的空氣。嚴格說來，更像是「支配者」與「被支配者」……。

宵山之後有段時間與樹失去聯絡，得知終於可以見面，菜穗滿心歡喜前往貴船。結果就在前

往貴船的路上，從瀨島正臣那裡得知，樹其實是照山的養女。

而且，她的親生父親，就是昔日京都畫壇的風雲人物，早逝的畫家多川鳳聲。鳳聲生前，是志村照山的勁敵。

相較於照山屢屢在日本美院展展出，鳳聲從不參加官方展覽，但他被稱為竹內栖鳳再世的名號響亮，受到無數美術愛好家支持。二人動不動就被拿出來比較，不過一般咸認照山比起鳳聲略遜一籌。

結果那個勁敵的遺孤，竟被照山收養。

在茱穗心中，本來一團模糊無法串連的符號，這下子終於貫通了。照山在樹面前儼然支配者的態度。藉由領養勁敵的遺孤，照山覺得終於贏過了對方——當然，這或許是穿鑿附會的看法。

照山看起來似乎不願承認樹擁有過人的繪畫天分。看到茱穗突然接近樹，想當然耳，照山八成很不高興。但他還是同意在屏風祭時展出「睡蓮」大作。而且，川床聚會也把樹帶來了。理由，只有一個。照山想利用樹當作墊腳石，以便自己進軍東京畫壇。

照山，是看上了茱穗——不，正確說來，是看上茱穗背後的篁畫廊與有吉家的財力。

瀨島夫婦事先訂位的貴船料理店，是在流過日本傳統家屋店鋪正對面的貴船川上架設川床。貴船的川床，是在溪流正上方架設支柱鋪上木板，布置成和室。潺潺清流發出泠泠水聲流過座席下方，水面近得幾乎會被噴濺到水花。座席上方，楓樹的蔥鬱青葉為頂，蚊香的細細青煙在其間冉冉穿過。

照山帶著樹，正在等候菜穗一行人。樹穿著白色亞麻洋裝，宛如柳樹精，悄然無聲。

瀨島夫婦與菜穗，一見面立刻向照山及樹感謝宵山時的協助，但是之後，關於那幅「睡蓮」，或樹自身的創作，再也沒有提及一個字。

瀨島夫婦招待藝術家也很圓熟，眾人在一團和氣的對話中用餐。照山不時向菜穗搭話，菜穗雖然堆起笑臉附和，心裡卻一直對樹的樣子耿耿於懷。

無法說話的樹，始終面帶笑容，但一眼便可看出她一點也不享受這場聚會。菜穗知道，樹已經養成習慣了。——待在照山身邊時，只能保持微笑的習慣。

用餐完畢，菜穗慢條斯理起身。

「恕我失陪一下。肚子憋得有點緊……」她對美幸知會一聲。

「不要緊嗎？要不要換到店裡面的桌椅區？」

美幸說，

「沒事，我一個人過去走走。不要緊的。」

穿上放在包廂門口的涼鞋，她正想走向馬路對面的店內，驀然間，她發現河面有明滅不定的微光，像被吸引般信步走向河邊。

發出淡藍色光芒的，是螢火蟲。菜穗活到這麼大，還沒見過野生的螢火蟲，因此起初還很訝異不知那是甚麼，但是盯著那明滅不定的朦朧微光看久了，她才醒悟這大概是螢火蟲。

微光在昏暗中四處亮起又消失，亮起又消失。四周充斥溪流的潺潺水聲，以及日落後依舊拚命嘶鳴的蟬聲。

菜穗就這樣失神地凝視螢光，忽然感到背後有人。轉身一看，白根樹站在眼前。昏暗中，雙眸發出淡藍色光芒，凝視菜穗。

菜穗感到背上悚然發癢。樹看起來莫名透明。有種怪誕的美感。

菜穗想說些甚麼，不知怎地卻說不出話。樹的眼睛始終沒有離開菜穗，從白色洋裝的口袋，取出智慧型手機。然後，指著手機給菜穗看。

「……妳傳了簡訊，給我？」

菜穗問，樹悄然點頭。菜穗也從洋裝的口袋取出手機。螢幕耀眼地亮起，浮現「收到簡訊」的通知。

五分鐘前，樹傳了簡訊來。菜穗用指尖輕觸畫面，打開那封簡訊。

幫我

菜穗抬起頭，看著樹。宛如能劇面具毫無表情的蒼白臉孔，一心一意凝視菜穗。

「這是甚麼意思？」

菜穗感到不安，如此問道。

樹的手指，迅速劃過手中的手機。數秒後，菜穗的手機，響起收到簡訊的聲音。

我想更自由地繪畫

菜穗垂眼凝視畫面半晌。然後，再次看著樹。

樹的周圍，瀰漫濃郁的夜色。在那背後，螢火蟲妖異地明滅閃爍。

殘暑

進入九月後，東京依然留有令人渾身無力的暑熱。

關東一帶，受到初春大地震的影響，今年夏天面臨電力不足的危機。如果電力使用過度，發生大停電的可能性就會升高。政府拼命呼籲節電，對於各家企業自然不消說，也希望一般家庭能夠貫徹節省能源的意識。國民也很配合，沒有引起太大的騷動，總算度過了夏天。

結果並未造成停電。可見就算沒有核電廠也照樣過得下去，本就懷疑核能發電的人們，在這個夏天，更加強了應該重新檢討核能政策的看法。

對一輝而言，這也是異常艱難的夏天。

不僅與妻子分居兩地過著沒滋沒味的生活，篁畫廊的業績也依舊欲振乏力。雖然脫離了立刻破產的危機，但這樣下去，畫廊遲早會被迫關門大吉。

在銀座的頭等地段開店，是老牌畫廊最後的執著，也是矜持，然而如今已開始瀰漫難以爲繼的氛圍。

身爲社長的父親，以及身爲經理的自己，各自減薪二成，夏季獎金也取消了。兼職人員也被解雇。篁畫廊徹底執行裁員瘦身，狀況卻仍逐漸惡化到如果不重新檢討財務狀況已無法維持的狀態。

在這樣的情況下，站在一輝的立場，自然不可能讓懷孕的妻子永遠待在京都逍遙。他必須讓妻子盡快回家，清楚說明公司的狀況，請求妻子在家計方面也配合著重新檢討。

生於富裕家庭的菜穗，是否會努力節省無謂的開銷雖然値得懷疑，但是如今已非容許她永遠不去理解現狀、遺世獨居的時候了。照克子的說法，菜穗的娘家業績也大幅惡化，無法樂觀。

不管怎樣，想必都是菜穗離開京都的時候了。

一輝是抱著說服妻子最晚也得在秋天回東京的打算，前往京都看送火。然而，到頭來，還是無法成功說服妻子。菜穗對京都的執著，遠遠超乎一輝的想像。

「核災事故後的東京空氣會對胎兒造成不良影響」，當初這個暫時避難用的理由，如今已經無效。

菜穗不管怎麼說就是想留在京都。家庭或生產都是次要問題。一輝醒悟，是她對京都異樣的執著，令她堅持不肯回東京。

對京都的執著——換言之，那也是對至今尚無人發掘的畫家「白根樹」，這個美的化身的執著。

菜穗與樹之間，到底發生了甚麼，或者甚麼也沒發生，一輝並不清楚。但是，他總覺得在二人之間，似乎產生了一種一輝無法介入的奇妙感情連結。

那並非友情。但，也不是同性之間的戀情。是更抽象的——或許可以說，是支配欲的表露？她要把自己發現的「美」收歸己有，雖然會向他人炫耀，卻不肯讓給任何人——在菜穗的內心，對於樹，似乎萌生了這種唯我獨尊的女王似的慾望。

樹，是個蘊藏著靜謐、豐饒美感的女人。不是棉質的白布。她是白絲絹。具備天然素養，可以做成絢麗華美的織品。正因她的那種可能性，菜穗才會有敏銳的反應。

一輝對於茱穗如此執著的「白根樹」這個容器，產生新的興趣。

在京都名流的別邸一同觀賞送火時，樹也被老師兼養父志村照山帶來了。她那蘊藏妖異光芒的雙眸，始終凝視著茱穗。茱穗也默默無語地回視她的雙眸。二人目光的交會，也好似他人無法理解的對話。

不過話說回來，白根樹的確很引人注目。無論是她穿著朝顏花浴衣的修長站姿，清爽綁起的黑髮，在微明的夜色中閃閃發亮的翦水雙瞳——她的容貌與氣質吸引了周遭的關注，而且，再加上她無法說話，更加妖異地烘托出她這個人的存在。

志村照山遲遲不肯給樹發表作品的機會，想必不是出於「老師對弟子的要求嚴格」這種單純的理由。樹擁有與生俱來的才華，又是昔日勁敵的遺孤。身為老師，身為養父，身為男人，以及，身為一名畫家，他肯定是以扭曲的眼光看待她。

要讓樹脫離那個志村照山——茱穗如是說。不僅是「說」，那毋寧近似一種「宣言」。

茱穗大概判斷，樹待在照山的身邊，縱使再過多久也難以令才華完全發光發熱。脫離，這個說法，是指精神上，還是物理上？

如果問茱穗，一輝覺得，她八成會回答二者皆是。

作為讓樹脫離照山的步驟之一，茱穗提議在篁畫廊與有吉美術館同時舉辦白根樹的個展。

你可以替我向公公轉達這個提議嗎？我也會和他聯絡。

茱穗認眞地逼一輝考慮。一輝難掩驚愕。

菜穗的提議，似乎不合常軌。無論是篁畫廊或有吉美術館，都沒有替初出茅廬的新人辦過個展。二者，雖有畫廊與美術館這個定位上的不同，但是同樣極端保守。在注重畫家地位與風評這點上，二者是一致的。

那個……恐怕很難。沒有入選過院展和日展的畫家，我們畫廊和有吉美術館恐怕都不大可能辦展覽吧？就算她再怎麼有才華，一下子要從我們畫廊出道，恐怕有點……。

一輝退縮的曖昧態度，令菜穗臉色一沉。

是嗎？不行就算了。那我去找美濃山先生和立志堂美術館的保坂館長商量，讓她在京都出道。沒錯，那樣肯定更好。這樣一來，我就不用回東京了。

菜穗大剌剌的放話，使得一輝霎時啞然。

美濃山是首先發現樹的作品的人，而立志堂美術館，是收藏了多件竹內栖鳳及樹的父親多川鳳聲作品的京都私人美術館。如果樹眞的能夠在那二者初試啼聲，想必是最好的結果，但在京都，即使菜穗想那樣策畫想必也不會順利。

美濃山與立志堂美術館的館長，都害怕與志村照山的關係惡化，想必不敢對樹出手。最主要的是，如果眞的辦成展覽，樹以後就在京都待不下去了。只要照山還活著一天，她肯定無法在京都畫壇揚名立萬。

不過，最最重要的是，菜穗那句「不用回東京」，令一輝難掩困惑。

進而，他感到自己的存在完全被妻子漠視，忍不住怒火中燒。一輝前所未有地扯高嗓門說。

妳在胡說甚麼？妳的意思是不回東京比較好？我們的家可是在東京。妳任職的美術館也是。……妳無視於身爲孩子父親的我，打算一個人在京都生下那孩子撫養長大嗎？

菜穗已花容失色。或許是因爲過去從來沒有被丈夫用這麼激烈的口吻責備，她轉眼變得意氣消沉。

看到她白皙的臉上籠罩凝重的烏雲，一輝這才回神。

對不起。我說得太過分了。但是，我……我希望妳早日回來……。就只是那樣而已。

他立刻道歉。但，菜穗依舊表情晦暗。她抿緊雙唇，再也不發一語。

殘暑持續發威的九月初某個周末，一輝與父親智昭，受邀前往位於田園調布的有吉家。

與菜穗結婚後，中元節及正月新年偶爾也會夫妻一同回娘家，但菜穗不在的期間，這是第一次與父親受邀前往。

菜穗的父親有吉喜一本來就是篁畫廊的顧客，更不用說母親克子，和智昭及一輝都有頻繁的交流。見面本身並不稀奇，但是在「菜穗缺席的情況下」安排四人的會面——而且是出於有吉家的要求——這點，令一輝有種難以言喻的不祥預感。

菜穗的娘家位於田園調布歷史最悠久的住宅區一隅，是時髦的西式獨棟建築，卻瀰漫著自古以來的「豪門宅邸」那種特有的風情。保養得當的草皮庭園，種植茂盛的玫瑰，也有玫瑰藤蔓裝飾的陽台。這是因爲克子個人偏愛井井有條的法式庭園勝於連野草都視爲庭園景觀的英式花園，所以根據她的喜好打造出這樣的庭園。

面向庭園有大開口的客廳內，一輝與父親和有吉夫婦面對面。

「菜穗去京都一待就待了這麼久，對一輝造成種種不便吧。」

有吉喜一一手拿著酒杯，頗有大企業老闆派頭的富態身體窩進沙發。杯子裡，智昭帶來的勃根地特級紅酒在晃動。必須開車的一輝，喝著沛綠雅礦泉水，「哪裡，沒有甚麼不便……」他十分惶恐。

「唉，這小子想必寂寞，但這也是暫時的。等孩子生下來他也得幫忙照顧，況且也只是幾個月的時間，剛好讓他趁這段期間專心工作。」

智昭流利地回答。

「就是啊。『睡蓮』也賣掉了……那件事，眞的都是一輝的功勞。」

喜一身旁的克子，邊朝一輝投以黏糊糊的眼神邊說。一輝企圖閃躲那種眼神，「哪裡……不敢當，謝謝兩位的協助。托兩位的福，才能促成這樁大交易。」

他面對喜一，極力保持笑容說。

「我們只是弱小的私人美術館。就算擁有那種名作，也等於是美玉空藏……唉，能夠在最好的時機處理掉，我已經很滿足了。」

喜一不當回事地回答。

「處理」這個字眼，令一輝倏然萌生厭惡感，但他沒有形諸於色，只是回答：「那眞是太好了。」

「如果有我們能派上用場的地方，請隨時說一聲，我們很樂於效勞。」

智昭說。

叫你我一起去有吉家，說不定是有甚麼大作要出手喔。開車去有吉家的路上，智昭曾如此嘀咕。有吉不動產的經營狀況惡化，使得父親的嘀咕帶有幾分現實感。

「睡蓮」那件事在一輝的腦海掠過。

如果又發生類似的事件——菜穗不知會有多麼傷心？

喜一把手裡的酒杯放到玻璃桌上，

「事情是這樣的，有件大事必須商量……」

他如此切入正題。

「我打算關閉我們美術館。」

這意外的發言，令一輝懷疑自己的耳朵。

——關閉美術館？

「那是甚麼意思……」

他不禁反問。

「就是字面上的意思。關閉美術館，從此不再經營。」

喜一坦然說。

一輝思索該如何接話，望向克子。克子面無表情，垂眼盯著桌上的酒杯。

——不會吧。

那，菜穗怎麼辦？

菜穗不就失去可以回來的場所了嗎？

現在正在休產假的菜穗，還打算不久的將來雇用專屬保母帶小孩，自己繼續回去當美術館副館長兼策展人。

現在菜穗雖對京都執著，但一輝之所以在內心深處一直認爲那只是暫時的現象，不是因爲她在東京有家庭或是因爲生產云云，而是因爲有有吉美術館在。

在東京，有菜穗深愛的美術館，有她從小熟悉的收藏品。所以，縱使再怎麼深受京都吸引，她終究會回來。一輝一直如此相信。

「那眞是……太突然了。已經決定了嗎？」

智昭也很驚訝，如此問道。「是的。決定了。」喜一以毫無慈悲的聲調回答。

「府上也是我家的親戚，所以今天我打算和盤托出……我現在要說的事，可以請兩位保密嗎？」

喜一如此聲明後，才開始娓娓道來。

有吉不動產的財務狀況，已陷入相當嚴重的狀態。視本年度的會計結算結果，自己甚至可能必須辭去社長之職。

銀行也建議大幅裁員，也取消工作獎金、裁減人員、賣掉名下不動產，但銀行卻說這樣還太溫吞。

銀行那邊催促他們賣掉名下財產。首先被點名的，就是從父親那一代開始收集的各種美術品。到了這個地步，他想關閉美術館，盡可能賣掉常設展出的那些作品。

本來，繼續維持一個每年必須耗資數億圓運轉資金的美術館，在被裁員的員工面前實在說不過去。實際上，如果放棄美術館，公司也會輕鬆不少。

美術館的營運型態是一般財團法人，但土地建物和所有館藏品，都屬於有吉不動產，只是在形式上借給財團。關於關閉美術館，也已私下取得財團的理事會成員承諾——。

「雖然遺憾……但我家，也已窮途末路了。」

喜一說著，彷彿要投降認輸，嘆了一口氣。

「所以，我想請求你們協助。可以嗎？」

一輝僵硬如石無法動彈。腦海中，浮現菜穗悲傷的臉龐。

「睡蓮」那件事，想必令菜穗相當失望。而這次，又是在菜穗缺席的情況下拍板決定。

如果在她不知情的情況下，決定關閉美術館——菜穗到底會怎樣？

「關於賣掉作品的一應事項，全權交由敝公司處理嗎？」

智昭激動得臉色一變。

有吉美術館收藏了古今東西的名作精品數百件。如果決定全數賣掉，將會是相當龐大的金額。對筐畫廊來說，正是挽回業績的良機。

「對，我當然是這麼打算。可以的話，我希望盡量低調行事。如果委託二者以上的畫商，恐怕會有太多雜音。」

喜一一派鎮定地說。然後，向身旁的克子使眼色。

克子面無表情，從放在腳下的愛馬仕柏金包中取出美術館的館藏目錄。放到桌上後，「這是去年年底製作的最新目錄。」

她用毫無感情的聲調說。智昭立刻想拿起來看，

「請等一下。」

一輝突然出聲。三人吃驚地一齊把臉轉向一輝。

「茱穗怎麼辦？你們問過茱穗的意見了嗎？」

「那孩子的意見，已經不重要了。」

克子憮然不悅地回答。

「之前和你一起去京都時，我本來也想好好跟她談這件事。可是那孩子卻老是任性妄為……為了一個無名畫家不入流的小家子氣作品，居然花了那麼多錢。她根本一點也不懂事……我也跟我先生談過，決定再也不管茱穗了。」

一輝聽了，不由火冒三丈。

這種說法簡直像要斷絕關係。這是做母親的人該說的話嗎？

「菜穗是有吉美術館的副館長，也是展覽組的領頭人。不聽她的意見就決定此事……恐怕說不過去。」

克子冷然打量一輝。

——沒和那孩子商量一聲就提議賣掉「睡蓮」的人，不正是你嗎？

冰冷的視線，彷彿在如此指控。一輝當下坐立難安。

「……總而言之，不管跟不跟小女商量，這件事都已經定案了。」

喜一說。

「你這麼替菜穗著想我很欣慰……但你的家庭也將有新成員加入，想必也需要添置不少東西。還是趕緊著手賣畫，添補生活費，我這個做父親的也比較安心。」

喜一說得微妙迂迴，但簡而言之，好像是在暗示——不要讓菜穗繼續逍遙在外，我家和你家都已經沒那麼多錢可以揮霍了。一輝抿緊雙唇，低頭不語。

——這是多麼冷淡的親子關係。

喜一與克子，都把菜穗的感情放在次要考量。現在的二人，恐怕連體諒一下女兒即將生產變得更多愁善感的身心狀況都懶得費神吧。

「事情就是這樣，一輝。關閉美術館的事，就由你來轉告菜穗好嗎？——這點小事你應該辦得到吧？」

被克子這麼一問，一輝答不上來。

放在桌上的目錄封面，正是那幅「睡蓮」。莫內創作的傑作。就在不久之前，還是有吉美術館的鎮館之寶。

那幅「睡蓮」，已經再也見不到了——。

菜穗悲痛欲絕的臉孔，在「睡蓮」的圖片中浮現。這時，驀然間，那與白根樹潔白如睡蓮的臉孔疊合。二個女人的臉孔，就這麼疊合爲一，消失在晦暗的池水中。

火焰

菜穗撐著白色陽傘，佇立在桂川上方的渡月橋中央。

正值傍晚。或許是中之島的松樹上有寒蟬停駐，只聞聲聲嘶鳴，彷彿在追憶逝去的夏天。

在京福電車嵐山本線的終點嵐山車站下了電車，朝南邊走一小段路，便可看見弧度徐緩的橋樑。站在跨越桂川，西可眺望嵐山溪谷，東可遠觀京都市街的橋上，菜穗微微深呼吸。

渡月橋，是一座名稱極美的橋。黃昏時佇立橋上，想必會看見月亮高掛頭上吧。

這天，是中秋滿月浮現夜空的日子。

現在視野所見，只有強烈夕陽照耀下看起來有點慵懶的嵐山綠意，以及波光粼粼的河面。

菜穗無所事事，驀然間，想起北大路魯山人的一則軼聞。

記得曾在某本書上看過，身爲美學與美食巨匠的魯山人，他所經營的永田町日本料亭「星岡茶寮」提供的香魚料理，據說是將桂川上游捕獲的香魚特地用火車送來的。

魯山人如此執著的桂川香魚，她曾想過滯留京都期間一定要嘗嘗，可是這麼東忙西忙的，竟已完全錯過了時節。

她品嘗了京都夏季的代表性佳餚——狼牙鱔與賀茂茄子，也享受了貴船的川床料理，唯獨錯過了桂川的香魚，想想突然感到懊惱。沒辦法，只好等明年——想到這裡，剎那之間，她感到心頭籠罩迷霧。

下一個夏天來臨時，我果眞會在這個城市嗎？

想著明年夏天，一邊回憶起去年夏天。一切的一切，都和這個夏天不同。

去年她和一輝去了輕井澤的有吉別墅。參觀避暑地的美術館，和附近別墅的富裕鄰居——企業老闆、美術收藏家、也有小說家——每天出去吃午餐，或是互相舉辦家庭派對邀請對方……。也努力準備有吉美術館秋天將要舉辦的展覽。開車去紀伊國屋超市買菜，烘烤法國傳統的奶油餅乾點心……。爲了添購開幕酒會要穿的新衣，還去了東京的中城……。

對了。那時候，日本全國的核能發電廠還在「正常」運作。東京的人們，絲毫沒有意識到，自己無止境使用的電力，是從遙遠的東北地區送來的。而自己，當然也是其中一人。

那場大地震，那起核災事故，改變了一切。

那個夏天，短短一年前的夏天，整個世界徹底改變，幾乎像是鮮明的奇蹟。至少，在以自己爲中心活到現在的這個世界是。

現在自己呼吸的這個世界，究竟變成了甚麼樣子？

自己的體內，還有另一個小生命。再過不久，這孩子即將誕生。從那瞬間起，我將以另一性活下去。以母親，這截然不同的另一性。

自己與家人之間，出現奇妙的距離——不，如今，已成了決定性的鴻溝。和一輝，和父親，和母親，都無法輕易再像以前那樣自然地一同歡笑、撒嬌、說話，出現一道無形的隔膜。看似脆弱，卻無法輕易打破。如今，自己與他們接觸時，已經無法不去意識到這道隔膜。

並不是不愛，也明白不可能不依賴他們活下去。

然而，現在，已經不同了。

就在一週前，接到一輝的來電，一切就此幡然改變。

這道肉眼看不見的隔膜，變成令人幾乎暈眩的厚重且堅硬的高牆，她醒悟已經無法攀越了。藏在自己心中近似憎惡的火焰，到底該怎麼辦才好——。

有人拿手指輕觸自己的肩頭，茱穗赫然一驚抬起頭。

轉身一看，樹站在眼前。撐著黑色蕾絲陽傘，身穿深藍色長袖洋裝。清涼的秋風霎時吹起，甜蜜的花香撩過茱穗的鼻腔。

「樹。妳已經換上秋裝了啊。有桂花的香氣。」

秋天的洋裝，想必本來放在衣櫃中和衣物芳香劑一起沉眠。在樹現身之前，茱穗一直很緊張，但清爽的香氣，終於讓她放鬆心情。

聽了茱穗的話，樹露出微笑。

「創作得如何？有進展嗎？」

茱穗的問題，令樹在食指與拇指之間比出微笑的縫隙。意思好像是「一點點」。

「是嗎……」

茱穗的聲音，微微沉鬱。樹從拎著的皮包取出手機，指尖迅速滑過螢幕。

茱穗皮包裡的手機，響起鈴聲。是樹傳來的簡訊。

老師好像一直在監視我

菜穗抬起頭看樹。樹的眼神彷彿在傾訴，定定回視著她。

「即便如此，妳還是努力設法作畫？」

簡訊再次傳來。

我在畫。因爲唯有那個，老師也阻止不了

「是嗎？不過，他一定很不高興吧？」

對，非常生氣

「今天，他也在家吧？」

樹點點頭。

簡直令人窒息

「妳出門時，他沒有百般盤問妳要去哪裡？」

我趁他不注意，偷偷溜出門，所以沒事

但是，事後，會被他狠狠教訓

樹搖頭。

「甚麼意思？方便的話，可以告訴我嗎？」

樹點頭。

「狠狠教訓？」

不能告訴妳，說不出口

然後，右手的手指，輕輕疊放在纖細的脖頸周圍。

菜穗凝神細看樹白淨的脖頸周圍。肌膚隱約變成紫色。

她以爲是自己的錯覺，猛然朝樹湊近身子。順勢，白色與黑色的陽傘相撞，柔軟地反彈。

「欸，妳的脖子是怎麼搞的？」

菜穗凝視樹的脖子問她。樹的視線垂落腳尖，但隨即又用指尖敲擊手機的螢幕。

沒事，沒怎樣

「騙人。明明都淤青了。簡直像是……」

菜穗凝視樹用潔白的手指蓋住淤青像要掩護甚麼似的舉動說。

「簡直像是，被人掐住脖子。」

樹泛著妖異水光的雙眸看著菜穗。冷靜澄澈如冰的眼眸深處，有種似乎要傾訴甚麼的迫切神色。

這時，樹左手握著的手機震動。樹垂眼看螢幕後，把手機朝菜穗遞出。

螢幕上，顯示出剛剛收到的簡訊。

老師去參加賞月會了。不到半夜不會回來。　重松

是每天去志村照山家上工的女傭重松彌生傳來的簡訊。

菜穗默默看著樹的眼。樹倏然轉身背對菜穗，沿著橋上朝家的方向邁步走出。樹的影子拖得又細又長，從背後照來夕陽。

菜穗默然，跟著那個在橋上漸漸遠去的單薄背影走去。

三天前，同樣是撐著白色陽傘，菜穗前往新門前通的美濃山畫廊。

進入九月，早晚雖然變得比較舒適，但白天的日光仍留有夏季的熾烈。

「歡迎光臨，菜穗小姐。好一陣子不見，您過得還好嗎？」

畫廊主人美濃山一臉殷勤地關懷菜穗。「托您的福。」菜穗也客氣地回答。

二人在曾經掛有那幅「青葉」小品的後方會客室坐下。女員工用漆盤端著濃茶送來。夏天實在沒那個興致喝熱飲，但久違的濃茶，令菜穗感到豁然清醒。

「預產期是甚麼時候？」

美濃山問。

「十一月十日。」

菜穗回答。

「這樣子啊。那麼，還有二個月。您可得好好保重。您的先生和令尊令堂，想必都很期待吧？」

美濃山極爲殷勤地製造話題。但，菜穗沒有回答那個，

「今天，是有大事相商，所以特來打擾。」

菜穗直視對方說。美濃山把清水燒茶杯往桌上一擱，肅然正坐。

「菜穗小姐既然說是『大事』，那肯定非同小可。」

美濃山刻意打趣，但菜穗並沒有笑。

「白根樹的個展，能否在這裡舉辦？」

她開門見山的突兀提議，令美濃山渾身僵硬。

「白根小姐的？這又是怎麼想到的……」

這時，菜穗的嘴角終於露出微微笑意。那是勝券在握的微笑。

「她現在，正在創作大幅作品。下筆之快，超乎想像。」

「大作……」

美濃山這才流露一絲興趣。

「大概有多大？」

「六扇。」

「是屏風嗎？和那件『睡蓮』一樣……」

「對。不過，高度是六尺。」

美濃山興味盎然地噢了一聲。六尺等於一・八二公尺，即便在屏風中也算是相當大的尺寸。

「我記得『睡蓮』是高五尺，寬一尺七寸。比那個還大嗎？」

菜穗稱是，對他點點頭。嗯——美濃山沉吟著伸手撫顎，

「問題是，美穗小姐。您對白根樹的執著，我已經很了解了。您別怪我多管閒事，既然您這麼看重她，何不在篁畫廊替她辦個展呢？老實說，我認爲，那麼做才是合理的做法。」

的確言之有理。菜穗臉色蒼白沉默不語。

「況且，這個節骨眼我就老實說吧……菜穗小姐，京都畫壇與京都畫商錯綜複雜的關係，您應該已經明白了吧？我這裡，是代理照山先生作品的畫廊，未經照山老師的許可，不能替他的弟子

辦個展。如果撇開老師，擅自推銷白根樹的作品，弄得不好，我會再也無法出入嵐山。」

美濃山一句緊接一句。「是，我明白。」菜穗倒是從容不迫地接話。

「錯綜複雜的關係，沉在水面下，表面上絕對不會起風波。那就是京都畫壇與畫商的做法，對吧……正因如此，我才想丟出一顆石子。是白根樹這顆石子。」

她朝美濃山射去挑釁的眼神。

志村照山，是苔痕青青的巨石。相較之下，白根樹只不過是一顆小石子。只不過，那是可以產生驚人價值的鑽石礦石。一旦丟出去，會有何後果……。

「不，千萬不可以。就算是有吉家的千金看中了樹小姐的才華，此舉恐怕還是……」

美濃山的態度一直很惶恐。然而菜穗沒有特別改變表情，

「我絕對不會讓美濃山先生吃虧。」

她繼續施壓。

「如果您能夠幫忙推銷白根樹，我再附帶一個優惠給您。——這個，請您過目。」

她從皮包取出有吉美術館的館藏品目錄。封面是莫內的睡蓮圖。美濃山垂眼看著浮在水面的白花。

「這是府上美術館的……」

「對。是最新出版的館藏品目錄。」

美濃山的視線，在封面的睡蓮與菜穗的臉孔之間來來回回。菜穗的言下之意，想必超乎他的

想像。充分欣賞了他的反應後，菜穗這才揭開底牌。

「有吉美術館，正在考慮賣掉全部的館藏品。不過，館藏品中最有價値的，都在我的名下。那些作品的出售優先權，我可以考慮交給美濃山先生。」

美濃山不禁驚呼。

「請看目錄。標有紅色圓點的，就是在我名下的作品。」

美濃山慌忙翻閱。他的手指顫抖。菜穗見了，嘴角再次露出穩操勝劵的微笑。

「塞尙……梵谷……畢卡索……馬蒂斯……竹內栖鳳……上村松園……」

他的聲音，已完全變調。美濃山朝菜穗投以驚疑不定的複雜眼神。

「這是爲什麼？……有吉美術館的鎭館之寶，爲什麼……？爲什麼撇開篁畫廊，把出售權交給我……？」

菜穗的嘴角一直貼著冷冰冰的微笑，沒有回答這個問題。

志村照山家的後山，是一片蒼鬱的竹林。

夏天迅速成長茁壯的青竹，葉色變得濃綠，凜凜抖擻醒目的綠意。孕育著晚風，竹林如巨大生物蠢蠢欲動。

「歡迎光臨，篁太太。」

彌生在玄關端正跪坐迎接。

「打擾了。」

菜穗也客氣致意。每次拜訪照山家時會見到彌生，但這個向來不多說半句廢話的老女傭，令菜穗頗有好感。從彌生之前傳給樹的簡訊看來，她認爲，彌生應該是在靜靜保護她們。

樹沿著走廊朝裡屋走去。菜穗默默尾隨在後。

——接下來我將目睹的作品，如果沒有超越那幅「睡蓮」。

菜穗感到心如擂鼓幾乎令她喘不過氣。

——那麼這場賭注，就等於我輸了。

耳膜深處，一輝的聲音重現。一週前，他打來的那通電話。電話中那像要博取同情的娓娓傾訴聲。

——菜穗，算我求妳。請妳打起精神好好聽我說。

有吉不動產，似乎終於到了生死關頭。日前，岳父岳母把我找去，我和我爸一起去了……作爲裁員的一環，他們說，要關閉有吉美術館。

順便，也委託我們畫廊把館藏品全部賣掉。

我想妳應該也知道，老實說，我家畫廊現在也舉步維艱。所以，就某種角度而言，這個提議簡直是及時雨……。

現在妳隻身待在京都，在妳即將生孩子的節骨眼上，是否該告訴妳這個消息，令我很苦惱。

但是，這已是無法改變的事實，所以我才下定決心，不能老是這樣拖拖拉拉。

莫內的「睡蓮」那件事，已經讓妳很受傷了。現在這樣的交易，等於擴大那個傷口，所以我眞的很不想這麼做。

然而，如果容我以妳丈夫的身分說一句……並且，以孩子父親的身分說一句……有沒有這場交易，會讓我們今後的生活有一百八十度的差異。

所以，菜穗，請妳諒解。

因此，我立刻大略查閱了一下館藏品目錄……我很驚訝地發現，價值最高最容易脫手的作品，幾乎都在妳的名下。

岳母以前曾說，館藏品全部都是在有吉不動產的公司名義之下……。

總之，在妳名下的作品，都是我們最想優先出售的作品。

無庸贅言，菜穗，關於妳名下的作品，需要妳的許可。首先，必須辦理名義變更的手續，從妳名下轉給有吉不動產。

岳父岳母都認爲，妳理所當然會同意。

但我知道，此事絕對沒那麼容易。所以，我才這樣打電話給妳。

如果有必要，我會立刻趕過去妳身邊。

拜託妳，菜穗，請妳諒解——。

聽到這裡，她就掛斷電話。

之後，即便一輝一再打電話來，或者傳簡訊來，她也置之不理。

這是當然的。

到底把我當成了甚麼！

因爲娘家有困難，因爲畫廊經營不善，所以身爲女兒，身爲妻子，就應該懂事地說「那眞是傷腦筋，你們儘管賣掉吧」，立刻同意嗎？

肚子最底層，捲起黑色火焰般的憤怒。那股憤怒，驚人的是，最後竟變成笑聲。

菜穗在自己房間，握著手機，哈哈大笑。

太可笑了。

我到底在搞甚麼？

在這種地方，捧著大肚子。

父親母親，還有丈夫，都把我蒙在鼓裡。背著我，擅自決定了一切。

他們想把我的寶貝，全部，都弄到我無法觸及之處。

那是我視如性命的寶貝。

既然如此——既然如此。

我就在我的新寶貝，注入我的新生命給你們看。

我一定會讓她畫出，比任何作品都更有價値的，新的畫作。

走廊盡頭那扇房門，被樹無聲開啓。菜穗大氣也不敢出，悄悄鑽入那扇門內。

在那裡，菜穗看到的是——熊熊燃燒的火焰。

鋪滿整片地板的黑色底色上，深紅的顏料與金粉狂舞，那是火焰圖。

妖魔

京都車站內，十月的旅遊季節第一個週末擠滿了人潮。

從新幹線的剪票口湧向位於車站北側中央口的人潮中，是沒打領帶穿著西裝外套的一輝。夏天的酷熱終於告一段落，但在混雜的車站內穿著外套還是滿身大汗。好不容易走到仰望京都塔的中央口，他迫不及待脫下外套，然後鑽進計程車。

「近衛通走到底，到吉田下大路町。」

他吩咐司機。然而，車子才駛出沒多久，

「不好意思，不用去吉田了，請到新門前通的美濃山畫廊。」

他改變目的地。然後從外套的內袋取出手機，看著螢幕。

果然，還是沒有收到任何電話或簡訊。一輝不由嘆息。

十月的第一個星期六，總之我會去接妳。鷹野老師那邊，我也另外打電話通知過了，要收拾全部的行李或許會很麻煩，所以妳先做好準備，把眼下需要的東西帶走即可。

打從大約三週前，一輝就持續給菜穗傳簡訊。內容每次都一樣。

總之我想當面跟妳談。岳父岳母二人都叫妳十月第一個週六回東京。我會親自去接妳，妳先做好準備。回到東京之後的事，妳甚麼都不用擔心。所以妳安心回來就好。生產的一應事項都已做好萬全準備。

他一次又一次傳送同樣的內容，一邊也不得不苦笑，這樣簡直像是在拚命試圖把離家出走的妻子勸回家。

他也打過電話。不管打幾次，永遠是轉到語音信箱。起初他每每留言說「請回電給我」，但妻子是否聽到留言都是個疑問。

雖然每次打電話過去都被掛斷，但他還是鍥而不捨繼續打，後來他怕菜穗說不定會把他拉進黑名單封鎖，只好收斂打電話的行爲。

不過，他還是繼續傳簡訊。一天三、四次。每次，都是同樣的內容。

逐漸地，他開始感到自己的行爲很可笑。

這樣子，簡直像個跟蹤狂。

越是這樣做，只會讓菜穗的心離得越遠。他明明知道，自己的妻子，在這世上最討厭的，就是做這種事的男人。

即便如此，他別無選擇。

勉強還能想到妻子不至於完全離開他，是因爲妻子有孕在身。那是唯一的「救贖」。

總不可能在孩子即將誕生的時候，跟他提出離婚吧。畢竟要考慮社會眼光，況且菜穗應該也不可能主動想成爲單親媽媽。

先不提別的，身爲丈夫，自己應該沒有任何過錯。關心妻子，替即將誕生的孩子的前途著想。菜穗娘家的公司和自家的畫廊，雖然陷入經營危機，但那並不是因爲自己的失誤。毋寧，他一直苦心積慮，想讓菜穗今後也能和以前一樣過著無憂無慮不愁吃穿的生活，想讓即將誕生的孩子不用擔心前途。

而且縱使是爲了拯救有吉不動產和篁畫廊——就連那個也不是自己的過錯導致——只不過是要賣掉手上的資產而已吧？

可是，菜穗爲何卻如此抗拒自己？一輝感到，自己的內心充滿惱火不耐。

在計程車的後座，他煩躁地不斷換姿勢交疊雙腿，一邊告訴自己，要冷靜，要冷靜。

距離預產期，只剩一個多月。即將臨盆，菜穗的心情格外激動。不在正常狀態。所以，她才會對一切事物變得比平時更敏感。

身體和心情都異於平時的時期，偏又遠離家人獨自在京都生活，不幸的是，還得通知她有吉美術館決定關閉的噩耗。菜穗無法接受這個現實，因此頑強抗拒。並不是在抗拒身爲丈夫的自己。

是的。只要見到面，她一定會理解。一定會敞開心扉。

爲了和過去一樣生活，除了賣掉她名下擁有的有吉美術館鎭館之寶別無他法，只要她能明白這點，想必一定會同意這麼做——。

計程車抵達美濃山畫廊前。一輝重新穿上西裝，下定決心推開畫廊的門。

女職員出來，看到一輝的臉，頓時面露驚訝。

「歡迎光臨，篁先生。您來美濃山有事？」

「對，沒錯。」一輝回答。

「請問社長在嗎？」

「社長不巧出去了……您和他約好了嗎？」

「沒有，沒有事先約好……那我可以等他一下嗎？」

一輝被帶進後方的會客室。據說，美濃山不到一個小時就會回來。

啜飲端來的濃茶，他望著牆上掛的二十號大小的作品。山頭正要升起一輪滿月，蒼青的夜空放出白光。不知作者是誰，想必是一輝不認識的京都畫家。

上次來時，掛的是祇園祭的畫。至於上上次，掛的是那異樣清新的青葉小品。

就是那樣不起眼的一幅畫。

沒想到，居然會把妻子帶走得如此遙遠。

是的。那個畫家，白根樹。

歸根究底，白根樹就是一切的元凶。不就是因爲菜穗萌生奇妙的**贊助慾望**，想要扶植那個初出茅廬的新人畫家，才會讓事態變得格外複雜嗎？

說來說去，就連這個城市，都令自己有幾分忌憚。

這裡有的，東京不也都有嗎？不，這裡沒有但東京有的，應該遠遠更多吧？

可是，爲何卻能如此吸引菜穗？

這個城市，有種令人悚然的魅力。這點，他不得不承認。然而同時，也高傲得令人難以接近。

簡直像Femme fatale（魔性之女），像妖魔，美艷不可方物。

宛如無底的湖泊，深不可測。冰冷，令人恐懼。

外來者，終究不可能被這個城市接納吧。

而茱穗，尚未發現那點。

她沒發現，在這個城市，自己是永遠的異鄉人。

敲門聲響起，他這才回神抬起頭。門外，出現美濃山的臉孔。一輝急忙起身。

「篁先生……這又是吹的甚麼風讓您突然光臨。」

說著，美濃山走進來。不知是否錯覺，他的笑臉好像很僵硬。一輝也回以假笑。

「不好意思，在您百忙中打擾……我是來接茱穗的，所以覺得應該先來向美濃山社長打聲招呼表謝意。」

「噢，這樣子啊。茱穗小姐今天就要回去了嗎？」

美濃山似乎極為意外地說。一輝回答「對，是的」，但他感到有點不對勁。

美濃山的態度，和一輝夏天來訪時，明顯大不相同。

美濃山是個能屈能伸態度柔軟的人。和京都的文化人長年來往，同時，也經常面對難以取悅的富裕階層，有著老牌畫廊經營者特有的靈活交際手腕。這位畫廊主人面對即便有點強人所難的要求也會默默傾聽的態度，不知令多少顧客信賴有加，也一直大力支持。

對於一輝，他也向來視之為東京老牌畫廊的經理，態度非常彬彬有禮。此外，一輝的夫人是有吉家的千金，想必也令他格外重視。

白根樹其實是傳奇畫家多川鳳聲的遺孤兼志村照山的養女，這也是他偷偷告訴一輝的。

也是他把樹介紹給茱穗，關於京都畫壇的種種——其中的深奧與困難，想必應該也告訴過茱穗。

作爲經手志村照山作品的畫廊，一輝原本期待，美濃山應該會好歹勸告一下菜穗，叫她不要繼續和照山的養女兼弟子走得太近。

如今菜穗的父母已經等不下去，在他們的強烈要求下，一輝在沒有得到菜穗回音的情況下前來接她，但是去鷹野仙家之前，他認爲應該先向美濃山打聽一下菜穗的近況——正確說來，是菜穗與白根樹的現況——才是明智的上策，因此臨時起意前來新門前通。

面對前來迎接即將臨盆之妻的一輝，美濃山本該一如往常地殷勤接待。然後，美濃山應該會先聲明「此事不便傳入他人耳中」，再將菜穗與樹現在是甚麼狀況偷偷告訴他才對。

結果現在美濃山的態度很怪異。好像有點疏遠。

美濃山一逕陪笑，用極爲平穩的口吻，說出意外的發言。

「菜穗小姐壓根沒提到她要回東京……我倒是聽她說過，這邊也有好醫生，她要直接留在京都生產。」

一輝愣住了。

在京都生產？

這種事，他從來沒聽過。更何況，身爲丈夫得自己都不知道的事，爲何美濃山會知道？

一輝難掩動搖。

美濃山彷彿要觀察他，一直目不轉睛地投以漠無感情的注視。一輝像要打圓場似地苦笑著說。

「眞的嗎？那種事，內人居然……應該犯不著告訴美濃山社長吧，眞是的，也不知她在想什麼。哪怕是再怎麼喜歡京都……她都沒發現這樣給周遭造成困擾……總而言之，她就是這麼不懂人情世故。」

美濃山不發一語地盯著一輝。一輝很想逃離他的注視，但好歹還是忍住了，開口試問：「今天，趁著來致謝，也是想順便請教社長……那個……菜穗，和白根樹小姐，現在，是甚麼情況？」

「您指的是？」

對方間不容髮地反問。一輝霎時語塞，但最後還是鼓起勇氣說：

「祇園祭後，二人好像就突然走得很近……我想您應該已知道，菜穗她，看樣子，好像打算贊助白根小姐。問題是，我認爲，現在贊助一個沒有正式在畫壇出道的新人畫家爲時尚早。況且，白根小姐又是志村照山老師的弟子……越過照山老師，過度贊助的話，我是擔心，會不會壞了京都畫壇的規矩……」

美濃山默默聆聽，但嘴角挑起微笑，說道：

「若是爲了這個，那您大可安心。白根小姐的正式出道，已經私下決定了。」

啊？一輝失聲驚呼。

「她入選了甚麼公募美展嗎？還是……」

「是要舉辦個展。在京都市內，二個地方，明年春天同時舉辦。」

「同時舉辦……」

一輝有點難以置信。

事情是甚麼時候變成這樣子的？

的確，菜穗也曾逼過自己。她要求在篁畫廊與有吉美術館二處，同時舉辦白根樹的個展。但自己當時說，替一個尚無定評的新人畫家開個展恐怕欲速則不達，所以沒有答應。

當時菜穗說，既然如此就在京都辦。無論甚麼事，菜穗都想照自己的意思堅持做到底。尤其事關藝術，她絕對不會讓步。她那種脾氣一輝當然了解。但是，他以爲唯獨此事不可能如此簡單進行，菜穗應該也不是不明白。沒想到，居然眞的讓她做到了……。

外來者就算正式進軍這個圈子，想必也是以卵擊石。這不就是京都這個城市的特性嗎？正因排除外來者，固守獨自的傳統與習俗，所以才能延續長達一千二百年的歷史吧。

自己這些人只不過是「路人」，絕對無法深入這個悠遠的古都。古都的大門緊閉，根本不可能打開。

菜穗太小看京都了。

他一直如此掉以輕心地以爲。

沒想到——。

「那眞是意外。到底是哪個好事分子，居然做出如此大膽的挑戰？」

他忍不住說出重話。美濃山的表情沒有特別變化，對答如流。

「就是立志堂美術館，還有我。誠然如您所言，二者都特別好事……」

——你立刻去京都，把菜穗帶回來。

克子無預告地來到篁畫廊，是在九月中旬。

那天，東京的夜空也有中秋滿月高掛。白天還有一如盛夏的酷暑殘留，即便到了夜裡也不減悶熱。

度過倡導節能省電的夏天，銀座街頭的夜晚前所未有地冷清。霓虹燈被極力抑制，高級酒廊也門可羅雀。造訪篁畫廊的顧客遽減。老牌畫廊的顧客們，也正是最討厭銀座冷冷清清的人。

畫廊要打烊時，櫃檯的職員過來喊一輝。說有吉夫人來訪。他到店裡一看，克子毫不掩飾滿臉憤恨，抱著胳膊在等著。

把人一帶進後面的會客室，

「我被那孩子擺了一道。」

克子似乎怒火中燒，迫不及待地開口。

「這次我們要交給你們畫廊賣掉的館藏品詳細清單，你不是查了嗎？結果，你說最有價值的作品，那十件，全部都在菜穗的名下是吧？」

一輝點點頭。

「我和有吉不動產的財產管理部聯絡，請對方確認，結果對方說沒有錯。我本來聽說館藏品應該全部都在貴公司的名下，所以我想是否中間有甚麼誤會……」

克子聽了，重重嘆口氣。

「她玩的把戲，我已經查清楚了。今天，我就是來告訴你那個。」

超過二百件的有吉美術館館藏品，要在篁畫廊經手下，全部賣掉。

一輝與父親一同接受茱穗父母的鄭重委託。能夠做成大買賣，對於正處於經營危機的篁畫廊可是千載難逢的良機，但相較於此，一輝更驚訝的是有吉美術館居然如此輕易地關閉。

有吉美術館，是有吉不動產的上一代社長喜三郎，也就是茱穗的祖父，根據一點一滴慢慢收集的個人珍藏開設的美術館。營運母體從一開始就是有吉不動產，作爲股份公司的一個部門營運至今。至於營運費，是母公司以「文化事業費」、「廣告宣傳費」的名義撥給。副館長兼展覽組策展人的茱穗，也是由有吉不動產發薪水。

而館藏品的所有者，幾乎都是有吉不動產的子公司近代藝術公司。這個公司的社長，成立當初是茱穗的祖父，祖父過世後由茱穗的父親喜一兼任。做爲公司的資產購入作品，但實際上想買的作品是由茱穗與克子自由選擇，近代藝術公司扮演了美術館的錢包——換言之，扮演了克子與茱穗母女的「只能買美術品的錢包」這個角色。

作爲裁員的一環，有吉不動產決定關閉赤字累累的有吉美術（即有吉美術館）。賣掉屬於公司資產的館藏品，將賣畫的收益納入有吉不動產的收益。進而美術館工作人員也會全體解雇。雖然其中也有優秀的策展人員，但是沒有工會組織，就算突然閉館也無法反抗，似乎只能忍氣吞聲自認倒楣。

一輝一再主張在決定閉館前應該先徵求菜穗的同意，但菜穗的父親喜一和克子，都斬釘截鐵地說沒那個必要。他們的理由是，這是公司的決策，但一輝可以感到，其中也有對於女兒自己在京都拖拖拉拉賴著不走，明知這是有吉家和篁家雙方的大事，卻一派事不關己的態度深感不滿所以予以制裁的意圖。

——那樣太過分了。你們打算奪走菜穗最看重的東西嗎？

二人的冷漠無情，令一輝很激動。沒想到，同席的一輝父親智昭，卻乾脆地說：

——你眞是傻瓜。菜穗有你這個丈夫，還有即將出生的孩子。那才是比任何東西更重要的吧。

——是啊，一點也沒錯。克子露出淺笑說。

——那孩子馬上就要當媽媽了，她也得更腳踏實地過日子才行。美術館這種燒錢的小玩意，她應該已經不需要了吧？

到最後說服菜穗變成一輝的責任。同時，不管菜穗是同意還是反對，都得按部就班處理作品的出售。

——是他沒有保護好菜穗。

一輝慚愧萬分。他恨不得索性放棄一切，自己也逃去京都算了。

對了。自己也去京都不就好了？

如果菜穗希望，一家三口在那個城市過日子又有何不可？

眞的沒法子時，乾脆從篁畫廊獨立，自己在京都開畫廊也行。若是在那裡開畫廊，就算要捧紅菜穗如此執著的白根樹，想必也不足爲奇。菜穗如果在新的畫廊當總監，而自己努力跑業務，應該可以闖出一番名堂吧。

是的。——下次見到菜穗，就這麼跟她說吧。

雖然必須暫時先回東京，但等她生完孩子，都安頓好了，他們可以再一起去京都。住處，還有開畫廊的地點，都可以夫妻倆一起去找。

微微的希望之光在心頭燃起，一輝開始確認有吉美術館的館藏品所有者。

然後，他查出了意外的事實。

全部館藏品的百分之九十五，一百九十三件作品，的確屬於有吉美術。但是，剩下的百分之五，最有價值的十件作品——塞尙、梵谷、高更、雷諾瓦、竇加、畢卡索、馬蒂斯、竹內栖鳳、上村松園、東山魁夷——令人詫異的是，居然在菜穗的名下。

他驚疑不定地打電話詢問有吉不動產的財產管理部，得到了肯定的答覆。

——這是怎麼回事？

菜穗的父母說，館藏品全部屬於公司所有。他們應該不可能不知道——。

沒想到，喜一和克子還眞的毫不知情。

「唯有那十件作品，是我公公……前任有吉不動產社長，用公司的資金購買的。這點，我們也知道。我們不知道的是……前任社長爲了把那十件作品放在菜穗名下，偷偷指示公司，讓菜穗買下。」

在篁畫廊的會客室，克子向一輝吐露的，是「祖父與孫女的陰謀」。

有吉美術，與年滿二十歲的菜穗之間簽訂金錢消費借貸契約，借給菜穗十億圓。然後，有吉美術把早已購入的十件作品，以總價十億圓——這個金額甚至不到市場價格的五分之一——賣給菜穗。也就是說，菜穗用有吉美術借給她的錢，買下有吉美術名下的美術作品。從此，十件作品歸菜穗所有。一切，都是在喜三郎的指示下進行。

菜穗領的是美術館的薪水，但同樣在喜三郎的指示下被扣款。菜穗從高額薪水中，扣款償還貸款，但遲早會賣掉十件中的兩三件作品，用賣畫所得還清款項，這同樣也是在祖父的精心計算之內。

前任社長感嘆兒子喜一不懂藝術，兒媳克子也沒有審美眼光。唯有菜穗，他深深發現菜穗擁有不尋常的審美直覺。

自己創設的有吉美術館，說不定會在兒子這一代迎來關閉的日子。前任社長甚至連這點都已料到了。

因此，爲了讓最有價值的十件作品，無論如何都要留在菜穗的手裡，必須採取非常手段。如果讓喜一或克子知道了，只會引起風波。在將來被發現之前，姑且就當作自己與菜穗二人之間的秘密——。

結果，那十件作品的價值，攀升到難以想像的地步。

「沒想到事情會變成這樣子。……真是的，這丫頭太不像話了。」

克子聳肩喘氣，恨恨地說。

「不講情面，頑固得要死，又倔強……任性妄為，自我中心，還愛搞神祕。簡直是無法無天。」

克子在女婿的面前坦然說自己女兒的壞話。那字字句句，都令一輝心口如遭重擊。

——這些話，全都是在說妳自己吧？

「對了，一輝，我女兒名下那十件作品的總額，你算算大概值多少錢？」

克子充滿嘲諷地問。一輝用極力抹殺感情的聲調回答。

「……一百億。」

克子支肘撐在膝上，托著的白皙臉龐扭曲。似微笑，似嗔怒，表情很奇妙。

沉默流過。僵硬的氣氛，不可能輕易緩解。

一輝抱著胳膊，垂眼看著玻璃桌上那本有吉美術館目錄的封面，莫內的「睡蓮」。一邊看著，腦海中，翻來覆去只想著一件事。

去京都吧。

去京都見菜穗吧。然後，對她說。

在這城市，一家三口一起生活吧。

除此之外，甚麼也不需要——。

「……你不覺得這筆零用錢也太多了？」

過了一會，克子乾扁無情的聲音響起。

「一輝，你立刻去京都，把那孩子給我帶回來。順便，你會替我告訴她，叫她老實交出那筆太多的零用錢吧？」

一輝抬起頭。克子的臉靠得很近，呼吸幾乎噴到他臉上。在那白皙的臉龐，可以看見亮起邪惡的微笑。

——否則，我就全部告訴那孩子。

告訴她那晚的事。你對我所做的，全部。

落淚

菜穗一個人走在胡枝子肆意怒放的庭園小徑。

這是個很美的庭園。長滿濕潤青苔的園子，反射午後秋陽如絨布閃閃發光。錯落有致的岩石，也裹著青苔外衣，在樹梢篩落的日光照射下發出水溶溶的光芒。落下層層影子的樹枝，全是楓樹。再過一兩個月，楓紅就會與青翠的苔園相映成趣，肯定會變得色彩更加妍麗。想像那樣的風景，菜穗不禁嘆息。

她初次來到南禪寺一帶的別墅群之一，被稱為「無盡居」的宅邸。

本來是南禪寺境內的場所，現有十幾棟別墅。明治時代後，經濟困窘的南禪寺賣掉名下土地的一部分，當時的名家世族、財閥競相建造別墅。純日式的宅邸本身固然典雅，最主要的還是利用琵琶湖疏水道建造的這些庭園，各個打造出不相上下的優美景致。大部分庭園，都是赫赫有名的園藝師，第七代小川治兵衛設計的。

別墅群幾乎都不對外公開，如今也屬於日本少數名士所有。對一般大眾開放的政治家山縣有朋的別墅無鄰庵，菜穗倒是去過幾次。但是私人擁有的別墅，除非有特殊關係否則無緣一睹。

她老早就想進去參觀一下，這樣的日子終於來臨了。菜穗恨不得將璀璨的美麗庭園全部吸收到自己身上，忍不住一再駐足，盡情地仔細欣賞。

「菜穗小姐，您對庭園藝術也很有研究嗎？」

菜穗佇立在金色與墨色的鯉魚悠遊的池畔，背後忽然有人出聲。轉身一看，隔著三、四塊踏腳石的地方，站著美濃山。

「大門的對講機響後，我心想怎麼久久不見您出現……我怕是院子太大，您在途中遇難，所以趕緊出來接您。」

說著玩笑話，美濃山笑了。菜穗走進這宅邸的大門已過了五分鐘以上。這棟宅邸的主人立野政志還在等候，她卻被庭園的美景吸引，遲遲不肯移動。

「對不起。早就聽說這裡的庭園非常美麗……立野理事長一定生氣了吧？」菜穗問。

「沒那回事。」美濃山回答。

「菜穗小姐的慧眼如果看得上這座庭園，理事長也會很高興。來，這邊請。」

在美濃山的帶路下，菜穗走進設計時尚的宅邸。

玄關有焚香，瀰漫馥郁的香氣，地上放著陶藝家柿右衛門的花瓶，高雅地插著胡枝子、白棠子樹、地榆等秋天的花草植物。玄關口的地板晶亮得足以倒映臉孔，二名穿和服的女傭端正跪坐在門口，深深伏身行禮迎接。

沿著可以眺望庭園的迴廊走去，最後抵達客室。緊閉的面北紙門上，金色底色上繪有秋季百草，菜穗爲之瞠目。

鮮活描繪的各種花草，令人產生眼前有整片花園的錯覺，極爲自然生動，卻又非常華麗、精緻。這該不會是——菜穗轉頭看跟在身後的美濃山，忍不住小聲問：

「這紙門上的畫，是出自多川鳳聲之手嗎？」

美濃山眼睛一亮，默默點頭。

——果然。

菜穗滿懷期待已再也按捺不住。

——若是立野理事長出面，全權委託給他也行。

這扇紙門後的人物，立志堂美術館理事長，立野政志，是京都——不，日本首屈一指的美學巨擘。

菜穗與美濃山在走廊端正跪坐。這時，二名女傭從兩側拉開紙門。

看起來應有十五坪面積的和室上座，坐著立野政志。

他是以京都爲大本營的財團企業「立野」的經營一族立野家的家主，擔任立野集團總裁超過三十年。七十歲那年，從經營的第一線退下，但至今對集團仍有莫大的影響力。

他從年輕時就親近書畫古董，大約二十年前，以自己的收藏品爲基礎創設美術館，擔任作爲營運母體的美術財團理事長。建於岡崎公園附近的立志堂美術館，不僅擁有出色的館藏品，美術館本身也是請國際知名的日本建築家設計，因此引起話題。每年六次展覽，也從近代日本畫家到印象派、現代藝術，範圍極爲廣泛，成爲京都必見的藝術景點，如今每年號稱有十萬人到館參觀。

菜穗的祖父有吉喜三郎，生前與立野政志有來往，去京都學習書道和茶道時，據說還是請立野擔任領路人。立志堂美術館開幕時，當時還是少女的菜穗也被祖父帶著參加了開幕酒會。立野在祖父生前也來過幾次有吉美術館。因此，立野與菜穗便非完全不相識。

然而，這次滯留京都，菜穗並未通知立野。因爲對方不是可以隨便聯絡的對象，況且因爲怕核災事故影響孕婦健康才來京都避難，也不是一個想要積極告訴立野的理由。

現年七十五歲的立野，福態的體型穿著和服，雙手攏在袖子裡，看起來就像風雅人士。紫檀矮桌上，攤開著有吉美術館的目錄。

茱穗挺著即將臨盆的肚子行動笨重，卻還是在走廊伏身，低頭行禮。

「好久不見。我來遲了，對不起。」

「是庭園太美麗，還沒走到大宅，就已被完全吸引，所以來遲了。請見諒。」

美濃山代替茱穗解釋。

美濃山是立野的多年知交，立野也是美濃山畫廊最重要的顧客。立野向美濃山購買的無數名畫，長年掛在立志堂美術館的展覽室。

「好久不見，茱穗小姐。來，快進來。」

立野用徐緩的口吻邀她入室。茱穗在立野的正對面坐下。

「我聽美濃山先生說，妳在鷹野老師家住了很久。」

立野說自己也向鷹野仙學過書法，

「不過比起妳爺爺，我是個笨學生。」

說著，他笑了。

「跪坐很難受吧。不如改到那邊坐？坐椅子比較好。玉置，我們要去西式房間。」

守在次間看似秘書的男人立刻過來，拿起桌上的目錄，說聲這邊請，再次邀請茱穗去走廊。

隔壁的隔壁就是西式房間。

打開桃花心木房門，眼前是有暖爐的明治時代風格的西式房間，天花板垂掛高雅的水晶吊燈，牆上掛著青翠山脈與杉林的風景畫。一眼便可認出是塞尚的作品「聖維克多山」。除此之外，也掛著看似保羅・席涅克作品的港都風景畫小品，以及梅原龍三郎的薔薇靜物畫。

在椅子坐下後，「預產期是甚麼時候？」立野問。

「十一月十日。」菜穗回答。

「噢。那麼，還有一個月啊。是男孩，還是女孩？」

「女孩。」

「噢。那很好。這年頭，女孩子比男孩子更好。最好是個像妳一樣，感性豐富的女孩子。」

立野滿面春風地說，簡直像是自己的孫女即將誕生。

菜穗忽然想起把自己當成掌上明珠疼愛，關懷備至的祖父，頓時有種酸酸甜甜的懷念之情湧上心頭。

立野和菜穗聊了半天不痛不癢的閒話，趁著繼濃茶之後又送來番茶的時機，立野拿起桌上的目錄說：

「不過話說回來，妳可真是痛下決心。居然想賣掉有吉美術館的鎮館之寶……」

菜穗聲稱想賣掉自己名下的十件有吉美術館館藏品，而且最好是納入立志堂美術館的館藏，這個意向，早已由美濃山私下轉達給立野。據美濃山表示，當他第一次提出這個提案時，立野整個人都向前傾身聽得非常專注。

菜穗的祖父與立野，在收藏美術品這方面，對彼此擁有的作品是互相讚美也互相嫉妒的關係。有吉鎮館之寶的十件作品，肯定都是立野垂涎三尺的作品。

個人資產據說高達一千億的立野，擔心自己將來死後，家屬會被課徵龐大的遺產稅，所以正在考慮必須從現在就開始整理資產。

把賣掉股票、證券、不動產得來的資金捐給自己的美術館，再用那筆錢購入美術品，充實館藏品，也早在他的考量之中。

遺產過多反而會給家屬造成麻煩，但是如果把資產轉換成財團名下的美術品，便可永遠保存，傳給下一代。立野認爲，這樣對自己也更有利。

雖然美濃山說十件作品的總額不下一百億，但立野聽了眉也不挑。他對被稱爲名畫、傑作的美術品那種執著，決不遜於有吉喜三郎，說不定甚至超過菜穗。

立野翻開目錄，仔細打量標有○記號的梵谷及塞尙作品的照片，

「喜三郎爲何能夠發現這樣的名作，而且毫不猶豫地果斷買下，長年來，一直是我心中的不解之謎……現在，謎底總算解開了。」

立野喃喃自語後，抬起頭正視菜穗。

「全部，都是因爲妳。」

立野的話，令菜穗大受衝擊。

心中拼命壓抑的感情之門開啓，波濤洶湧襲來。不知不覺，一行淚水已潸然滑落菜穗的臉頰。

立野看著菜穗靜靜流淚，最後方說：

「我聽美濃山先生說了。有吉美術館要關閉……也聽說了原因。」

菜穗忍住淚水，點點頭。

「是……」

「眞可惜。那是喜三郎和妳，一起辛苦打造出來的……」

菜穗的雙眼，又湧出淚水。她無法接話，只剩下嗚咽。美濃山從長褲口袋取出手帕，按住眼頭。

哭了一場後，菜穗小聲呢喃對不起，拿手帕擦眼淚。然後，她倏然起身，直視著立野的雙眼說：

「能夠讓我轉讓這愛如性命的十位畫家大作的，除了立野理事長再無他人。還請您就當是收下我有吉菜穗的性命，把作品納入立志堂美術館。」

然後，宛如胡枝子沾濕朝露而低頭，她鄭重一鞠躬。美濃山也站起來，和菜穗一樣，深深一鞠躬。

「……妳的心情，我完全理解了。」

過了一會，立野威嚴的聲音響起。

「剛才妳說的話，我就當作是有吉喜三郎說的話。我絕對不會辜負你們。請安心吧。」

茱穗抬起頭。她的臉上，並沒有安心的光彩。立野還沒發話，茱穗就保持嚴肅的表情，刻不容緩地補上一句：

「剛才我說『十位畫家』……我要訂正爲十一位。」

立野的臉上，浮現不可思議的神情。這時，茱穗的嘴角頭一次露出微笑。

「……我要加上白根樹，這位畫家。」

走出京都大學醫學院附屬醫院的玄關大門，將手機開機，立刻接到電話。是美濃山打來的。

「剛才，篁先生來過我的畫廊。」

一輝聲稱來接茱穗回家，在那之前先到美濃山畫廊致謝——美濃山將他與一輝的對話詳細報告。

「是嗎？」

茱穗用毫無感情的聲調回應。

「他還問我，最近，茱穗小姐與樹小姐怎麼樣……我就按照我們之前商量好的，跟他說，樹小姐的個展，明年將在立志堂和我的畫廊舉辦。」

「我知道了。謝謝。」

茱穗還是毫無感情地說。

「還有……這點必須向您道歉，我一不留神，多嘴提到您好像打算在京都生產……」

美濃山的語氣變得非常愧疚。

「哪裡，沒關係。」菜穗立刻回答。

「我本來就打算這兩天要告訴他。您替我省了事。」

唔——美濃山漫聲回應，

「篁先生應該很快會去鷹野家找您。或許是我多管閒事，不過兩位談話時如果遇到甚麼困難，請儘管跟我說。」

他殷勤地說完後，

「立野理事長就是您的後盾。甚麼都不用怕。」

他如此做結語。

「是，我知道。」

講完電話，菜穗向前走，鑽進停在醫院入口前的計程車。

拉開鷹野家玄關的拉門，黑色花崗石材質的拖鞋石上，一雙擦得很亮的男用皮鞋映入眼簾。

您回來了——女傭朝子小跑步過來，跪坐在門口說。

「菜穗小姐，您的先生來了。」

「是，我知道。」菜穗面不改色地進門。

「您早就知道了嗎？如果早點說，我還可以準備午餐……」

背對朝子的聲音，菜穗走向自己的房間。拉開紙門一看，一輝站在書齋的壁龕前。

一輝一看到菜穗，「跟我回去吧。」他說。

「妳想必有很多話想說。我也有很多話想說。但是，在這裡爭論也沒用。總之先回家再說。行李我晚點再來幫你收拾，今天妳只要人先回去就行了。」

聲調雖平靜，但明顯帶有怒氣。菜穗默默放下皮包脫下外套，在矮桌前跪坐，

「你自己回去吧？」

她用冷漠如冰的聲音說。

「來這裡之前，你應該聽美濃山先生說了吧？我要在京都生產。今天，我也去做產檢的醫院辦妥生產相關手續了。全部都已準備就緒，你不用擔心。」

一輝兩手緊握拳頭呆立原地，

「……妳到底想怎樣？京都到底有哪一點好？」

他擠出嘶啞的聲音。

「在東京，妳不是一直過著自由自在的生活嗎？在東京，不也一直有妳最愛的藝術環繞周遭嗎？根本沒有理由非得留在京都吧？妳爲什麼對京都這麼執著！」

一輝非常激動，似乎難掩氣憤。相較之下，菜穗宛如無風的湖面，平靜無波。

焦躁的一輝，似乎已經忍無可忍，一口氣滔滔不絕。

「妳的行爲，簡直像肚子裡的孩子是妳一個人的，但事實並非如此吧？那孩子的父親，是我。

我有權利陪妳生產。妳的父母，還有我的父母，不知有多麼期待孫子的誕生……這妳可曾想過？如果在京都生產，我就必須向公司請假，岳母和我媽，爲了照顧孫子，也必須特地趕來京都。難道妳不知道這樣會給周遭的人添麻煩嗎？沒常識也該有個限度！」

菜穗文風不動，彷彿已成化石，只是默默等待丈夫怒吼的暴風雨過去。

一輝坐立不安，在掛著「青葉」圖的壁龕前走來走去，驀然間，他在菜穗的眼前一屁股坐下。然後，晦暗的雙眸望著菜穗，

「……妳和美濃山，是甚麼關係？」

他說。

菜穗正視一輝。丈夫的雙眼充滿血絲。

「你這話是甚麼意思？」她問。

「是因爲有美濃山在，妳才堅持留在京都吧？」

一輝悶聲說。

「妳和美濃山勾搭上了吧？沒錯，所以妳才打算在京都生產。妳打算跟我離婚，和美濃山在一起。……否則太奇怪了。美濃山絕對也有問題。只因爲妳的請求，就突然說要替一個初出茅廬的新人畫家辦個展……」

「你不要太過分！」

菜穗蒼白的嘴唇開合。然後，燃燒怒火的雙眼，望著一輝。

「虧你好意思講這種話。……明明是你和我媽做出不要臉的事。」

一輝的臉孔頓時驚愕得僵住了。面對如遭晴天霹靂動彈不得的丈夫，菜穗不屑地放話。

「爲了『睡蓮』那筆交易，你和我媽上床，你眞以爲我不知道嗎？自己做出那種醜事，居然還懷疑我和美濃山先生的關係……」

她說到最後語尾顫抖，已帶有哭腔。

「你這個人，眞是差勁透了。」

菜穗的臉頰，滑過一行行淚水。一輝的臉上，恐懼的表情更勝於驚愕。他想說些甚麼，拚命蠕動嘴巴，卻說不出話。最後，彷彿終於認命，他頹然垂落肩膀。

「妳怎麼知道的……」

一輝像要嘔吐般問。菜穗以指尖抹去淚水。

「這麼有趣的事情，那個人怎麼可能不告訴我。」

那個人——當然，是指母親克子。一輝彷彿要說我不相信，無力地頻頻搖頭。

「她明明是妳母親……怎麼會做出這種傷害女兒的舉動……」

「她才不是我母親。」

菜穗斷然說。結冰的水面，好似猛然投入石子。

一輝的臉孔，再次被驚恐交加的霧靄籠罩。

——那個人，才不是我母親。

我的母親，早就已經死了——死在這個城市。

夕闇

嵐山的樹木，度過炎熱的夏天，迎來了初秋，曾經閃閃發光的綠意逐漸開始變黃。

一輝佇立渡月橋頭，空殼似的虛無視線射向河面。

桂川反射耀眼的夕陽，滔滔流去。橋上有汽車來往穿梭，觀光客成群結隊吱吱喳喳地走路經過。海鷗飛翔天際，不時急速下降拍擊河面。

這是豐饒的京都秋景。然而，那一切，都沒有映在一輝的眼中。

——該如何是好。

——已經無能為力了嗎？

——這也沒辦法吧。誰叫自己做出那種事。

——沒和菜穗商量，就賣掉了「睡蓮」。就算自己辯解是為了拯救公司，也已經太遲。更何況——。

——為了取得那幅名畫，自己還和菜穗的母親私通。

——而且，菜穗早就知道了那件事……。

——甚且，聽到難以置信的事實。關於菜穗的身世祕密。

——自己壓根不知情。沒有分擔菜穗心裡的痛苦和悲傷，就這樣活到今天。

——該如何是好。自己到底該怎麼辦？

窩囊的自問，在腦中不停盤旋。一輝倚著橋上欄杆，對著滿天晚霞嘆息。

上空的低處，一隻白鷺悠然飛過映入眼簾。一輝定定凝視那潔白的雙翼翩然拍動。白鷺悠悠劃過緋紅的天空，最後消失在下游。

一輝直起身子，朝白鷺飛去的方向望了一會，驀然有種大夢初醒之感。

——如果只是這樣待在這裡，於事無補。

——不管怎樣，去吧。去見她，和她談談。

……去找白根樹。

來京都前他想著說不定要去拜會，特地把志村照山的名片帶來了。將那個住址輸入智慧型手機的地圖後，一輝終於開始邁步走出。

「出去。你現在就給我走。」

在鷹野家的一室，與一輝面對面的菜穗，帶著滿面淚痕，用晦暗沉悶的聲音說。

「我不想再見到你。也不想見到我爸，我媽。或者東京的任何人……就算我再也不回東京，我希望你當作這是命運如此。」

被菜穗推開，一輝僵硬如石。

——菜穗是認眞的。這是在談離婚。

醒悟這點的瞬間，宛如波濤退去，全身的血液倏然逆流。

——開甚麼玩笑。孩子馬上都要出生了。到底在胡思亂想甚麼。

他很想這麼說，但口中乾涸，舌頭打結，怎樣都說不出話。

菜穗低下頭，以指尖抹去眼淚後，好像下定某種決心，斷然抬頭，看著一輝。然後，她說。

「我媽，不是我的親生母親。我爸，也不是我的親生父親。」

一輝懷疑自己聽錯了。菜穗說的意思，他一時之間有點無法理解。

一輝慌亂地四下游移目光，最後，語帶顫抖地小聲反問。

「到底是……怎麼回事？岳父岳母，都不是妳的親生父母……那種事，應該不可能吧？」

菜穗以冷漠的語氣回答。

「你會這麼想，也是理所當然。辦理結婚登記時，你根本沒有看我的戶籍。」

那一瞬間，一輝恍然想起。

被這麼一說才想到，辦理結婚登記時，要去區公所遞交結婚申請書，自己卻沒有到場。

他在菜穗事先準備好的結婚申請書上簽名蓋章。菜穗應該把自己的戶口名簿拿來了，但自己沒有看。去區公所辦理登記的一切事項，一輝都交給菜穗處理。

假日好像也照樣受理結婚登記，因此自己本來說要一起去，但菜穗說假日還有許多其他的事情要處理，非假日自己一個人去就行了。——不，她當時很堅持。

一輝當時雖然感到某種異樣的氛圍，但他覺得既然菜穗堅持，那就隨她。

「戶口名簿上，記載了親生母親的姓名。那時，我已經知道現在的父母不是親生父母，但直到那時，我才第一次看到母親的姓名……」

「等……等一下。母親的姓名……」

一輝試圖讓混亂的頭腦冷靜下來，插嘴說。實際上，他幾乎快發燒了。

「妳說，岳父也不是妳的親生父親……那麼，妳等於是養女。如此說來，戶口名簿上，應該也記載了親生父親的姓名吧？」

「在戶籍上，我是爸爸的『非婚生子』。……我眞正的父親是誰，我媽好像也不知道。」

菜穗似乎有點自棄，慵慵地放話。

一輝聽了，越發混亂。

——這是怎麼回事？不是有吉喜一的孩子，卻變成他的非婚生子？而且這個事實，連有吉克子都不知道？

那麼，爲何菜穗會知道一切？

他想這麼問，卻開不了口。他覺得不能問。那個答案，不可以知道。

菜穗沉默半晌，凝視一輝背後掛在牆上的「青葉」圖。她的雙眸，此刻已不再動搖，倒像是一片死寂的古刹池塘。

最後，菜穗看著丈夫的眼睛，斷然說道。

「——我的父親，是有吉喜三郎。」

一輝倒抽一口冷氣。

他動也不動，啞口無言，回視菜穗清澈冷靜的雙眸。即便想相信，終究，還是難以相信。

因爲剛剛聽到的，菜穗「父親」的名字。那是——菜穗「祖父」的名字。

菜穗倏然撇開眼，望向映出庭院石燈籠影子的紙門。然後，她用平靜的聲調開始敘述。

「我的母親，據說是祇園的藝妓。名字叫做眞樹乃……不過戶籍上的名字，寫的是眞樹子。」

菜穗得知自己的身世祕密，是在二十二歲時。那是她大學即將畢業的早春。

她在大學主修美術史，也已決定畢業後進入有吉美術館的展覽組上班。就在那時，纏綿病榻的祖父喜三郎，把菜穗叫到醫院的病房，對她說道：

我已不久於人世。在我死前，有件事想告訴妳一個人——。

——長年來，一直瞞著這個秘密很抱歉。請妳原諒我。

妳眞正的父親——就是我。

而妳眞正的母親，是京都的美麗藝妓。她叫做眞樹乃。

我去京都學習書道和茶道時，邂逅了眞樹乃，她懷了妳。

我已有家庭，又身爲公司經營者，所以怎麼想都不可能和她結婚。即便如此，我還是希望她把孩子生下來。如今想想，我的想法眞的很自私。

但是，她善良無私地說。

好，我會生下孩子。不過，這個孩子，要當作有吉家的孩子來撫養。我一輩子都不會承認是這孩子的母親。就當作是你兒子的孩子，由你兒子夫婦來撫養。

她這個提議令我很驚訝，不知如何是好，但我從她腹中孕育的生命之光，感受到無限的可能性。我想讓這孩子以我「孫兒」的身分，繼承我一手創立的美術館與收藏品。很遺憾，喜一他完全沒有遺傳到我的美學意識，被我養成一個粗俗的男人。我對他很失望。正因如此，我要把這個孩子，養成對「美」比常人加倍敏感，擁有滿腔熱情絕不妥協的人物。

喜一知道後，當然非常吃驚。七個月後，會有一個女人抱著嬰兒來找你，你要默默收養那個孩子，當成你的非婚生子女——被自己的父親這麼委託，當然不可能不吃驚。

至於兒媳克子，我也告訴他，只要叫你妻子當成你自己的孩子撫養就行了。當然，克子應該會很生氣，但是想必不至於拋棄有吉家的財產，提出離婚。喜一的長子由喜二歲了，多個弟弟或妹妹應該會很高興。

而且，爲了讓喜一答應把嬰兒當成自己的孩子撫養，我提出交換條件，保證在一年之內把社長的寶座讓給他。

結果，喜一答應了。

克子接受了「丈夫的私生子」。喜一與克子之間，是怎麼談妥的，我不知道。但是，她似乎曾向喜一發誓，不管是誰生的，只要是喜一的孩子，她保證會付出關愛撫養長大。實際上，我認爲克子的確做得很好。甚至超乎我的想像。

我冷眼旁觀都能感到，他倆的確是把妳當成親生孩子撫養。對於妳，就結果而言做了很過分的事，但我衷心認爲，能夠變成這樣眞是太好了。

如果，妳是被眞樹乃撫養——妳的命運，想必會變得更悲慘。

眞樹乃生下妳後，據說就不再做藝妓，和人結婚了，但我聽說她的丈夫早逝，她自己也歷經坎坷後去世。

妳果然命中注定該在有吉家長大。

如果可以，我眞希望今後也繼續隱瞞妳的身世。然而，等妳將來決定結婚，爲了辦理婚姻登記看到戶口謄本時，至少，妳將會發現克子不是妳的親生母親。到時候，很遺憾，我恐怕已不在人世。

我醒悟到，如果不全部告訴妳，向妳道歉，我會死不瞑目。

我要把有吉美術館的館藏品中，我最珍惜的十件作品轉讓給妳。——不用擔心，手續已經辦妥了。

說不定，今後，美術館將會面臨關閉的危機。喜一的經營手腕，實在令我無法看好。照他那個樣子，說不定不用多久，公司和美術館都會被搞垮。

如果——如果，眞的變成那樣時。

菜穗。我會安排好一切，至少讓妳不用吃任何苦。

我向妳保證，菜穗。

無論在何處，我都會永遠守護妳。只守護妳。

妳要相信自己的感性，堅決貫徹到底。

這，就是到死都很自私任性的爺爺——妳的父親，的遺言。

暮色已迫近竹林彼方。

一輝以沉重的步伐，沿著竹林小徑前行。

如今，與菜穗已無路可以回頭。也看不見前路。現在，一輝就像在逐漸淹沒在暮色中的街頭迷失方向的棄犬。

怎樣都行，難道就沒有燈光可以照亮前方嗎？他拼命動腦筋，最後想到的，是白根樹。

菜穗把自己的身世祕密全都向一輝吐露。而且，又說了一次。——我不會再回東京了。

一輝醒悟，她是認眞的。雖然沒有明白說出離婚二字，但菜穗打算與即將出世的孩子一起在京都紮根。

而且，促使她背離東京的決定性因素，就是白根樹。

菜穗遵照祖父的——親生父親的——遺言，忠於自己的感性，決心貫徹到底。賣掉喜三郎遺留的十件傑作，打穩經濟基礎，取得美濃山畫廊及立志堂美術館的支持，企圖捧紅白根樹。——明知下個月就要初次生產，無論在肉體或精神上，都是最辛苦的這個時期。

這是驚人的意志力。對一輝而言，那才令人恐懼。

如今，自己已無法阻止菜穗。而且，菜穗也不容許自己跟隨。

再過不久，這個遊戲將要結束。在菜穗壓倒性的勝利下。

一輝在做垂死掙扎。明知不管怎麼掙扎都毫無勝算。而他最後的最後想到的，就是白根樹。

——去見白根樹，和她談一談，說不定會找到突破口。

白根樹是否會幫助自己修復與菜穗岌岌可危的關係，他毫無把握。說不定只會被對方一笑置之……不，毋寧該說，那個機率遠遠更高。

若是這樣——只能打出最後的王牌了。

就這樣，一輝抱著抓住救命稻草的心思，來到嵐山。

——已經沒有甚麼可失去的了。只能孤注一擲。

志村照山本人正好在家。雖對一輝的突然來訪感到驚訝，還是爽快地接見他。

照山強烈渴望在東京的畫廊舉辦個展。因此，他似乎將一輝的來訪視為好預兆。

「沒甚麼好招待的，正好收到剛上市的松茸。就用那個當下酒菜，我們喝一杯吧。」

女傭重松彌生備妥酒菜，放滿一桌。不知樹是否不在，沒看到人影。一輝焦躁得幾乎胃潰瘍，但他還是與照山杯觥交錯，耐心等待樹的登場。

照山很高興，或許也是因為喝了酒，單方面喋喋不休。之後，聊到京都畫壇的八卦消息，更是漸漸開始發牢騷。

照山也數落了美濃山一頓。他有點憤恨地說，打從夏季那場屏風祭後，美濃山的興趣就漸漸轉移到樹身上，雖然礙於自己的面子沒有明確說出口，但美濃山肯定盤算著日後要在美濃山畫廊讓樹正式踏入畫壇。照山似乎作夢也沒想到，白根樹明年就要在美濃山畫廊與立志堂美術館同時舉辦個展。

今晚，說不定再待下去也見不到樹。即使見到了，也已不可能有機會單獨說話吧。

醒悟這點後，一輝握酒杯的手開始顫抖。手心裡，已滿是汗水。

「對了，老師。……老師現在還是想在東京舉辦個展嗎？」

一輝鼓起勇氣開口。

——只能打出最後王牌了。

「那是當然。如果像你這種銀座的老牌畫廊願意接手籌辦，我倒是可以考慮一下。」

果然，照山立刻上鉤。不過，他還是擺出大師的架子，姿態擺得很高。

一輝舉起酒杯一口喝乾，決定豁出去賭賭看。

「我也正想找您商量……不知您是否願意在本畫廊，以及我內人娘家的有吉美術館，同時舉辦個展？突然提議很抱歉，但我想明年春天就辦……因爲原先預定的畫家忽然出了狀況無法配合……後來我想到之前就想拜託照山老師，不如趁此機會，看看您能否幫忙。我不要求展出新作，只要您手邊現有的作品就可以，不知您能否答應……拜託拜託，還請您幫幫忙。」

一口氣說完後，一輝深深一鞠躬。

意外的個展邀請——而且是在篁畫廊和有吉美術館這二個最佳場地同時舉辦，照山肯定喜出望外。但是，彷彿要用力按捺雀躍的心情，照山交抱穿和服的雙臂，只是一直低聲沉吟。最後，他用力朝膝頭一拍，「好吧，我了解了。我答應你。」他回答。

「既然你再三懇求，雖然說只要我手邊現有的作品即可，但我還是得準備新作。這是當然的。我在京都畫壇，好不容易被稱爲大師，但在東京還是第一次展出。我可不能讓篁先生以及有吉先生丟臉。既然如此，那我就創作一件六扇雙幅的大作品吧。」

彷彿已經開始著手準備似地，照山滿臉喜色說。

之後那段時間，一輝一直在臉上貼著虛假的陪笑，心不在焉地聽著照山沒完沒了地說明自己的作品那幅好，這幅也不錯云云。

當然，篁畫廊和有吉美術館，都沒有考慮過替志村照山策畫個展。不僅如此，有吉美術館還將在明年三月關閉。

可是，自己卻對照山提出虛構的企劃案。一輝拼命忍住從腳底向上湧來的詭異顫抖。

——如果得知白根樹將在同一時期於美濃山畫廊及立志堂美術館舉辦個展，照山肯定會勃然大怒，八成還會從中作梗吧。

屆時，京都畫壇不會承認樹，美濃山恐怕也會被視爲叛徒遭到放逐。說不定，甚至從此退出這一行。

雖不知和立志堂那邊是怎麼商談的，但立志堂的理事長立野政志是財經界大老，也是與有吉喜三郎齊名的收藏家。此人和京都畫壇及志村照山應該都有來往，所以如果照山不同意，立志堂應該會取消樹的展覽吧。

是的。就這樣，先設法讓志村照山在東京辦個展，至於白根樹的個展，之後，再在篁畫廊舉辦就行了。

這樣一來，菜穗也不得不回到東京——。

喝完日本清酒又喝葡萄酒，已經完全喝醉的照山，對著送烤松茸來的女傭彌生說，「喂，去把樹叫來。酒吧時間到了。」

光是聽到樹的名字，一輝的心情已沉重得好似垂掛沉甸甸的鉛塊。

「每晚，只要醉到這個程度，就是我家的酒吧時間。篁先生我告訴你，樹調製的威士忌冰水，不知爲什麼，就是特別好喝。」

大概是水和冰塊的比例拿捏得特別精準吧——照山已口齒不清。一輝強烈心悸，甚至感到暈眩。

吱——的一聲，會客室的門開了。雙手捧著黑色漆盤的樹出現。盤子上，放著威士忌酒瓶和裝了冰塊的酒杯。與一輝四目相對後，樹悄然微笑。

樹披著又直又長的黑髮，身穿淡紫色洋裝。淺淺抹著胭紅的雪白臉孔，宛如暮色中的梔子花般妖異、清新。樹緊靠沙發上的照山身旁坐下，迅速調製威士忌，身段妖嬈嫵媚地——在一輝看來是如此——請照山喝酒。

照山像喝水一樣大口灌下威士忌後，「啊，痛快！」他津津有味地說。

「樹，今天喝酒是爲了慶祝。我要在東京舉辦個展了。在篁先生的畫廊，還有有吉美術館同時舉辦。」

照山的話，令一輝暗自一驚。冷汗頓時自背後冒出。

——被白根樹知道了。

這下子，菜穗聽到風聲，恐怕是遲早的問題……。

一輝一口氣喝光酒杯中殘餘的紅葡萄酒。

「噢，喝得夠爽快。樹，妳給篁先生也調一杯威士忌。」

樹的嘴角浮現微笑，在巴卡拉水晶酒杯注入威士忌。然後，喀的一聲輕響，把杯子靜靜地放在一輝的眼前。

「怎麼樣，姿勢很老練吧？這孩子，已經這樣當我的專屬陪酒小姐超過十年了。不過，這孩子死去的媽，以前也是祇園的美女藝妓。血緣果然是不爭的事實啊。哈哈哈！」

杯中的琥珀色液體款款搖曳。一輝的眼神迷離彷彿正陷入奇妙夢境，一逕凝視那液體。

紅葉飄零

從病房的窗口，可以看見火紅燃燒的滿樹楓葉。

周遭的樹木才剛開始泛黃，不可思議的是，唯有那棵楓樹的葉子已變得火紅。不知是否日光比較充足，就只有一棵變色得特別早。

躺在床上，菜穗每次陣痛來臨時，就望著楓紅來轉移注意力。

病床旁，有鷹野家的女傭朝子陪著。陣痛出現的間隔，本來是十分鐘，但是好像越來越短了。每次菜穗痛得臉孔扭曲，朝子就會溫柔地撫摸她的手背，溫婉地對她說：「不要緊，不要緊喔。」「慢慢呼吸，慢慢地。」朝子生過二個女兒，二個女兒生產時也都是她陪產。

「起初，最好盡量慢慢的、放鬆力氣。最後，就要使盡力氣才行。所以要先養足力氣。沒甚麼好害怕的。一定會平安生下來的，女人都是這樣過來的。」

聽到朝子這麼說，菜穗得到難以言喻的安心感。

陣痛比預產期提早五天來臨。她事前就已拜託朝子，陪她去醫院生產。朝子雖然一口答應，還是勸她應該通知先生與父母，有先生陪產應該會是最好的強心針，但菜穗充耳不聞。

決心不回東京的事，菜穗已向鷹野仙和朝子坦承過了。生產後或許沒辦法立刻搬家，但是明年她打算盡快搬出去，也已找到房子了——她說。距離鷹野家不遠，是在吉田神社附近的獨棟民宅。關於住處，是美濃山受菜穗之託，私下替她找的。很快就會辦好購屋的簽約手續。美濃山出售菜穗名下的有吉美術館鎮館之寶那十件作品的手續，也在確實進行中。

幾週前，一輝突然來訪聲稱「要接妻子回家」，最後卻黯然失色地離去，正是朝子在鷹野家玄關門口目送他離去。之後，菜穗立刻去見剛上完課回到家的阿仙，也把朝子請來阿仙的房間，向二人表明決心。

她遲早會與一輝離婚。而且也不打算回到有吉家。她打算帶著生下來的孩子，在京都生活下去。給兩位添了這麼多麻煩還請見諒。同時今後也請繼續守護自己與孩子——。

至於作出如此重大決定的理由，她完全沒有具體說明。

阿仙端正跪坐成小小的方塊，一直在專心傾聽菜穗的告白。等到菜穗講完後，她只說了一句「知道了」。

——喜三郎拜託過我，請我好好照顧妳。

只要我活著一天，我一定會保護妳。

語氣雖淡定，卻充滿強大的力量。菜穗當下察覺，阿仙說不定知道一切。

阿仙的愛徒，祖父喜三郎。與祇園的藝妓私通，藝妓有孕在身，之後把生下來的孩子當成兒子的非婚生子女撫養，那個孩子就是菜穗——說不定，正因為知道那一切眞相，阿仙才會對菜穗作此決定的理由完全沒有追問。

菜穗在榻榻米上伏身行禮。她對阿仙這種體貼的感激，難以言喻。

朝子也效法阿仙，甚麼也沒問，但菜穗的決定似乎讓她感到很不自然。朝子也曾提議，如果菜穗不方便和家人聯絡，自己可以代爲通知東京。但菜穗堅決懇求她不要這麼做，最後朝子只好死心，也答應由自己代替菜穗的家人陪伴她生產。

就在上星期，母親克子無預警地來到鷹野家。

菜穗已心如止水，不起任何漣漪。二人在菜穗的房間面對面。打破凝重的沉默先開口的，是克子。

——妳不會再回東京了吧。

菜穗看著這個三十幾年來一直扮演自己母親的女人。生來就坐擁金山，被鞠躬哈腰的人們圍繞，本該燦然昂首的高傲女王，如今因焦躁與疲憊弄得花容失色，看起來頗爲憔悴。眼睛下方的鬆弛與嘴角的皺紋，彷彿道出她這些年的人生其實並不盡然如此幸福。

自從菜穗長大成人後，從美術館的營運方針到結婚對象的挑選，克子一再做出簡直像在對女兒挑釁的行爲。即便如此，三十幾年來，她一直把毫無血緣關係的菜穗當成自己的親生女兒撫養、對待。這是不可動搖的事實。

察覺這點時，菜穗的內心颳起潮濕的狂風。心情幾乎搖搖欲墜地倒向母親。但菜穗在緊要關頭及時穩住，對克子說：

——請妳回去吧。今後，我要在這裡，和我女兒一起活下去。

克子的眼中浮現悲傷的神色，小聲咕噥。

——是女孩子啊。

菜穗沒有回答。克子稍微扯高嗓門問。

——妳不會讓我抱孫女吧？

菜穗用漠無感情的音調回答。

——這孩子，不是妳的孫女。……是有吉喜三郎的孫女。

「……菜穗小姐。菜穗小姐，沒問題的。再忍一下就好。妳要打起精神。」

朝子一邊鼓勵菜穗，一邊摩娑她的背部。菜穗痛得臉孔扭曲，辛苦地勉強呼吸。

「說不定該去陣痛室了。妳等我一下，我去叫護理師來。」

說著，朝子走出房間。菜穗的視野中，窗邊的楓紅正在緩緩飄零。是豔如鮮血的紅色。那種紅，緩緩渲染，暈開，漸去漸遠。

只開著夜燈的昏暗病房內，枕畔的手機，嗡嗡震動，驀然亮起白光。昏昏沉沉的菜穗，拿起手機，看著明亮的螢幕。是白根樹傳來簡訊。

寶寶好嗎？

菜穗立刻回覆。

「非常健康。妳呢？」

都準備好了。按照預定計畫，老師從明天起，要去義大利二週做寫生旅行，趁這段期間，全部搞定吧。

「也好。我也會按照預定計畫明天出院。妳現在可能也手忙腳亂，等安頓好之後，我再帶女兒去見妳。」

好想趕快見面。她一定長得很像妳，很可愛吧。

「的確很可愛。我倒覺得，她長得也有點像妳……。」

這時忽然沒消息了。過了五分鐘左右，手機螢幕才再次亮起白光。

如此說來，換言之，她長得很像我們的母親吧。

十一月下旬，立野家別邸「無盡居」庭園的楓樹，染上噴灑如血的豔紅。

遍及整個庭園的豐饒杉苔上，處處落有紅葉。令人發麻的豔麗色彩，再次吸引菜穗駐足。

十月那次來時，是美麗的胡枝子花令她駐足。當時還綠意盎然的楓葉，如今已變得這麼紅，開始飄落。

而且，當時還在肚子裡的寶寶，現在在菜穗的懷裡發出安穩的鼾聲。

當時，與現在。

不到二個月的時間，一切都變了——正如楓葉由綠轉紅，一切的一切，都變了。

菜穗不得不感到那種神奇。

「菜穗小姐。——您又開小差了嗎？」

聽到聲音轉頭一看，美濃山沿著石板路正朝這邊走來。

「噢，好可愛。眞是個乖寶寶，哎喲，哎喲。睡得好熟啊。」

美濃山探頭看著菜穗懷裡抱的嬰兒，不禁露出笑容。

「給寶寶取的甚麼名字？」

菜穗含笑回答：

「菜樹。菜穗的菜，樹的樹。菜、樹。」

美濃山聽了，面露意外。

「從樹小姐那裡取了一個字啊。……不，不對。樹小姐的名字，本來就只有一個字。」

說著，他朗聲大笑。

立野政志在菜穗初次來訪時的那個西式房間等候。

抱著嬰兒的菜穗一出現，「噢，眞可愛，好乖的孩子。」他像美濃山一樣誇獎，露出笑容。

「我不在的期間，讓您費心做種種安排，眞不知該如何感謝……眞的很謝謝您。」

菜穗鄭重致謝，

「哪裡，哪裡。用不著道謝。我也托妳的福，好久沒有這麼愉快了。」

再訪無盡居，是因爲立野及美濃山、菜穗三人要在作品的買賣契約蓋章用印。

保管在有吉美術館收藏庫的十件傑作，年內就會移交給立志堂美術館。作品的購入費用，在簽約後就會立刻透過美濃山畫廊付給菜穗。

立野的心情非常好。長年苦求不得的有吉美術館鎭館之寶，終於可以落到自己手中。想必很想大喊快哉。立野人逢喜事精神爽，喜孜孜地向菜穗透露，秋季拍賣會上趁勢接連買下了伊藤若冲、黑田清輝、岸田劉生的作品。

「看來已經無人能夠阻擋理事長了。立志堂將來肯定會超越國立近代美術館。」

美濃山苦笑著說，聽起來不像是阿諛附和。立野似乎是眞心認爲，與其留下遺產，不如趁著在世時通通花在美術品上。

契約簽好後，「好了，菜穗小姐。」立野朗聲說。

「妳的畫家，正在大房間等妳喔。」

菜穗頷首，抱著菜樹起身。立野像要說「快去吧」，嘴角露出笑意目送菜穗。

她沿著光潔明亮的走廊走向大房間。面北的紙門緊閉。金色底紙上，肆意怒放著五顏六色的秋季百草。——立野說過，這是多川鳳聲的絕筆。

「……樹，我是菜穗。」

菜穗沒拉開紙門，先這麼喊道。

「——進來。」

細弱的聲音響起。彷彿鈴鐺震動，聲音縹緲不定。菜穗左手抱著菜樹，右手去抓門把，緩緩拉開紙門。

眼前，是整片散落紅葉的庭園。

杉苔鮮豔的綠色，覆蓋其上的楓紅落葉。那鮮烈的紅。紅綠之間，灑落一線陽光。唯有被陽光照到之處，青苔，落葉，皆閃耀或黃或白的光芒。

榻榻米上鋪滿紅葉飄零的庭園圖，上面橫放著板子，樹站在上面。她的背後是眞正的庭院，燃燒如火的楓樹悄然佇立。

大房間的右手邊，是已經完成的六扇雙幅屛風「火焰」。左手邊，是祇園祭時在瀨島家展出過的「睡蓮」。在那一切的中央，宛如統治小宇宙的女神，樹隻身佇立。

菜穗像要過橋似地，雙手抱著菜樹走到木板上。來到樹的眼前，她溫柔拍撫著嬰兒的背，說道：

「這孩子，就是菜樹。」

樹白皙的臉龐亮起微笑，朝母女倆走近一步。悄悄湊近菜樹的小臉注視後，

「……眞的。」

她小聲咕噥。

「長得很像妳，還有我。」

菜穗也和樹一起湊近自己女兒的小臉，露出微笑。

十月中旬，菜穗造訪主人不在的志村照山家。

這時，她從樹的口中得知。——來找自己要求一起回東京的一輝，曾經來過嵐山的照山家，不知怎麼想的，居然提議照山在篁畫廊與有吉美術館舉辦個展。

菜穗聽了之後，有種既滑稽又悲哀，隱隱心寒的感覺。想必一輝是眞的被逼急了吧，他肯定是以爲，除了拉攏照山當戰友來阻止樹的個展，已別無他法了。他以爲只要這麼做，妻子就會在京都待不下去，或許就會死心地乖乖回到東京。——爲此，甚至欺騙人家，說要在已經決定關閉的有吉美術館辦個展。

晦暗的憤怒，自身體底層緩緩湧起。樹凝視菜穗的神情籠罩烏雲，突然間開口了。而且，發出聲音。

——菜穗，我，其實可以說話。

菜穗當下驚愕地抬起頭。樹雪白的臉孔，不可思議地發光。

——妳從一開始就能講話？……那妳之前爲什麼都不講話？

——因爲有人警告我，如果我說了就會殺死我。

——是誰？

——志村照山。

就這樣，樹開始娓娓道來。關於志村照山與父親、母親、自己之間，緊緊纏繞糾結，已經生鏽的重重鎖鏈。

打從樹有記憶時，父親就已是京都畫壇的寵兒。

花鳥風月、美人畫、動物畫，一律能夠描繪得風格典雅又栩栩如生的父親，被衆人吹捧爲竹內栖鳳再世，贏得許多顧客青睞，過著一帆風順的人生。

志村照山從學生時代就是父親的友人，同時也是勁敵。照山同樣汲取竹內栖鳳的流派，走的是獨特的寫實主義風格，也入選過各種美展，名聲漸揚，但是第一名永遠是多川鳳聲，照山總是屈居第二。

二人是經常結伴到處出遊的朋友，卻也會互相爭奪模特兒。二人都想讓祇園出名的美人藝妓當模特兒，但她最後答應的，卻是鳳聲這邊。之後，她懷了鳳聲的孩子，二人決定結婚，當時在她肚子裡的孩子，就是樹。

母親趁著結婚退出花柳界，之後，罹患某種難纏的疾病，一再住院。

樹從小就在父親的指導下學畫，是那種只要有空就隨時握著畫筆畫畫的小孩。有時照山來家裡作客，也會愉快地旁觀樹畫圖，甚至代替父親指導她。當時樹覺得，這是個慈祥的伯伯。在酒席上，她也坐在照山的膝上玩過。

一切幡然改變，是在樹十歲那年。

正值嚴冬，是個下大雪的夜晚。

當時，樹在自家二樓的自己房間已經上床了。但她沒睡著，蓋著被子在看書。樓下，父親與照山正在喝酒吆喝。

母親不久前又住院了，家事都是鐘點女傭包辦。晚上多半只有父親和樹在家，不過有時客人來訪也會熱鬧喝酒，這種時候，樹會乖乖待在自己的房間。

那是古老的日本房子，樓下的動靜與聲音聽得很清楚。當時，每次照山來家裡喝酒，就算起初是以笑聲開場，往往也會逐漸發生爭吵，甚至互相叫罵。樹隱約察覺，爸爸和照山老師的關係好像不太好。她經常是一邊想著你們別吵架了，一邊把被子蒙在頭上等待照山離開。

然而，這天晚上和以往有點不同。發生激烈的叫罵後，突然間，砰的一聲巨響，之後陷入死寂。發生甚麼事了？樹大氣也不敢出地豎起耳朵。

蘇——蘇——拖著某種重物的聲音響起。接著，是喀拉喀拉打開遮雨板的聲音。咚！某種重物掉落院子的聲音。

樹從被窩爬起來，喀拉推開窗子，探頭朝樓下張望。——就在那瞬間。

她與赫然一驚抬起頭的照山，四目相對。樹明確地看見，照山的眼睛閃著令人悚然的精光。

那是父親——當時，父親是已經死了，或者仍有呼吸，她不知道——被扔到積雪結凍的院子的瞬間。樹倒抽一口冷氣，急忙關上窗子。然後鑽進被窩，把被子蒙到頭上。連人帶被子不停打哆嗦。

過了一會，吱呀響起上樓梯的腳步聲。吱——房門發出刺耳的噪音開啓。樹的心跳幾乎停止。被子突然被扯開。

照山就站在她的床邊。用發出暗光的雙眼，俯視著樹。樹驚恐過度，連聲音都發不出來。

——剛才看到的事，不准告訴任何人。

照山悶聲說。

——記住。如果妳敢開口，妳就死定了。

樹渾身發抖，勉強點頭。照山瞪視樹後，終於離開房間。

翌晨，在雪中氣絕身亡的父親，被鐘點女傭發現。警察和各式各樣的人來到家中。樹被問了種種問題。但是，她沒有出聲。無論如何，就是發不出聲音。

如果敢開口，妳就死定了。那句話，一直在耳邊縈繞不去。

父親的死因，被判定爲凍死。喝醉之後，自己走到院子裡就此斷氣——這就是最後的結論。

然而在畫壇，「多川鳳聲因爲感到自己才華有限而自殺」的傳聞私下迅速蔓延。

之後，住院的母親也撒手人寰，樹成了志村照山的養女。父親的摯友不忍見少女孤苦無依，遂好心收養她——成了這樣的形式。

照山沒有阻止成爲自己女兒的樹繼續畫畫。但，他一直在監視樹，也經常干涉。他的眼睛永遠發出異光。一如那晚。

總有一天，會被殺死——如果，自己開口的話。

那晚的那句話，時時刻刻，分分秒秒在折磨樹。

然而，總有一天，一定——一定要離開這個家。

自己要恢復自由之身，踐踏那個男人，超越他。

抱著這個信念，她緊閉嘴巴，耐心地等待那一刻的來臨。

之所以能夠熬過好漫長、好漫長的時光，是因爲母親臨死前，偷偷告訴她的那個眞相在支撐著她。

——對不起，樹。

媽媽一直沒有告訴妳，最後，只有一件事要告訴妳。

妳還有個同母異父的姊姊。

那孩子，叫做有吉菜穗。因爲種種原因……現在，她在東京，成了好人家的千金小姐。

那孩子，想必不知道有我這個媽媽，也不知道妳的存在。但是，將來，等妳長大了，如果遇到困難，她一定會幫助妳。

千萬別忘記，在這世上，妳還有一個親姐姐。

妳不是孤獨的，要記住這點——。

被菜穗抱在懷裡的嬰兒，微微睜眼。水汪汪的雙眸，定定凝視樹的臉孔。

「看。」樹囁嚅。「她在笑。」

呵呵，菜穗發出細小的笑聲。

「她才剛出生。不會笑啦。」

「不，她在笑。妳看。」

「咦，真的耶。」

清風徐徐吹來。院子的楓葉，有一片迷了路，靜靜落在鋪滿榻榻米尚未完成的畫作，那片青苔的翠綠上。

冰雨

從車站搭乘計程車沿著桂川向北走時，開始下雪了。是淡淡粉雪。還沒落到地上，便已融化消失，雪花縹緲。

「下雪了啊。我就說氣溫怎麼變得這麼低……」

倚著後座的靠背茫然發呆的一輝，聽著司機的嘀咕，直起身子。用指尖抹拭霧濛濛的車窗。夜色逼近，失去色彩的河畔風景，亮起點點雪光。

微寒的冬日風景中，一輝正要前往的，是嵐山的志村照山家。在那裡，這天，正在進行志村照山的守靈儀式。

從美濃山那裡，突然接到照山的死訊。是在昨天深夜。美濃山打他的手機，告訴他志村照山驟逝。

十一月底，照山自義大利旅遊歸來，立刻身體不適，緊急住院。是肝癌，已經擴散到全身，回天乏術──美濃山如此說明簡單的經過，公事公辦地轉達了明天守靈，後天告別式，守靈在老師家裡舉行，至於告別式……最後流利地說聲那就拜託您了，就此結束通話。因爲態度太乾脆，甚至令一輝懷疑是否遭到唬弄。

但是，也不能說完全不可能發生。在這世上，自己的人生中，在這不到一年的短短時間裡，實際上，不可能的事情，已經發生過二次了。

核災事故，與妻子別離。

到底是要怎樣，才有可能發生那種事。

到底爲什麼會變成這樣。

難道說，本來就注定如此？

一輝已經不明白了。

十一月上旬，一輝的第一個孩子誕生。是女兒。通知他這個消息的，是茱穗寄宿的鷹野家的女傭朝子。

茱穗決心離婚是事實。但是，說不定，孩子生下來之後她會回心轉意。

雖然覺得自己提不起放不下很沒出息，但一輝還是打電話給茱穗。果然，打了又打她都不肯接。一輝也傳了訊息。他老實寫出自己的心情，表示想見孩子。同樣還是如石沉大海。

自己正計畫在東京舉辦志村照山展——之前自己對照山大吹牛皮，宣稱不僅是篁畫廊，已決定關閉的有吉美術館也將同時舉辦照山個展的事，茱穗八成已從白根樹那裡聽說了。

之後，克子說「這是最後一次」，親自去京都說服茱穗。一輝抱著緊抓救命稻草的心思，將一切寄託在克子身上。

妳背著篁家及有吉家任性妄爲的事，我們通通可以原諒，妳就帶著孩子趕快回東京吧。

母親大概打算這樣自認體貼地教訓女兒吧。——通通可以原諒。

然而，實際上，是女兒不原諒母親。

克子憔悴不堪地回來了。

——那孩子不會再回來了。全都是你的錯。

面對迫不及待趕去東京車站迎接克子的一輝，克子就像要朝他丟一團爛泥巴似地說。

那是在開車送克子回家的途中。在車上，克子大發雷霆。然後，她惡狠狠地攻擊一輝。不能親手抱孫女都是你害的，當初就不該讓茱穗跟你結婚……她用言詞的利刃狠狠戳向一輝。

——都是因爲你爲了「睡蓮」，提出那種提議……要是沒有發生那種事，八成早就有辦法解決了。

一輝一直任由克子指責，但在這一瞬間，他氣得頭腦發熱。口中乾涸，眼睛模糊。握著方向盤的手，氣到連指尖都發燙。

乾脆就這麼直接撞車，讓一切都結束算了。

他幾乎陷入那種危險的念頭。但，好歹還是把克子送回了位於田園調布的有吉家。克子默默下車，反手關上車門，頭也不回地遁入有吉家。

之後一輝直接回父母家。他已和父親智昭談過，自己二人正面臨離婚的危機。這天，智昭也正焦急地等候一輝的報告。

——全都完了。

轉達克子勸說失敗的消息後，絕望的言詞脫口而出。

智昭交抱雙臂，露出充滿苦澀的表情。

一輝與茱穗的婚姻，是篁畫廊想要繼續順利經營下去的強大後盾。之所以成爲有吉美術館出售館藏品的代理窗口，也是因爲兩家穩固的關係。

收藏品中，資產價值最高的十件作品在菜穗的名下雖然令智昭也很驚訝，但菜穗是篁家的媳婦，理所當然該爲了篁畫廊同意出售，也應該會指名由篁畫廊代理出售。智昭原本毫無不安。沒想到，菜穗指名代理出售收藏品的，竟是京都的老牌畫廊美濃山畫廊。對此，智昭大爲激怒。

不僅如此，菜穗還堅稱即便生下孩子也不回東京。——換言之，她要與一輝離婚，也要和有吉家斷絕關係。菜穗的想法，已經超越了智昭的想像範疇。

菜穗的父母與智昭還有一輝，幾度碰面商談。到底該怎麼做，才能把菜穗帶回東京？這時，一輝提出一個計畫：作爲最後王牌，不如由篁畫廊和即將關閉的有吉美術館同時籌辦志村照山的個展。

菜穗現在，正試圖讓照山的養女兼弟子白根樹正式在畫壇出道，沒有知會照山一聲，就打算在京都替白根樹辦個展。

然而，身爲老師的照山如果在東京辦個展，樹要在京都搶先辦個展，不僅照山不可能答應，也違反畫壇的規矩。

照山應該會叫樹協助自己籌備個展，而菜穗，本來就希望在篁畫廊舉辦照山的個展，所以屆時她應該不得不回到東京。

先用照山當跳板，如果立刻也在篁畫廊舉辦樹的個展，菜穗說不定也會起意在東京久居。

聽了這個計畫，當然，智昭立刻允諾舉辦志村照山的個展。菜穗的父親喜一似乎無法理解，菜穗為何如此支持一個沒沒無聞的女流畫家，但克子好像憑著直覺立刻領悟「這是唯一的方法」。

克子早就明白，菜穗一旦做出決定——尤其是關於藝術和藝術家——就難以改變她的心意。

將有吉美術館的關閉延後二個月，舉辦展覽會做個完美的結束，雖然要花一筆錢，但還是該做吧。而志村照山展，想必正是最適合拿來謝幕的展覽。

進而，克子也勸說喜一，要把不到十個月的滯留期間已完全被京都吸引的女兒帶回來，如果不設計這麼大張旗鼓的計畫恐怕很困難。

好不容易把東京這邊的展場規劃好，一輝終於喘口氣。接下來，只等自己以外的某人去說服菜穗了。

克子主動請纓說要去。

——我會請求她，讓我抱抱孫女。

一輝已經知道，她不是菜穗的親生母親。即便如此，菜穗的母親，除了克子別無他人。

一輝將一切都寄託在克子身上了。——然而。

結果，令人絕望。

智昭聽了一輝的報告，滿臉苦澀地沉默半晌，最後方說。

——就算這樣，也只能做到底了。還是得辦志村照山展。

既已向畫家提出，就得貫徹到底。智昭知道，那是畫廊從業人員的道義。

事已至此，只能用東京的照山展，和京都的白根樹展打擂台。

是吉是凶，無從得知。但是，賭上篁畫廊的威信，非得成功不可。

雖然置身在失望中，智昭與一輝還是如此互相立誓。

之後沒過多久，照山就按照先前的預定計畫，和畫壇同好一起去義大利旅行了。

一輝很擔心半年後就要舉辦的展覽，但照山說，籌備工作樹會一手包辦，所以自己可以無牽無掛地去旅行。照山似乎壓根不知道樹與菜穗正攜手策劃個展。

就在照山出國的期間，菜穗生下了孩子。

一輝很想立刻趕去，卻還是忍住了。他決定等照山回國後，用商討個展的藉口去照山家，再抓著樹打聽菜穗的現況。

沒想到，從照山那裡，接到緊急住院的通知。照山說，不是甚麼大病，很快就會出院所以不需要去探病。也沒告訴他醫院的名稱就掛斷電話。

——到底發生了甚麼事？

他覺得自己彷彿被突然推進伸手不見五指的迷霧中。

非比尋常的不祥預感籠罩心頭。是那種即將發生壞事的預感。

然後，到了十二月下旬。

一輝的手機接到來電。是美濃山通知志村照山的死訊。

日式大門銅板屋頂的簷下掛著白燈籠。穿喪服的人們匆匆穿過大門走入。

一輝抵達照山家，是在下午近五點時。正值冬至，四周天色已暗。

明知這種時候想那種事對死者很不敬，但是想到菜穗也許會出席守靈儀式，心跳就快得令心口發麻。

她應該不可能把寶寶也帶來……不，寶寶還不滿二個月大，她不可能丟下寶寶自己出門吧。說不定可以見到孩子的期待，不知不覺升高。

菜穗也許會帶來的寶寶。那孩子，是「我的孩子」。

自己沒有陪產，也沒有親手抱過生下來的孩子。明明是一輝的第一個孩子，卻毫無眞實感。即便如此，畢竟是親生骨肉。菜穗帶來的寶寶，有一半是屬於自己的。沒甚麼好怕的，一輝如此告訴自己。可是，想到要見菜穗與寶寶，他就恐懼得從腳底竄起顫抖。

祭壇設在佛堂，大批弔唁賓客前來上香。白根樹就跪坐在棺木旁。一輝心跳更加劇烈，匆忙四下掃視，在弔唁賓客之中尋找菜穗。但，他沒找到。

樹白皙的臉孔，在黑色喪服的映襯下更顯透明感，甚至隱約發光。那張臉上，沒有任何表情。沒有悲傷或憔悴或疲憊，也沒有安心。抹去一切表情的臉孔，異樣冰冷，卻又似乎有點聖潔。

「篁先生……您趕來了。」

被人這麼一喊，他吃了一驚。美濃山就站在身後。一輝微微點頭打招呼。

「這次事出突然……我也嚇了一跳。」

美濃山說我們去那邊談，把一輝叫到走廊上。二人站在走廊的角落壓低音量說話。

「老師之前好像情況就已很不好了……但他非常討厭醫院，也不肯做任何身體檢查，所以病情惡化也沒發覺……等到他入院時，已經太遲了。」

美濃山說，是因爲長年來不注重保養吧。照山打從年輕時就愛喝酒，最近好像只要不喝酒就坐立不安，連畫筆都握不住。

一輝的腦海，倏然浮現之前造訪照山家時，照山對他說過的話。

——怎麼樣，姿勢很老練吧？這孩子，已經這樣當我的專屬陪酒小姐超過十年了。

當時照山心情頗佳地喝著樹調製的威士忌。一輝記得當時，自己心裡還深感納悶：這個男人與樹，到底是甚麼關係？

——不過，這孩子死去的媽，以前也是祇園的美女藝妓。血緣果然是不爭的事實。

記得照山也這麼說過。

……死去的媽，是祇園的藝妓？

那樣豈不是和菜穗的「親生母親」一樣——。

「對了，老師說過很奇怪的話……他說白根小姐是自己的專屬陪酒小姐……還說已有超過十年的時間，每晚都喝白根小姐調的威士忌。」

一輝忍不住說出心頭浮現的想法。

美濃山一聽，當下大皺眉頭。臉上的表情彷彿在說，你胡說甚麼？那種神情似乎是想說——難道你的意思是，樹小姐害死了老師？

「唉，事到如今後悔也於事無補了。……或許不該在這種場合講這種話，但是最近，畫壇盛傳志村照山已經江郎才盡了。就算拿起畫筆，手也抖個不停根本無法保持穩定……想必遲早都注定會變成這樣吧。坦白講，我反而覺得，現在這個結果或許比較好。如果真的在東京辦甚麼展覽，說不定是白活著丟人現眼喔。」

一輝懷疑自己的耳朵有問題。

這實在不像素來敦厚殷勤、八面玲瓏的美濃山會講的話。

一個生前對美濃山畫廊應有不小貢獻、關係頗深的畫家過世了，結果美濃山竟在畫家的守靈儀式上批判對方。而且，是當著正計畫在東京舉辦照山個展的一輝面前。

美濃山知不知道篁畫廊與有吉美術館正計畫舉辦照山個展，無從確定。但美濃山畫廊正與菜穗合作籌備樹的個展，所以想必從菜穗或樹那裡已經聽說了吧。

一輝感到，自己內心對美濃山僅存的信賴急速萎縮。那種信賴，是對同行，對京都老牌畫廊主人，對一個深愛美術、支持畫家的人的信賴。

結果，那在一瞬間被抹消了。

「……上完香，我就得趕回東京了。恕我失陪。」

一輝再也忍不住，匆匆離開美濃山身邊。他無法忍受再繼續留在此地。

上香時，一輝對著跪在一旁的樹一鞠躬。

樹瞄了一輝一眼。在一輝看來，那白皙的臉龐似乎隱約在笑。

計程車抵達京都車站。下車一看，細雪已變成雨絲。

從車站前的下車處到站內的短短距離，一輝沒打傘直接走去。

驀然間，他想起的不是白天，而是初次在深夜抵達這個車站的那一天。爲了探望暫時到京都避難的妻子，他來到這裡。

那晚，瀰漫的冷空氣中有種春宵氣息。彷彿潮濕的花香，是縹緲不定的青澀氣息。

不知已來過這個車站多少次。明明應該早已習慣，可每來一次，這個城市就變得更遙遠。越想接近，就變得越遙遠。

似遠還近者。極樂。舟旅。人間情愛。

毫無來由地，腦海浮現《枕草子》的一節。一輝背對在雨中顫抖的街燈，快步走向剪票口。

Lovecity 46

異鄉人

異邦人

作　者—原田舞葉
譯　者—劉子倩
編　輯—黃煜智
行銷企劃—李昀修、廖婉婷
總編輯—曾文娟
董事長
總經理—趙政岷
出版者—時報文化出版企業股份有限公司
10803 台北市和平西路三段二四〇號四樓
發行專線—（〇二）二三〇六六八四二
讀者服務專線—〇八〇〇二三一七〇五
（〇二）二三〇四七一〇三
讀者服務傳真—（〇二）二三〇四六八五八
郵撥—一九三四四七二四時報文化出版公司
信箱—台北郵政七九～九九信箱
時報悅讀網—http://www.readingtimes.com.tw
電子郵件信箱—ctliving@readingtimes.com.tw
思潮線臉書—https://www.facebook.com/trendage
法律顧問—理律法律事務所　陳長文律師、李念祖律師
印　刷—盈昌印刷有限公司
初版一刷—二〇一六年十二月九日
定　價—新台幣三六〇元
（缺頁或破損的書，請寄回更換）

時報文化出版公司成立於一九七五年，
並於一九九九年股票上櫃公開發行，於二〇〇八年脫離中時集團非屬旺中，
以「尊重智慧與創意的文化事業」為信念。

國家圖書館出版品預行編目（CIP）資料

異鄉人 / 原田舞葉著 . -- 初版 . -- 臺北市 : 時報文化 ,
2016.12
面 ;　公分 .
譯自 : 異邦人

ISBN 978-957-13-6836-8 (平裝)

861.57　　　　105021246

初刊　本書為月刊文庫《文藏》二〇一二年五月號～二〇一四年四月號的連載內容添筆、修改而成。純屬虛擬，與真實人物、團體一概無關。

ISBN 978-957-13-6836-8
Printed in Taiwan